朝阳里的微笑

沉浸地路过旅途中每一个午后

晨雾与小镇和煦的妥帖

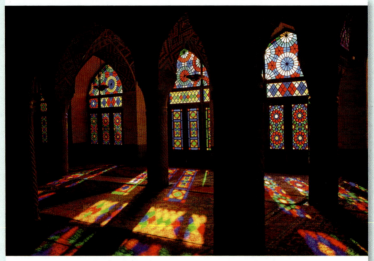

– 粉红清真寺清晨的璀璨 –

– 渺万里层云，千山暮雪，火车向谁去？–

- 天狗祭 -

瓦拉纳西的温柔

威尼斯的黄昏，是一双能伸进人心的手

象神节，与焦特布尔彩色的碰撞

兄弟！我今天结婚！一起来么？

照片还是照骗，

全在于内心的柔软

侣人星球

达瓦次里 / 著

经济日报出版社

图书在版编目（CIP）数据

侣人星球 / 达瓦次里著 . —北京：经济日报出版
社，2022.2
ISBN 978-7-5196-0993-1

Ⅰ.①侣… Ⅱ.①达… Ⅲ.①诗集－中国－当代 ②散
文集－中国－当代 Ⅳ.①I227 ②I267

中国版本图书馆CIP数据核字（2021）第246457号

侣人星球

作　　者	达瓦次里
责任编辑	宋潇旸
责任校对	姜　楠
出版发行	经济日报出版社
地　　址	北京市西城区白纸坊东街2号A座综合楼710
	（邮政编码：100054）
电　　话	010-63567684（总编室）
	010-63584556（财经编辑部）
	010-63567687（企业与企业家史编辑部）
	010-63567683（经济与管理学术编辑部）
	010-63538621 63567692（发行部）
网　　址	www.edpbook.com.cn
E-mail	edpbook@126.com
经　　销	全国新华书店
印　　刷	天津中印联印务有限公司
开　　本	880毫米×1230毫米　1/32
印　　张	12.75
字　　数	259千字
版　　次	2022年2月第一版
印　　次	2022年2月第一次印刷
书　　号	ISBN 978-7-5196-0993-1
定　　价	69.00元

> "一口好牙和一个强健的胃——便是我对你的期待！只要你受得了我的书，我们就一定合得来。"
>
> ——尼采

此时，我正坐在大理"旅马客栈"的书店里，整理着书稿。左手边一杯冰美式，右手边的 SUN 正窝在沙发上玩手机。

贴着窗花的落地玻璃窗外，我们养的狗——小星，正在长满竹子的院子里摇来摆去，探索这片未知的土地。

竹林下，方寸小鱼塘内，几尾赤红的锦鲤漂散其中，小星跑累了便去池塘里喝水。鱼儿围绕着狗嘴扎入水中荡起的涟漪，仿佛在说："怪东西，你走开！"

小星抬起头看看我，再看看 SUN，然后跑进屋里，把头搭在我脚上，缓缓睡去。

任谁都想不到，如今看似行止如常的我，却刚从一次近乎毁天灭地的崩溃中恢复过来。

2020 年新冠肺炎疫情在全球范围内暴发，我和 SUN 也被困在了大理古城动弹不得。

在之后近半年的时间里，仿佛停滞了的生活节奏，将我日常的作息精确到了分钟。我开始慢慢坚信，如今生活的变化，只是因为我长大了。

那半年，我努力不让自己回忆起任何一场旅途中的美好，努力不去给生活添加一丁点儿调味料，努力不为 SUN 做任何一件浪漫的事。仿佛如若脱离了这个轨道，我便又回到了起点，变回那个只懂得热泪盈眶的孩子。

我甚至偏执地相信，人是动物性与人性的总和，动物性决定了我们对安稳生活的渴望，而人性则决定了我们内心惴惴不安的求而不得。

我开始病态地否定曾经历的故事和欢畅，厌恶自己曾说走就走的潇洒背影，腻烦和 SUN 一路敢爱敢恨、刻骨铭心的悲喜。

直到有一天，SUN 将我强行带到旅马客栈，点了杯冰美式，对我说："达瓦，咖啡看似苦涩，但也藏着果香和回甘，生活的艰难我懂，但请你相信一切都会好的，别让我们的生活变得一无所有好吗？"

转身，拥抱，我像个犯了错的孩子，窝进 SUN 怀里放声痛哭。

至此，旅马客栈的冰美式成了那个时期除 SUN 以外，我在大理唯一的避风港。那些过往岁月中收藏起的点滴美好，再一次，微弱又坚定地重新绽放。

十年前，我刚从上海的工作岗位上急流勇退，便骑着自行车去了西藏。

折多山、塔公草原、然乌湖、巴松措……这是我头一回意识到旅行的美好。灵魂在内啡肽的裹挟中，变得愈发不知疲倦、勇往直前，直到我彻底过上了道阻且长的旅居生活。

那些年里，我认识了与我结拜为异姓兄弟的阿正、阿正的亲弟弟阿洛，以及阿洛的媳妇儿小鹿。

在走遍了大半个中国和几个东南亚国家后，我在斯里兰卡遇见了一位女摄影师——SUN。我俩一见如故，私订终身。

在之后的一年里，我和 SUN 形影不离地探索起这美好的世界。在 SUN 的陪伴下，我看到了加勒辽阔的日初，吃遍了吉隆坡大大小小的夜摊，触摸到了苏梅岛细糯的沙滩，见证了吴哥窟遗泽千年的芳华。最后，我们来到大理定居。

而我的好兄弟阿洛和他媳妇儿小鹿，也前后脚跟着我们来到大理定居，成了我和 SUN 的邻居。最好的朋友在身边，最爱的人在对面，一时间，食甘寝安，陶情适性。

在大理的日子，是饱满而柔软的。

我和 SUN 在大理古城建立了自己的摄影品牌和工作室，开始日复一日铺设我们自己的平凡之路。

直到一天，我坐在柔软的躺椅里看书，SUN 轻轻坐进我怀里，耳鬓厮磨道："达瓦，你陪我出去走走吧。"

艾米莉·狄金森说："我看到她心里的风，我知道它为我而吹，但她必须购买我的庇护所，我需要谦卑。"

于是，《旅人星球》变成了《侣人星球》。原本乘风破浪的独行战歌，成了游荡在世界各处，温柔谦卑的情歌。

旅行是每个平凡人的英雄梦想

——90 后骑行侠

在短短十年间，我见证了旅行类书籍的兴衰。

网络上有这么一段话：不旅行的借口可以有一百个，比如护照不好用、签证太难、英语不好、语言不通、学业太忙、水土不服、没有旅伴、工作太忙、家人不放心、恋人反对、安全没保障、最近手头紧、体力不支……但是旅行的借口只有一个：走！

旅行书籍火爆的时候，很多人因为各种原因无法去远方旅行，所以想通过作者的眼睛看看外面精彩的世界。于是，作者们鼓励了一波又一波的人，出发的人越来越多，一个比一个走得远，故事也一个比一个精彩。每个人在旅行中遇到的人和事都不一样，其中的魅力就在于，你永远无法做出预判，品出因果。没有更丰满的游记，只有更精彩的故事。

互联网迅速发展的时代，传播媒介出现了很大的变化，人们获取知识的方式也随之改变，从较为单一的阅读纸质书转向通过各种媒介学习。现代人更愿意观看旅行直播和旅行类的短视频，日常生活已经被手机占据了大半，看书、购书的人越来越少，所以能坚持写书的都是英雄，达瓦就是这样的英雄。我问过他，写旅行书这么累还不挣钱，为什么还要写，他脱口而出："我就喜欢写书。"

他这个回答和他给我的印象一样，简单、直接、纯粹。所以他才能坚持多年，去做自己想做的事情，过自己想过的生活，比如现在，他想和 SUN 一起去更多地方旅行。

能让我羡慕的人其实不多，我阅读完这本书之后，他绝对是其中一个。我在文字里能感受到达瓦对 SUN 嵌进骨子里的爱意。达瓦在藏语里是月亮的意思，SUN 是太阳，他们还养了一只叫小星的狗，在我眼里，他们这"一家三口"代表着宇宙的轮回与世间的美好。

在这个世界上，遇到另一半比去过全世界更重要。

让人羡慕的是，他们牵手去旅行，归来仍在一起。我认识的很多情侣都是在旅行中分的手。路上会遇到许多困难，也会遇到突发事件，当你身心疲惫的时候，人性最原始的性格和情绪就会暴露出来，每一件琐事都在逼迫着双方不断磨合，最终能坚持到最后的，寥寥无几。

或许有很多人和我一样，已经记不得自己有多久没有关掉手机，安安静静看完一整本书籍了。

深度阅读《侣人星球》这本书时，我仿佛在跟着达瓦和SUN一起旅行。我在达瓦的文字里见到了惜墨如金的恒河、"电光"凛冽的塞班、无趣又生动的仁川、美成长安的京都、被谎言追逐的伊朗、塞凡湖边的成人礼与婚礼、乌树故里的雪泥鸿爪、狂野的非洲草原、爱恨交织的巴黎、因为虚假所以美丽的摩纳哥、达瓦快闪"求婚"的佛罗伦萨、诸神相见的希腊、与初恋女友相遇的布达佩斯、美成一本大学语文的哈尔斯塔特、酒鬼也文艺的德国、温润如玉的瑞士、被凡·高缠缠裹裹的阿姆斯特丹……

我看到了达瓦的勇敢和成长，也看到了达瓦对SUN一些微妙的变化。走过的地方越多，经历的事情越多，他越珍惜和SUN在一起的时光，仿佛这个世界可以没有尽头，能一直走到永远……

缘分，一树夏花

——岚婷

缘，妙不可言，譬如浪漫的爱情故事。它大多数是写在小时候的童话里，还有长大后的电影里。

对此，我既不相信，也不怀疑。而后来发生的事情，却让我深刻地感受到，现实有时比童话和电影里的故事更细腻，更精彩。

如果说，"长长久久"是有情人的"系统设置"，那么SUN和达瓦一定是这套系统的设计者。

没想到有一天我竟会成为"阿佛洛狄忒与阿瑞斯"的见证者，见证了我表妹和表妹夫的相遇、相伴、终成眷属。

我的表妹SUN是一个瘦高的理科生，读的计算机专业，性格像男孩子一样大大咧咧，不爱打扮，不爱逛街，喜欢吃，喜欢摄影，喜欢独处。每次跟她在一起，我都能感觉她那份从灵魂中抽离出的孤独，与这个世界格格不入。

表妹大学毕业后，在广西柳州的一家软件公司做了三年程序员。然而，这个职业实在不适合女生。随着工作压力越来越大，表妹的身体也越来越差，于是她毅然辞职，背起了行囊。

辞职后的表妹，就像放飞天空的百灵鸟，开始在全国各地旅行，一边感受当地生活，一边用相机记录生活中有趣的点滴。

一次，表妹本来要去加德满都采风，结果那年尼泊尔大地震，她才决定与我结伴，去往五光十色的斯里兰卡。

我那个时候还在上海工作。表妹知道我也喜欢旅游，更喜欢拍照。于是，她先把自己的机票和签证办理好，才问我是不是想一起去旅游。表妹就是这样先做后说的人，跟她在一起，总有一种被照顾的感觉。

我一听，乐到不行，便排除万难，请了假，把去斯里兰卡前的准备工作当作头等大事去做。

待抵达首都科伦坡，我和表妹发现我们在斯里兰卡被本地人当成动物一般观赏。他们对我们东亚人表现出超乎寻常的关注。就像多年前，跟随在来北京故宫旅游的欧美游客身后的大爷大妈一样。

因为表妹旅游经验丰富，心思缜密，在斯里兰卡那段时间，我们的行程都是表妹安排的。

在前往努瓦勒埃利耶的路上，我问表妹："我们住哪里呢？"

她告诉我她也不知道，接着，便神神秘秘对我说，她在网上认识了一位资深驴友，是个男生，也在这座城市旅游，已经入住了当地民宿，他建议我们一起入住，三个人就能包下楼上的房间，还方便做饭。

我当时心想：网上鱼龙混杂，会不会碰到坏人啊？不过旋即又想，都是中国人，总不至于出国来骗两个女生吧。

正当我犹豫不决时，表妹说那个驴友已经给了她电话号码，方便和房东联系，房东可以过来接我们。事已至此，我也想不出更好的办法，于是决定走一步看一步。

这个表妹口中的资深驴友，就是达瓦。

不得不说，那时候的达瓦还是很帅的。瘦瘦高高，浓眉大眼，高高的鼻梁，一笑还有两个酒窝，虽然浓密的胡子和小龅牙看上去有点不像好人，但声音却很柔和，举手投足间温文尔雅。

入住客栈当天，达瓦给我和表妹做了一桌子菜，虽然并没有多好吃，但我还是能感受到他内心的温柔。

在之后的半个月里，表妹开始寸步不离地跟着这个男生，我知道表妹喜欢上了他。眼看着自家如花似玉的妹妹，就快要被"猪"给拱了，我为了眼不见心不烦，便自己先坐飞机回了国。

临走那天，表妹和达瓦来送机，我轻轻抱了一下眼前的大男孩，对他说："你要好好对我表妹。"

他惊讶地看了看我，咧出一个大大的笑容："我会的，表姐。"

来自书店老板的读后感

——辉郎

    我是"天堂时光"书店主理人辉郎。在陪伴爱人去西藏旅行的途中读到达瓦这本《侣人星球》。而他则是和伴侣游历了许多国家后，在云南大理我经营的旅马客栈里完成了这本书的创作。

    达瓦历经了十多年的旅居生活，行走了四十多个国家。这些过往在很多读者看来充满了奇幻的色彩。是的，与爱人相伴，游历世界，这是多少人求而不得的呢？

    达瓦在自己生命的时间轴上，用灵魂的意识托着身体游遍世界，从而使灵魂与世界更接近。但这首先要求旅人要有将身体安置在旅途中不同的时空里确保自身平安、健康的能力。同时，精神在平行世界中要完成信息收集、交互及记录。很多人会因为种种原因无法亲历，我也是其中之一。但这并不影响我跟随达瓦的笔锋随书入世。此时，这本《侣人星球》就是伴我游历世界的"侣人"。

    这本书是按照达瓦跟 SUN 的星球游历时间线展开的。文字真实、细腻，情感丰富；现实世界和精神世界切换得自然流畅，超强的代入感使文字行云流水般在脑海映现。几天的工夫，文稿便已读完，我只好催促达瓦和 SUN 再次出发，续更新作。

目
录

印度·加尔各答（一）

"我的天！好热……"

那是一种点燃大脑、蒸腾唾液的热，一种水都浇不灭的热。我恨不得往嘴里塞个消防龙头。

"才早上四点，也办不了入住啊！总不能在机场外面待到天亮吧？"SUN 蹲坐在机场外的台阶上，边吃着八宝粥边抱怨，眼神被空气中的焦金流石擦出"三昧真火"。

我相信，无论是谁，刚从四季如春的大理来到气候如此霸道的地方，都会不适应。

"别着急，再等等，现在打车软件上一辆车都没有，咱们总不能走到旅馆吧？"我一边说，一边强压住烦躁，胸腔如濒死的鬣狗一般，奋力鼓动着肺叶，好似每一次呼吸都会带走体内莫大的能量。

"你确定这打车软件在印度能用吗？早知道这么麻烦，就不该订这破机票，浪费时间！"SUN 说完立刻把头撇了过去。

"能用的，而且，现在抱怨也没用啊……"说完，我把头也转了过去。

一个声音在我脑袋里嗡嗡作响：谁再开口，谁是小狗！

几近天亮，终于等来了一辆出租车。坐进后排，空调冷气扑面而来。我和 SUN 也刀枪入库、铸剑为犁。

加尔各答位于印度东部的恒河三角洲，是仅次于孟买和新德里的印度第三大城市。可就算是这么一座跻身印度一线的城市，对于初访者来说也是举步维艰。

混乱的交通、腌臜的街道、在高速公路边随处大小便的行人、吃垃圾吃得不亦乐乎的神牛……一切的一切，同源同宗的斯里兰卡与之相比，都要高上好几个档次。

我和 SUN 看着窗外，一筹莫展。

这就是众多驴友口中的奇迹之国？惊喜之地？奇迹在哪儿呢？惊倒不少，喜从何来？

就在这时，凌子如神兵天降般出现在我们面前。

"你是个坏人！你是个坏老板！你这样做是在破坏中国和印度的友谊！退钱！一定要退钱！"凌子操着支离破碎的散装英文，一边奋力拍打商店的玻璃柜台，一边指着比她高出三个头的老板叫嚣。其间，她还不嫌事儿大地招呼过往的行人见证："这个老板是个坏人！他是我见过最坏的印度人！"

我站在一旁，左手将 SUN 挡在身后，右手紧张地握起拳，关节因为用力过猛而有些发白，小腿微微紧绷，随时准备在冲突升级时，扛起凌子和 SUN 逃之夭夭。

凌子，是我和 SUN 当年在斯里兰卡尼甘布认识的四川姑娘，性子跟佘太君似的，长相跟花木兰似的。

当时我们住一家旅馆，一次吃早饭，我们坐在凌子身边，听她吐槽斯里兰卡消费如何贵，条件如何差，那语气、神态，就好像她是被拐来的一样。

我和SUN觉得有趣，便加了凌子的微信，聊了一阵才发现这"花木兰"还真不是一般的生猛。

她常年待在印度，不上班不挣钱；偶尔去隔壁国家转转，能不回国就不回国；难得回一趟国，不是换护照，就是换老公；愤世却不嫉俗，花枝却不乱颤。要不是这姑娘当时的一句点拨，我和SUN也想不到要来印度。

介绍完凌子，说说方才这阵势的来龙去脉。

我和SUN到旅馆后，去附近的小卖部买电话卡。热得面目全非的我们，也忘了提前问一下多少钱，稀里糊涂就把卡给买了。换上卡，联系上凌子，一说起电话卡的价格，她立马就嚷嚷着我们买贵了，非让我们去找老板退钱。

其实这事儿说到底也没什么。一来，电话卡本身也不值几个钱；二来，做买卖的不就是低买高卖、投机倒把吗？再者说，用都用了，再往回找补，还要不要体面啦？

本来一句话的事儿，可没想到凌子竟是个死磕的主儿。电话这头我还嘟囔着："不用，没事儿。"结果她风风火火打个车就跑来了。一见着我们，就拉着我和SUN去找老板讨公道，便有了这么一幕。

"大家快来看看！这个老板就是个坏蛋！是个大骗子！骗中国人！骗中国人的钱！"

终于，凌子的呵斥声引起了路过警察的注意。结果，老板看到警察准备往这儿走，忽然耸起苹果肌，嘴角一扬，将多收

的钱一分不差地吐了出来。

　　凌子见计划成功，前一秒还满脸火光，下一秒就和风细雨地接过一沓纸币对老板说了声"谢谢"，然后昂首阔步地拽着我和 SUN 离开了。那变脸速度堪比川剧。

　　回去的路上，凌子一边把找回来的钱塞给 SUN，一边说："这些人喜欢贪小便宜，胆子却不大，以后碰到这种事，一定要大声说出来，只要能引起当地警察的注意，基本就胜利了。

我住的旅馆之前来了个西班牙人。一天晚上，有个同房间的印度人趁她睡觉的时候，把她电脑和相机顺跑了。第二天西班牙人报了警，警察来了，沟通之后，旅店老板竟愿意折价赔偿，还免了西班牙人当天晚上的住宿费。达瓦，SUN，你们也知道，咱们住的这种小旅馆，哪来的监控啊？放在别的国家，贵重物品自己不保管好，旅馆才不会管你的闲事。但，哪怕是这样，那个印度老板还是赔了钱。印度脏，但其实他们很注重个人卫生；印度乱，但乱得有章法，再小的事也有人管；印度差，但好的比差的多。"

或许，她对这个国家的评价确有偏颇，但想必也不至于南辕北辙、颠倒黑白。如凌子所说，印度，是一个比初见时更加可爱的国家。

雷抒雁在《星星》里写道："仰望星空的人，总以为星星是宝石，晶莹、透亮、没有纤瑕。飞上星空的人知道，那儿有灰尘、石渣，和地球上一样复杂。"

我想这种误解是双向的，反之也成立。

所谓旅行中的奇迹，是一场与时间的谈判。一身兵来将挡、泰然处之的本事，才能把初见时的恶感及时消化，不至于积劳成疾。然后，在某个灯火阑珊处，悄然等待着，奇迹为你而来。

印度·那烂陀（一）

　　如果让你形容省会级别的火车站，你会怎么说？是人潮涌动，还是乱中有序？相信我，这些词语用来形容我眼前的场景都不合适。

　　对于加尔各答的火车站，我能想到的是：蜀道难，难于上青天！

　　"售票口到底在哪儿啊！"我背着六十斤重的大包坐在地上，无力哀号，"就算是纳尼亚，也得告诉我衣橱在哪儿吧！"

　　弗洛伊德说："任何排泄都有快感。"吐槽也算是一种排泄，于是 SUN 无奈等我"排泄"完，才把我从地上拽起来。

　　"达瓦，刚才的老头儿不是说在厕所后面吗？"

　　"你听他的鬼话！这一早上都问多少人了？每个人指的方向都不一样！这火车站说大不大，说小不小，可连个工作人员都见不到！上哪儿找去啊！"我撑着一张勾了芡的脸，有理有据地无理取闹起来。

　　又找了一圈儿。

　　"这就是售票口？果然比纳尼亚的大衣橱还难找！"

生命不止、吐槽不息的我，站在一个售卖零食、兼卖票的书报亭门口，默默凌乱……

"要不是赶巧看到有人进来买票，打死我也找不到啊！"

"行了达瓦，早点买票，早点上车，我们还能早点到。"

付了钱，拿了票。我却又开始纠结：售票员说的站台到底是哪个？

其实并不是售票员不负责任，而是在他急促的语速，外加咖喱味浓重的英文中，我能确认的内容，连五分之一都不到。

仅凭着这么一点信息，我们又开始在车站里撒网式地寻找起摇着鹅毛扇的"朝阳群众"。

十分钟，二十分钟，半个小时。我们满场乱飘，逢人就问，收效甚微。

就在我几近崩溃时，终于遇到了警察。警察也不含糊，三下五除二带我们找到了站台，还嘱咐我们不要动，就在这里等。

我和SUN忍不住长出了一口气，卸下了重重的背包。

可正当我们准备瘫在长椅上，等着万事俱备的东风时，那名警察却折回来通知我们列车要更换站台，具体哪个站台要等广播通知。

"谢谢你，警察先生，我想我们不坐火车了……"万念俱灰的我说完这句话，便作势要拉着SUN离开，却没想到警察一把将我按回椅子上，郑重道："我陪你们等！"

车来了，警察目送我们上车。临别前，我送了警察一个中国结钥匙扣，警察给了我一个熊抱。当他朝SUN伸出手时，

SUN 看着他熊掌一般的大手，明显犹豫了一下，但架不住内心的感激，轻轻跟他握了一下手。

列车开拔，我看着车票上一行粗体字：happy journey，内心不禁再次吐槽起来。

问：一万匹羊驼从三叉神经奔驰而过是何感受？

答：忽如一夜春风来，千树万树梨花开……

一夜的火车，三个半小时的汽车，然后又是一个钟头能熏死人的大巴，我们终于在次日中午，抵达了那烂陀。

那烂陀是一个非常迷你的小镇，仅有一个车站，还是火车和公交共用。进入小镇的心脏，卖果蔬的小贩随处可见，小店里兜售着廉价日用品，牛车和汽车并行并立。我见一家街边小店有卖拖鞋的，赶紧进去买了一双。

说起昨天那一夜的火车，堪称人间炼狱。

整列火车一没有列车员，二没有列车广播，三没有列车时刻表，我几乎每过一个钟头就要问问其他乘客有没有到站，生怕稍不注意就坐到某个不知名的地方去了。

印度的乘客会带各种奇怪的东西上火车。我和 SUN 的铺位下就堆着六筐鸡，旁边还挤着个长得像煤气罐的钢瓶，连下脚的地方都没有。更要命的是，这些鸡活活叫了一个晚上，我和 SUN 都快把耳塞怼进脑仁里了，才勉强撑过来。等终于到站准备下车，我低头一看，好嘛！鞋还被人顺走了。呵呵，也不怕有脚气。

换上刚买来的塑胶拖鞋后，我和 SUN 在街上溜达着，一夜的疲劳渐渐散去，随着小镇的节奏，脚步也缓了下来。

马路依旧繁忙，汽车依旧横冲直撞，街道依旧一片狼藉，可我却感觉没在加尔各答那么糟心了，甚至还觉得眼前的小城有些可爱。

我和 SUN 在街边随便找了家旅馆，简单洗漱过后，便出门觅食。

出门一拐便是个小型菜场，马路边的泥地上摆满了各种瓜果蔬菜。秋葵和西红柿都是一大包一块钱，黄瓜两根一块钱，摊主时不时出声搭讪，推荐自家的吃食。

我们走到一个卖炒面的小摊前。

金黄的炒蛋、火红的辣椒搭配翠绿的蔬菜，让人垂涎欲滴。一问价，合人民币四块钱，我看 SUN 也直吞口水，便忍着一副没见过世面的表情，点了两份，结果端上来，却多了两个荷包蛋，青菜和面的分量也大了一圈。

眼瞅着我们的炒面跟别人的不一样，我便以为老板是为照顾我们一脸的风尘仆仆，特地多加的。旁人却说，我们点的炒面本就这么多，所谓的"四块钱"，是老板给我们报的"顶配"价格。

我心有所感，迫不及待地卷了一叉子送入口中。面条裹着细糯的鸡蛋，由舌根滑向胃口，说不出有多美味，就是上头的满足感。

晚上回到旅馆，我和 SUN 躺在床上聊了起来。

为什么同样混乱，加尔各答的火车站就让人心乱如麻，而那烂陀却带着几分可爱？其中关键便是：目的。

每当我们有一个目标后，周遭发生的一切，除了与目标有关的部分，其余都会变成追逐过程里的障碍和干扰。可生活本就是从天而降的雨滴啊！水滴石穿只是副作用，落地后溅起的彩虹，才是生活真正的意义。

就像《允许自己虚度时光》里写的那样："慢慢明白了为什么我不快乐，因为我总是期待一个结果。看一本书期待它让我变得深刻，吃饭游泳期待它让我一斤斤瘦下来，发一条短信期待它被回复，对别人好期待被回待以好，写一个故事说一个心情期待被关注被安慰，参加一个活动期待换来充实丰富的经历。这些预设的期待如果实现了，长舒一口气，如果没有实现呢，自怨自艾。可是小时候也是同一个我，用一个下午的时间看蚂蚁搬家，等石头开花，小时候不期待结果，小时候哭笑都不打折，遗憾的是，长大了，我们就忘了。"

印度·那烂陀 (二)

　　那烂陀，一个名不见经传的小城。我执意要去的原因，只为玄奘西行学法的终点——那烂陀寺。

　　晨光如约而至，似温润暖玉紧贴我的胸腔。朝霞细细点拨着燥热的空气，被朝阳织出无数身影，或大或小，或立或跑，密密缝补，影影绰绰，像极了被这晨曦摘抄的唯美段落。

　　"达瓦，你确定要自己去吗？" SUN 伸出头，睡眼惺忪。光线透过微尘，洋洋洒洒印到她的短发上。

　　"是的，我今天想自己去。"

　　这是专属我一人的朝圣之旅，是那个黄粱一梦中，我曾无数次到过的伽蓝——那烂陀寺。

　　那烂陀，英文名 Nalanda，梵语名 Naˆlandaˆ-sam! ghaˆraˆma，直译为那烂陀僧伽蓝。

　　公元 5 世纪，笈多王朝国王在那烂陀创建了一所佛学大寺。之后风雨飘摇的几百年间，这座大寺目睹了整个印度佛教的发轫和消亡。

　　如果说，印度这么一个不善于用文字记录的国家，注定避免不了被时代同化。那印度历史的自我救赎，实际上就是一个不断被玄奘唤醒的过程。

此刻，我立于那烂陀寺遗址入口，脚如注铅。

遥想当年，玄奘在这儿一二十里范围内，静待九日，迟不入寺。这到底是怎样一种感情？畏惧？抑或是犹豫？我无法想象这种"战战兢兢即生时不忘地狱"的情绪，竟然会出现在"坦坦荡荡虽逆境亦畅天怀"的玄奘身上。

竹杖芒鞋轻胜马，谁怕？一蓑烟雨任平生。

六年苦旅，独自穿梭于大漠、雪山、戈壁之中，栉风沐雨，无分寒暑。满天繁星为指，"瘦老赤马"为引，独闯八百里莫贺延碛。即便寸草不生，水源断绝，依旧"宁可西行而死，绝不东归而生"。

就是这么一个执着的人，在那烂陀寺近在咫尺时，却如近乡情怯的归子，停下脚步。

想到这儿，我止不住颤抖起来，念头跟着心神一骑绝尘。这一刻，我仿佛离玄奘极远，却又极近。

远到纵然在同一时区，却隔着几世的时差。

近到能触摸到他的脉搏，连风都化作丝语，穿越时空，来到我耳边，轻轻呢喃。恍惚中，一张熟悉又陌生的面庞，正对着我颔首。

"玄奘……你终于到了，累吗？"

"依贫僧看，施主也不轻松吧。"

"只是，君生我未生，我生君已故，我恨自己为什么没有跟你生在同一个年代，陪你走上一段。"

"施主为何来此？有何求？"

"你为我师，亦为我友。天道自会，你教我以情理之，天道自运，你导我以智干之；红尘不平，你为我开路，万壑崩碎，你为我架索。"

"施主谬赞，贫僧只是行者，贫僧只是玄奘。"

"我去了大雁塔，现今又到了这儿，你的起点便是我的起点，如今竟跌跌撞撞，行到了你的终点。"

"贞观二年，贫僧离开长安时堪堪廿八华年，待归返故土，已至不惑，施主可知贫僧的始与终又在何处？"

"请指教。"

玄奘将手伸至我眼前，翻转过去，又翻转回来。

"你是指，始与终皆在反复间？"

"两不相见啊！两不相见……"

一阵牛铃声，将我从虚幻中拉回。我回望周遭黏稠，眼中腾出氤氲光华，笃定般踏进那烂陀寺。

那烂陀寺曾占地百万，宛若一座城池，其内藏书达九百万卷，最盛时有上万僧人学者聚集于此。现如今开放的遗迹只有一座公园大小，满地红砖青石间，连缀起翠绿的肃杀。

正当我身在其中，不知何去何从时，一个中年男子带着一群孩子过来拍了拍我的肩膀，问能不能合影。于是，在接下去的半个小时里，我在一片断壁残垣前不断跟人合影。直到人群渐渐散去，我也意兴阑珊地离开了这片废墟。

从那烂陀寺遗址出来，穿过一条马路，就是玄奘纪念堂，

1957 年由中国政府援建。纪念堂的前方树立着玄奘的雕像，相比西安大雁塔下的玄奘，少了些许慈眉善目，多了几分风尘仆仆。

步入纪念堂，里面展示着玄奘西行的路线和见闻，与《大慈恩寺三藏法师传》和《大唐西域记》里的记载基本吻合。

离开纪念堂后，我在一片草坪上小憩，却看到之前那群跟我合影的印度人也坐在草坪上。那个中年男子看到我，便径直走上前来与我攀谈。

聊了一阵我才知道，眼前的中年人叫贾拉瓦，是附近一家小学的教师，这次是带着身后那些学生们来旅游的。而刚才跟我合影的，也基本是他们学校的师生。

"达瓦，要不要跟我们一起吃饭？今天我们有饼和汤，我们的厨师做饭非常好吃。"眼看临近中午，贾拉瓦礼貌地邀请道。

"谢谢你的邀请，贾拉瓦，能跟大家一起吃饭是我的荣幸！"

"那太好了！能在玄奘纪念馆请一位中国朋友吃饭，真是件令人兴奋的事！"

饭后，贾拉瓦邀请我一起去参观那烂陀大学："这所大学也是中国政府捐款建设的，相当于重建的那烂陀寺。你不是玄奘的拥趸吗？要不要去他重建的母校看看？"

当我听到这个提议时，身体又止不住地颤抖了起来："我愿意！谢谢你！贾拉瓦！"

跟着学校的校车，行驶了半个多钟头，我们才抵达那烂陀大学。正当我准备跟着身边的贾拉瓦进去时，却被告知，那烂陀大学要提前预约才能参观。

看着贾拉瓦无奈又充满歉意的目光，我微笑着再次道谢后，坐到了校门对面的马路边。

待人群散去后，我看着面前有些破旧的大学入口，和门内白色圆顶的校舍，内心无喜无悲。

玄奘，你看到了吗？这便是你重建的母校，你的身影并没有随着时光的流逝而消散。

恍惚中，我再次看到了玄奘，看到他正从史册的烟尘中，一步一步，蜿蜒走来，带着无穷的穿透力。他朝着我挥了挥手，刹那间，沧海桑田，绵延不绝。

始与终皆在反复间，虽两不相见，但无平不陂，无往不复，坚贞无咎。

印度·瓦拉纳西（一）

> "瓦拉纳西，我为什么又回来，上次在早晨，匆匆
> 离去，因你将生命与灰尘看齐。我的胃咀嚼了七天的痛，
> 虚弱而无奈，前路需要一盏灯，你将尘世掀开，让我体
> 量接近真相的绝望。终于，我带着歌轻盈地回来，世界
> 以痛吻我，要我回报以歌。"
>
> ——泰戈尔《飞鸟集》

　　如果，这世上的温柔共有十份，三份是艾米莉·狄金森，
三份是纳兰容若，剩下的四份便是泰戈尔。

　　如果把泰戈尔的温柔拆成十份，瓦拉纳西则独占了八份。
走进瓦纳拉西，便步入了泰戈尔的诗中。

　　今日，我站在这里，终于意识到他们是对的。温柔，便是
瓦拉纳西与世界的相处之道，也唯有瓦拉纳西才承载得起这份
温柔。

　　"你又怎么了？"SUN 不解地盯着我，"我们在恒河边坐

了这么久，你怎么一句话都不说？到底想什么呢？"

作为一个理工女，她不明白我为何要对一片废墟发呆，不明白我为何要对着一条浑浊的河流百感交集。

"没什么，就是觉得不可思议。"

"不可思议？"

"对啊，真的很难想象，人类从远古走来，竟然会在这么一条不起眼的大河旁繁衍生息，还成就了古印度文明。"

"哦……"

SUN 露出小女孩的表情，支支吾吾说道："达瓦，你说的这些我不太懂，你会不会觉得跟我出来旅行没意思？"

"净瞎说什么大实话啊！"我憨憨一笑，不等 SUN 反抗，一把抱住了她，"你这不是陪着我呢嘛！下回再看到我发呆，你别理我，一会儿就好了，而且你可别学我这些臭毛病。"

十分钟后——

"行啦，咱撤吧！"我背着大包站起身，伸了个懒腰，冲着 SUN 做了个鬼脸，"叮咚，恭喜您，解锁新的愿望清单：恒河日出。"

"达瓦，你刚才说的古印度文明，给我讲讲好不好？"SUN 嫣然一笑，牵起我的手，步入瓦拉纳西老城区的街道。

这便是 SUN 的温柔：即使我不懂，并不代表我不愿，即便我不愿，也不意味着我不能。

穿过无数逼仄的小路和拐角后，我们来到了"久美子之家"旅馆。

说到这儿，就不得不提一嘴这家青旅的老板——久美子。

不夸张地说，她的故事早在数十年前，就已在背包客界封神。

20世纪70年代，一位来自日本东京的女大学生，第一次来印度旅游。当她来到瓦拉纳西，就无法自拔地爱上了这片土地，同时爱上的，还有恒河边的一个印度小伙儿。三个月后，女孩由于签证原因回国，但仅过了一个月，她就带着她所有家当，重返瓦拉纳西，与那名印度男子结了婚。之后，她在恒河边开了一家以自己的名字"久美子"命名的旅馆，直到现在。

陷入爱情的久美子，不仅有温情和治愈，更有坚毅和无畏。

刚到"久美子之家"门口，我们便见到了久美子本人。

此时的她，正坐在门槛上，给她的金毛犬Lucy梳毛。只见她一丝不苟将头发盘至脑后，宽大的棉质连衣裙盖住发福的身材，眼里尽是阳光。

我和SUN就那样隐隐含笑看着，谁都没有出声，谁都不想打扰眼前的美好。

"啊！不好意思，你们是需要住宿吗？"久美子抬头之间看到了我们，也有些惊讶。

"嗯，是的，您就是久美子吧！您好！"SUN听到我蹩脚的日语发音，差点乐出了声。

"你好！"久美子微笑着回了一句，便带我们走进门去。

"你们想住房间还是床位？床位一人80卢比，双人间300卢比。"久美子说着，倒了两杯冰水给我们。

听到价格，我和SUN都没反应过来。80卢比？那就是8块钱？双人间也就30块钱吗？金昌汽车站旁边的招待所还得

50 块钱一晚上呢。

"当然，我可以提供两个免费的床位，只要你们给我帮帮忙就好了。现在是旅游淡季，旅馆里客人不是很多，不会有太多事要做的。"

久美子见我们没说话，会错了意。

"不不不，我们不是那个意思，只是没想到您的旅馆这么便宜。"我连忙解释。

"呵呵，这家旅馆已经有二十年没有涨过价了哟！"

看着久美子略带骄傲的眼神，我暗暗唏嘘：二十年啊！善良与朴实的定义早已随着时代沧海桑田，可眼前的这个女人，却有着一种近乎逆天而行的执着。

这，便是久美子的温柔。纵然看不懂这人世的兵荒马乱，也要给予每个人倾城的温暖。

交完 300 卢比，久美子带我们来到房间。房间里就只有一张床和一把椅子，床对面的小窗正对着恒河。虽说景观算不错，可卫生条件却不怎么样。

屋子里一股陈旧的味道，被岁月揉搓到起球的小毯子摊在床上。掀开毯子，是一条"漏洞百出"的棉褥，破旧的棉絮间，隐约可见扎堆儿的跳蚤。

当然，这不是久美子一家的问题，恒河边的廉价旅馆大都如此。

看着眼前的床，我和 SUN 不由深吸了一口气，硬着头皮打扫起来。我拿起杀虫剂朝着棉褥喷了两分钟，等味道差不多散了，换上自带的床单和薄毯后，我们才离开旅馆，瞎转了起来。

"不来一趟瓦拉纳西，你永远不会知道人与动物的相处会那么和谐。"这是出发前，我一哥们儿说的。

走在老城街道里，随处可见牛和狗的身影。

印度人对牛的崇拜众所周知。一方面，湿婆作为印度文化里最重要的神，他的坐骑"南迪"就是头白色公牛。另一方面，印度的原生教派是婆罗门教，而身为游牧民族的雅利安人，便是婆罗门教的开山鼻祖。他们最主要的饮食就来自牛奶，所以当雅利安人入主印度后，立下的第一条法律，便是不可以杀牛。

可我发现，印度人日常生活中对牛基本无视，无视到如同天天见面却从不打招呼的街坊。

说完牛，再说说狗。狗的繁殖能力很强，因此数量上远多过牛。小狗成群结队嬉戏打闹，大狗自顾自躺在路肩。有人经过时，它们顶多瞅一眼，便没了反应，这倒是激起了我不小的兴趣。

若说这里的人喜欢狗，为什么基本没人养狗？对于那些流浪狗，更是没有丝毫关注。

若他们不喜欢狗，怎会纵容狗狗在身边肆无忌惮地繁衍生息？

为此，我特地请教了久美子，得到的解释是：这里的人对于狗，不存在喜欢或者不喜欢，狗和人的存在都是客观的，狗不会去招惹人，而人也不会无缘无故伤害狗。

我又问："那这里的狗和牛怎么生活？吃什么呢？"

久美子回答道："牛还好一点，翻垃圾桶基本就能吃饱，偶尔还能偷吃到菜场新鲜的蔬菜；狗就比较惨，如果不自己去抓老鼠，估计一辈子都吃不上肉。"

听完久美子口中当地人对动物的态度，我在震惊之余，陷入了久久的沉思。

傍晚时分，我和 SUN 坐在恒河的小船上，看着两岸怡然自得的生灵们，忽然间，我听到了隐藏在印度文化属性里的独白。

列子云："自然者，默之成之，平之宁之，将之迎之。"

豢养终是人道，不是天道。一个生命在另一个生命的缠缠裹裹里绵延，即便不去奴役，也意味着此两者不再对等。

可世间万物哪有尊卑之分？万物各得其和以生，各得其养以成，虽有幸生而为人，却不以万物灵长自居，这不正是人类应有的自觉吗？我们只是天地万物中的一分子，师万物所长于一身，最终融于万物。

我相信，这就是瓦拉纳西的温柔：不去打扰，不去挂念，花开两朵，天各一边。

印度·瓦拉纳西（二）

晨，七时，无雨，风若游丝。

夜晚的燥热让我们都没睡好。于是，吃完早饭后，我和SUN被如影随形的困意追着一路小跑，赶往萨斯瓦梅朵河坛。

这里是恒河边最热闹的河坛，每日破晓与傍晚都会有宏大的沐浴和祭祀场面。因此，这座河坛是每个游人都不容错过的圣地。

抛开历史不谈，我对恒河没有丝毫好感。虽说玄奘曾描述恒河："水色清苍，波浪翻滚，河水清澈甘美"，然而这条流淌了无数岁月的大河，现如今已不再是那般模样。

恒河边有着不计其数的公厕，每天海量的排泄物，被直接排放进河里。再加上沿岸的工厂废水、生活污水——在汇入恒河前，都没有经过任何沉淀、过滤、处理。

就在前几天，跟我们同住"久美子之家"的一个日本背包客上午刚在恒河洗了个澡，下午皮肤就开始发红、发痒。

可恒河即便这么脏，在印度人心中，依旧是这颗星球上最洁净的水源。甚至街边小店，还会出售未经任何处理的成瓶的恒河水。在如我一般的外国人看来，这哪里是河水啊！分明是粪水、毒水嘛！

穿过迷宫般的街道，我们抵达了河坛。

看到河坛涌动的人潮，我终于明白，在印度人心中，恒河的这份"洁净"，源自精神世界的主观臆断。看似虚浮，却实打实挑起了整片人间的重担。

女人们头上抹着朱砂，赤着脚，缠着纱丽，围到恒河边。她们用铜制的水瓢，从头顶浇下，再捧起手中的花瓣，任玲珑

落红、香消成殒。花瓣从指尖，经由胳膊和纱丽，淌进河中，如同是在对这大河做着最长情的告白。

男人们则赤膊上阵，拿着毛巾和木棍（印度人的牙具），跪进水中，口中念念有词，双手合十，眼神注视着朝阳一寸一寸升起。

河坛这边，一位僧侣正为女人怀中的婴儿洗礼，相隔数米，便有人为逝者送行。激荡的流水，涤荡着人心的褶皱，只教云卷云舒，花开花落。

"念念生情"，一个香港驴友是用这四个字形容恒河的。但任我将脑海搜个遍，也没明白这个词的意思。直到后来我才得知，念顷即刹那，"刹那间"便是一个念头启动的时间长度。所谓念念生情，重点便在这个"念念"之间，其妙不可尽言。

但凡伟大的思想，必是鲜活存在却无法追寻的，由此可见，用"念念生情"来描摹眼前的一切确实妥帖。

我伫立河坛一旁，打量周遭一切，不禁感叹：到底是何等力量，才能绘制出如斯壮丽的画卷？这条看似污浊的河流，到底承载了多少难断的舍离？兼顾了多少难忍的聚散？

从河坛回来后，我跟几个同住"久美子之家"的驴友谈起了天。

他们分别是：来自意大利的素食主义犹太姑娘卡罗拉，来自南非、自称掌握十三种语言的航海爱好者小A（他名字又长又拗口，实在没记住），来自东京、二十年前在中央戏曲学院留学的花旦大叔，以及来自日本京都、爱吃面包的插画师贞子。

其中让我印象最深刻的，就是这个叫贞子的姑娘。第一回听她做自我介绍，我和 SUN 都是一愣。

SUN 是因为那部惊悚的日本电影，而我是因为这个名字本身。

每个国家在不同年代，都有时兴的取名方式。一般名字里有"子"的日本人，如今最起码也得有五六十岁了，像久美子就是如此。可贞子也就二十出头，大有几分货不对板的味道。

贞子告诉我们，她是孤儿，亲生母亲在她刚满月的时候，就把她送进了孤儿院，直到十岁才被领养。几年前，她的养母患上重病，住进医院，被折磨一年后，撒手人寰。

养母去世那天，贞子忙着丧事，一滴眼泪都没掉，看着眼前这个养育了自己十几年的女人，正穿着纯白的和服躺在冰冷的棺椁里，她只当妈妈困了、乏了、睡着了。

直到一个多月后，她在一家小店里吃了个铜锣烧，心想：妈妈做的豆沙馅，肯定比这个好吃。蓦然间，潸然泪下。

那天后，她继承了养母的名字——贞子。无计可施的她，只能用这种方式，去试图挽留那个永远无法醒来的人。

一个谁都懂的道理：人生的路上就是不断放下。但遗憾的是，我们永远来不及好好道别。于是，在养母去世后，贞子再也没回过京都。

贞子以极其克制的方式叙述着这一切，一个煽动的眼神都没有。看着她，我忽然想起在大学时就去世了的姥姥。我忽地意识到，原来真正的离别，是连回头再看一眼的勇气都没有，人类雷同的悲欢，竟在这个世界的各个角落，轮回般地上演。

我是多么想出声安慰，可是，我不能。

人生如逆旅，我亦是行人。过去与和解之间那微妙的张力，让"劝说"如同一杯掺了水的假酒，一口下肚，散去的不是悲伤，而是人与人之间的分寸和周到。

当晚，我们用旅馆的电磁炉，涮起了素食火锅。

其间，卡罗拉煮了咖啡；小A做了蔬菜沙拉；花旦大叔做了梅子饭团；贞子做了五个全麦大面包；而我则微微心痛地掏出了压箱底的酱油和韭菜花。

如此这般，我们吃喝着彼此的美食和锅中的涮菜，席间欢声笑语，再不论平生。

"一次又一次，我们发现素不相识的陌生人，对于在路上的旅人会表现出难以置信的友善和乐于助人。我们发现，自助旅行是旅行的最佳方式。这时，你不再是旅游团中面目模糊、毫无个性的一位，你是一个独立的个体，你所有的交流和所有的友谊，都将是由你——一个独立的人，去和另一个人直接发生联系。"

——托尼·惠勒《孤独星球》

印度·瓦拉纳西（三）

> "废墟是毁灭，是葬送，是诀别，是选择。时间的力量，理应在大地上留下痕迹；岁月的巨轮，理应在车道间碾碎凹凸。"
>
> ——余秋雨

这是我们在瓦拉纳西的最后一天。

上午，我和 SUN 收拾完行李，将大包寄存到久美子房间，穿过贴满旅馆招牌的街道，来到"blue lassi"小店吃最后一顿手工酸奶。

由于"blue lassi"位于通向恒河边火葬场的要道上，短短五分钟，就有七具裹着花布、堆满鲜花的尸体从我们面前抬过。周围的人和小店老板似是习惯了，面对这等场面几乎毫无反应。

吃完酸奶后，我们便坐上了事先预约好的出租车，去往位于瓦拉纳西市郊的鹿野苑。

鹿野苑是古印度佛教四大圣地之一，乔达摩·悉达多就是在这里完成的第一次说法。传说中，这里曾是原始森林，有鹿群栖息。当时的国王喜欢打猎，常来此猎鹿。菩萨不忍，前来劝诫。国王从此不再猎鹿，并将此地命名为鹿野苑。

玄奘曾在其鼎盛时至此，如今只余落寞。

他写给唐太宗的《大唐西域记》中生动记载："婆罗疵河东北行十余里，至鹿野伽蓝。区界八分，连垣周堵，层轩重阁，丽穷规矩。僧徒一千五百人，并学小乘正量部法。大垣中有精舍，高二百余尺，上以黄金隐起作庵没罗果。石为基陛，砖作层龛，龛匝四周；节级百数，皆有隐起黄金佛像。"

现如今，鹿野苑早已在砂石与风尘的横冲直撞下，含着泪毁了自己。唯有坟墓般的答枚克佛塔和佛祖初次讲坛的阿育王柱，在废墟间残存一息。

13 世纪后，印度佛教几乎完全没落。鹿野苑就此在口口相传中渐渐隐去，也在文明的长河中淡出身影。

当历史这位老者深一脚浅一脚地踱进 19 世纪，人们根据《大唐西域记》里的描述，开始对鹿野苑进行长达百年的发掘。于是，眼前这片遗址才在惶惶中得见天日。

走进鹿野苑遗址，一色的红色石砖，砌成无数柱石、高墙、祭坛、讲台的残基，比那烂陀寺更加破败几分。小径与绿篱相隔，看似生机勃勃，却透着股说不出的悲凉劲儿。此番情景，如同棺椁一般封存了青山不改，封存了绿水长流。我努力想象着那些立体的浮影，想象着那久已消失的巨擘。

翁贝托·埃科说："昔日玫瑰以其名流芳，今人所持唯玫瑰之名。"

曾经的印度以神话闻名，如今也只剩神话。

印度就是这样：既不记录，又不修缮。那烂陀寺如此，鹿野苑亦是如此。

整个古印度文明，从呱呱坠地起，便在历史这条长廊上不分昼夜地赶着路，走一段路，便灭一盏灯。唯有在《摩诃婆罗多》和《罗摩衍那》的影影绰绰里方见一丝来时的芬芳，即便有玄奘等一众旅印僧人，这个国家依然不知弄丢了多少前世今生。

离开瓦拉纳西的路上，我满心沉重，又不知与谁人说，只能默默翻看 SUN 拍的那些鹿野苑的照片。

SUN 似是看懂了我的心思，在我耳边轻轻说："你别难过了，有倒塌就有重建，无论在哪个国家都一样的。"

我知 SUN 有心开解，我却无心释怀，只得朝她露出一个勉强的笑容，看向远方。

哪知这时，SUN 的另一段话钻进了我的耳朵。

"达瓦，其实我们跟印度是一样的，你告诉我说，印度历史靠的是口口相传，我们的过去靠的不也是记忆？当有一天我们变成 'blue lassi' 门口路过的那些尸首时，我们还能剩下什么呢？你小时候用过的文具盒还在吗？大学的录取通知书还有意义吗？更不要说破了洞的袜子和坏了的玩具。

你之所以觉得难过，是因为当你还有记忆的时候，记忆中的它们却已不在了，可这些东西对我们真的重要吗？其实我们不是真的难过，而是不甘。"

是啊！我为何难过？无非是玄奘去过而我未去过的不甘！那烂陀寺毁了如何？鹿野苑毁了又如何？玄奘托起的只是印度的一部分，可他却托起了我整个人生啊！

印度·阿格拉

我们！见！到！牛！肉！了！

来印度的这些时日，我们几乎每天都是吃素，受不了了来个鸡蛋，馋疯了顶多吃点儿鸡肉。牛肉这么犯忌讳的食物，连见都没见过。

话说我们在阿格拉老城里闲逛，不知道从哪条巷子里窜出来一个印度人，问我们要不要吃饭。

我和 SUN 理都没理他，从旁一绕，便径直离开。可没想到的是，此大叔非常人，我们绕开之后，他竟继续尾随上来，用蚊子般细的声音说："想吃牛肉吗？"

我下意识地停下脚步，转身回去，看着一脸谄媚的大叔，强作镇定道："你是说牛肉？"

"对！牛肉！很好吃的牛肉！"

听到这话，我脑中顿时翻起了轩然大波。

一方面，理智告诉我，在印度敢卖牛肉，这馆子肯定不简单，还是少惹为妙。另一方面，"感性"这头小牲口，却满地打滚地吵吵着：吃牛肉，吃牛肉，吃牛肉……

SUN 在一旁看出了我的犹豫，捏了捏我的手，轻声说："要不我们先跟着他进去看看，万一他要是骗子，我就假装晕倒脱身。"

"不不不！我可不是骗子！"

我的天！这大叔的中文一点口音都没有！这得有多少年"痛的领悟"，才能练就如此纯熟的发音啊！

"先生，要不你先去我的店里看一下，你女朋友在外头等你，你要是觉得好，就吃，觉得不好就离开，这样的话，你女朋友也不用假装晕倒了。"

这一刻，我真想把我 43 码的鞋，拍在自己 47 码的脸上。眼前大叔这怼人和接茬的本领，是不是太无缝衔接了点……

经过一番挣扎，我还是没有经受住牛肉的诱惑，握起 SUN 的手，战战兢兢跟了上去。

本以为是见不得光的黑店。没想到就是沿街二楼一家开放式餐厅。坐定后，我看了一眼菜单，两份牛肉加一份炒面的双人套餐要两百人民币，这样的价格，在印度着实不便宜了。

我和 SUN 点了一份双人餐，没等多久就端上来了。

炒面看着还算中规中矩，可这牛肉却真对不起这个价钱。量倒还可以，块儿也够大，可这口味简直让我陷入了短暂的胃供血不足……

那口感，说是味同嚼蜡都算客气的，肉块硬得刀都砍不进，枪插不进。至于味道，用"难吃"二字已不足以形容。

于是乎，我这边像奔赴前线一般，跟牛肉块做着"殊死搏斗"，SUN 则静静坐在一边，吃着一块钱一包的小饼干。待一顿饭结束，我的这份算是勉强吃完了，腮帮子酸到不行，SUN 那份却只扒拉了两下，基本没动。

至此，我明白了一个道理，一方人不吃某样东西，那他们一定不会烹饪这样食材。硬要吃，一是不给食物体面，二是不给自己体面。

"享受"完这顿堪称炼狱的午餐，我和 SUN 继续踏上旅程。

印度有着不胜枚举的古堡，大部分是不同时期的皇宫。其中最具特色的两座是阿格拉堡和位于斋普尔的琥珀堡。

我们今天要去的，就是这座城市的名片——阿格拉堡。

阿格拉堡又称红堡，16 世纪莫卧儿王朝的皇城之所在，位于亚穆纳河畔的小山丘上，跟泰姬陵一样，都是印度艺术顶峰时期的代表作。

莫卧儿王朝统治的三百年中，在这座古堡中发生过许多故事。其中最让人津津乐道的，便是成吉思汗的后裔——沙·贾汗与他爱妃——阿姬曼·芭奴那曲折动人的爱情故事。

阿姬曼·芭奴十九岁时，嫁给了当时还是王子的沙·贾汗。他们婚后，王室板荡，芭奴便跟随贾汗四处征战。贾汗有了爱人的陪伴，一路所向披靡，战无不胜。

后来，贾汗兵变失败，芭奴跟着她深爱的男人在外流浪了整整六年。红了樱桃，绿了芭蕉，这个柔弱的女子始终站在贾汗身边，寸步不离。

直到 1628 年，贾汗在阿格拉堡登基，芭奴理所当然成为皇后。贾汗这个痴情的男人，为了芭奴，此生再未纳过一妾。

然而好景不长，贾汗登基三年后，芭奴在随夫征战的过程中死于难产：这也是他们第十四个孩子。芭奴去世时仅三十八岁，也就是说，从她十九岁嫁予贾汗算起，十九年间，她有近十二年都在怀孕。

芭奴死后，贾汗悲伤过度，几乎一夜白头，并修建了那座前无古人的泰姬陵。

然而，拿破仑说过："伟大和荒谬只差一步。"

在泰姬陵修建期间，贾汗为了让自己的痛苦变得不再孤独，竟惨无人道地处决了主设计师的妻子，只为了让他体验到自己失去爱妻的痛苦。这就是帝王之道，痛苦不是成本，失去一个让下属明白自己感受的机会，才是成本。

数十年后，贾汗的第三个儿子发动政变，将父亲软禁在阿格拉堡顶部一间方寸大小的阁楼中，直至贾汗栋折榱崩。

据说，囚禁贾汗的阁楼有一扇小窗，刚好朝向泰姬陵的方向。至此，两端生生被站成了两岸。

我牵着 SUN 的手，在阿格拉堡里一边逛，一边给她讲述这段传奇。

"达瓦，那个皇帝虽然很痴情，但我不喜欢他。"SUN 歪着脑袋说道。

"啊？为啥呀？"

"人一辈子能做的事有限，甚至能做成一件就不错了。如果他想做个好丈夫，就不该让他爱的女人生那么多孩子，还让她大着肚子陪自己去打仗。如果他想做个好皇帝，就不该对一个女人这么痴情，害死她的，不是肚子里的孩子，而是那个皇帝对她无度的爱。"

SUN 这么没头没脑的一句，把我直接说懵了，可 SUN 却没有意识到我的窘态，自顾自地继续说着。

"以前医疗条件不好，生孩子对女人来说是九死一生，一个女人给她爱的人生孩子，这是情分，不是义务。"

听着 SUN 的这些话，我实在不知道怎么接茬。我一直是以男人的角度理解这段传奇，为贾汗的专情而感动。但从女人的角度去看，似乎就不是那个味道了。

这时，SUN 一把抱住我的胳膊，略带俏皮地说道："所以，亲爱的，你打算什么时候迎娶我呀？"

嗯……快了，快了……

印度·阿格拉
·

印度·斋普尔（一）

一早，我抱着电脑，坐在旅馆的庭院里直发蔫儿，脑子里不知在想些什么，一脸的"生人勿近"。这时，被我晾到一边的 SUN，自个儿端着杯奶茶，从我背后凑了上来。

一阵无言，我自顾自奋笔疾书，SUN 陪我奋笔疾书。写到一半，SUN 眼看我憋得抓耳挠腮，眉头都快拧成了毛巾，倏然出声道："你现在怎么老是要查资料呀？跟写论文一样，都没你以前写得好看了。"

"以前我去的都是草原、沙漠，当然想怎么写就怎么写。现在五步一楼，十步一阁的，总不能闭眼瞎掰吧。"

说到这儿，我不禁暗自神伤。回看曾经的我，虽简单，但生猛；虽幼稚，但天真；虽粗糙不堪，但精力饱满，字里行间阔斧开天、元气充沛。可如今呢？沧海桑田，物是人非。

SUN 见我又发呆，继续开口道："你老是这么硬熬着写，万一谢顶了怎么办啊？关键写得还不好看。"

呵呵……臭丫头，你给我等着……

眼看我就要发作，SUN 立马乖巧地蹭了上来："你要是感觉写得不开心，就先别写了，天气这么热，闷在旅馆也没意思，要不咱们去看场电影吧！听说印度电影院可热闹了！"

看到这样的SUN，我的怨气便烟消云散了，无奈道："好吧……"

一小时后。

"一个英文字儿都没有，咋选片啊？"

我和SUN望着电影院的排片海报一阵无语。

"达瓦，你要不去问问这都是什么电影吧，最起码也得知道是爱情片、警匪片，还是科幻片吧。"

"你这个要求是不是稍微高了一点？"

其实印度的英文普及率还是相当高的，只是口音障碍实在

不小，再加上他们语速奇快，句子又长又没有重音，导致我现在跟印度人交流都有心理阴影了。

"算了，打听了也是白打听，还不一定听得懂，咱们直接买票看吧，就买时间最近的，逮着啥看啥。"我拉着 SUN 往售票处走去。

"你好，我要买两张电影票，最近的时间。"我用尽量简单的英文词汇，不成句地说着。

这是我大半个月来在印度领悟到的，一定要让对方觉得你英文不好，这样他们才会放慢语速，你要是讲得很流利，他们指定不服输地跟你飙起来。

"你要买普通座位、豪华座位，还是钻石座位？"

"钻石座位？那是什么？"我不解道。

"钻石座位的位置是最好的，而且免费提供贵重物品寄存。"

"那钻石座位的票多少钱？"

"三百卢比。"

真是好便宜的钻石啊……

"电影有没有英文字幕呢？"我再次抛出问题。

"为什么需要字幕？"售票小哥不解道。

"没有字幕我们看不懂啊！"

于是，售票小哥一边摇头晃脑，一边对我们说："没关系的，反正都是唱歌跳舞，不会看不懂的。"

我和 SUN 哑然失笑……原来你们自己也知道啊……

最终，我们买了钻石座位。座位在二楼正中间，落座后，便有专人送来免费的毛巾和饮料。

电影开场后，随着剧情推进，一群穿得像过节一样的演员，将说学逗唱、唱念做打几乎样样来了一遍，热闹非凡。其间还有个小插曲，电影演到男女主人公在街头拥吻的场景时，电影院突然爆发出一阵叫好和口哨声，着实吓了我和 SUN 一跳。

一个多小时过去了，电影院的灯光渐渐亮了起来，SUN 惘然若失："这就没了？我怎么觉得这电影没演完啊？"

我颇有同感地点了点头，难道还分上下集？不至于吧？同时，也终于明白了当时卖票小哥说的话。语言不通能怎样？没有字幕又能怎样？我不光看懂了剧情，还猜到最后男主最终跟哪个女人结婚了……

我和 SUN 离开了座位，可刚到楼梯处，就有工作人员叫住我们，说电影还没结束，现在只是中场休息。

啥？还有中场休息？看个电影跟看音乐剧一样……

又过了一个多小时，我和 SUN 伸着懒腰走出电影院。

"这太合适了吧，算上中场休息，将近四个小时啊！这三十块钱花得也太值了！"SUN 兴奋道。

"可不是嘛！都把我看饿了！咱们找个地方吃饭吧！"

"好呀，我刚才看到路口有个麦当劳的指示牌，咱们过去看看？"

"麦当劳？走走走，赶紧去找找！"

其实真不怪我们这么兴奋。这段时间，我和 SUN 基本都住在贫民区，床位普遍一二十块，吃的东西也就在五块到十块之间，由此可知我们的伙食水平。

印度·斋普尔（一）

我拽着 SUN 冲进了麦当劳，在点了一堆可乐、炸鸡、汉堡之后，对服务员说："我要一个苹果派。"

"苹果派？是什么？"服务员一脸茫然地看着我。

"嗯……那菠萝派呢？"

"对不起，先生，我不知道您说的是什么。"

嗯？这什么情况？我接着不死心地问："那你们有没有派？"

"派？先生，我们有蔬菜派。"

"蔬菜？派？"我满脸疑问，不停脑补蔬菜派是什么样，土豆丝饼？还是韭菜盒子？

"好吧，我要一个蔬菜派。"抱着探索世界奇妙物语的心态，我下了单。

不到两分钟，"您好先生，这是您的蔬菜派。"

眼前的"派"，形状虽然还是长方形，可没有那种薄脆的手感，反而有点像内蒙古的焙子，但却更油腻，一看就是炸出来的。我和 SUN 对视了一眼：这一口下去不会咬到的是咸菜吧？

"点都点了，总不能浪费吧。"SUN 略带心虚地鼓励着我。

"好吧。"我深吸了口气，狠狠咥了一嘴。

咖喱，是咖喱馅儿的，可是！好酸！这咖喱为什么是酸的……我的天！这是什么！是黄豆吗？那为什么不加黄豆酱？

自此以后，我再也没去过印度的麦当劳，至今回忆起那味道，依然不寒而栗。

印度·斋普尔（二）

　　小鹿打来电话了，跟我和 SUN 交代完近况后，磕磕巴巴问了句："达瓦哥，你和嫂子还好吗？"结果嘴一瓢，"吗"字半天才出来，差点把疑问句变成了祈使句，那口吻像极了"廉颇老矣，尚能饭否？"

　　这段时间，每每参观各种寺庙、古堡之前，我都跟中了魔障一般非要查一遍相关资料，仿佛我不是来旅游的，而是来考古的，这看似是对自己的每一个脚步负责，可只有我自己知道，这滋味苦不堪言。

　　我明白，我终究是太在意想要的结果了，也太想要以"文化人"的体面，去彰显不虚此行。但这些历史资料就算查了、看了，到最后能存进脑子里多少，我不敢细究。

　　SUN 对我那点儿自艾自怨的"伪书生气"门儿清，于是悄无声息地关上了我的电脑。

　　"我们以前不都是走哪儿看哪儿嘛，历史资料查得再清楚又能有什么用，还不如陪我多拍点儿片子呢！出来玩，开心才最重要嘛！"

听了 SUN 的话，我默默点头，内心却不置可否。我这郁结心头的疙瘩，也不是那么容易解开的。

"行啦！别磨磨叽叽的了，你今天就当我的摄影助理吧，像在大理一样，我拍照，你跟着我，还有！不许发呆！不许查资料！"

SUN 也不等我同意，便把我的背包扔回了床上，拽着我直冲向我们的目的地——琥珀堡。

到了琥珀堡，SUN 为表对我的信任，将平时碰都不让我碰一下的摄影包交给了我。

"包里有三个镜头，50 定焦、85 定焦和长焦，闪光灯还有脚架，你的相机我也放包里了，这些装备，今天可能不太会用到，但是万一要用的话，你得赶紧给我。"

看着 SUN 如此认真的表情，我也收起那些许不满，正色起来。

SUN 见我如此，满意地点了点头："我们一人挂一台机器，我的是 35 定焦，你的是 24~70 变焦，镜头你千万要留意，万一磕了碰了，我们一年房租可就没了！"

山上，琥珀堡气势磅礴。山下，是一座大湖，将高处的古堡映入水中。湖中游鱼指不胜屈，看到岸边有人投食，便搔首弄姿地聚了过来。

SUN 对这些并不感冒，相机都没举起来就离开了，我则跟在 SUN 身后寸步不离。

买完票，准备登堡。就在这时，宽阔的台阶上骤然涌出一大群穿着校服的学生。这可乐坏了 SUN，风风火火地便跑了过去。

跟着 SUN 跑到半山腰后，我们停了下来，SUN 蹲守进拐角的一处阴影里，而我也坐进其中，从背包里掏出两瓶印度特有的可乐，一瓶中药味，一瓶咖喱味。

"SUN，你渴不渴？想喝哪一瓶？"我喘着粗气，将两瓶可乐都递给 SUN。

SUN 斜了一眼："你自己喝吧，我口味可没那么重，那帮学生要上来了，我抓些人文片，你别影响我。"说罢，她朝着那帮学生来的方向努了努嘴。

不一会儿，那帮学生嬉戏打闹着走了上来，SUN 使了个眼色，我一个箭步冲过去，目标是学生里一个老师模样的中年男子。

这算是摄影人最基本的礼貌，如果拍摄对象是成年人倒还好，允不允许我们拍，示意一下就好。可如果拍摄对象是未成年人，就要经过家长或者老师同意之后再拍。

在得到老师首肯后，我朝 SUN 点了点头，SUN 才将相机对了过去。

褐色皮肤、白色衬衫、墨绿领带、灰蓝齐膝褶裙或长裤，配上各色背包和运动鞋，俨然让学生们成了蓝天古墙间最美的风景。其中几个男生对 SUN 的镜头格外热情，摆出各种姿势配合拍摄。

半个小时过去了，我们跟着学生的脚步也来到了琥珀堡大门。就在我以为拍完收工，可以进去参观的时候，SUN 却说要下山再拍点别的。待重回到山顶，我和 SUN 蹲守进围墙的阴影里，镜头直冲着琥珀堡的大门。

"出来了！出来了！"

随着 SUN 兴奋的叫声，一头盛装的大象，从古堡巨大的拱门里稳稳走出，象头上盘腿坐着白衣红帽的驭象人。只见他正用手中的木棍，轻轻拍打着大象的耳朵指挥方向。一时间，快门声如大珠小珠落玉盘。

"这也太好看了吧。"我不可思议地翻看相机。

"是不错，层次、色彩和结构都到位。"SUN 一边看，一边点评，"你看，给我当小助理出来玩一天不也挺开心的嘛！"

看着 SUN 洋洋得意的表情，我也重重点了下头。

走进琥珀堡，人文之感更胜：两个穿纱丽的女人坐在玫瑰色拱门下聊天，穿白蓝碎花连衣裙的小姑娘领着弟弟在台阶上跳来跳去，穿一身职业装的男人扶着老人站在围墙边小憩。

SUN 继续专注于她的人文大片，而我则悄悄走开，欣赏起这古堡中的建筑。

高高的围墙将内部鳞次栉比的建筑，划成另一番乾坤。这不禁让我神往起《阿房宫赋》中的描写："五步一楼，十步一阁；廊腰缦回，檐牙高啄；各抱地势，钩心斗角。盘盘焉，囷囷焉，蜂房水涡，矗不知其几千万落！"

走到镜之宫面前，宫墙上镶嵌了万千拇指大小的水银玻璃，抬头望去，像是作浩瀚苍穹里的满天繁星，其间再由彩色宝石和镂空窗花装饰，行走其中，宛若置身仙境。

我和 SUN 就这样边看边拍，偶尔在小亭歇脚，在宫殿驻足。我也不再刻意去弄清这每一座宫殿和高墙的前世今生，只拿捏起眼前的美好，和触手可及的快乐。

印度·焦特布尔

抵达蓝色之城焦特布尔已有几日。这几天，我和 SUN 基本泡在梅兰加尔古堡里，不光把这座古堡逛了个遍，还尝试了城堡高空滑索。

古堡里的滑索共分六段，全部围绕古堡而建，可以让游客从各个角度欣赏整座古堡。陈旧的炮台、萧瑟的城墙、蜿蜒的壁垒，烩成了一顿视觉盛宴。其中更有几段滑索是从峡谷上方穿过。壮丽的景致，配伍河谷山风一同煎服，那番刺激，仿佛每个毛孔都在分泌肾上腺激素。

这样玩到第四天，当我们准备离开时，命运却安排我们跟这座城市发生了一次酣畅淋漓的碰撞。

这天，我们睡到自然醒，收拾完背包后，便出门觅食、瞎逛。在转过一个拐角后，街上陡然喧闹了起来。狭窄的街道伴随着轰耳的印度舞曲，涌出大片人群。

这般光景着实弄得我和 SUN 一头雾水。

赶上迎亲队伍了？看着不像啊！谁家结婚请这么多人！丧事？也不对啊！谁家死人了还放这么欢快的乐曲啊！

这时，人群更庞大了。人们唱着歌跳着舞，同时脸上和衣襟上沾满了斑斓的色彩。

"咱们是不是遇到什么节日了？"SUN 惊讶出声。

"洒红节？不对，象神节！不会这么巧吧！"我努力回忆着印度的各种节日风俗，唯一能在时间上吻合的，就只有一年一度的象神节。

传说印度象神叫伽内什，象头、人身，憨态可掬，在印度教里被看作财富、智慧、幸运、繁荣的象征。在他的诞辰之日，印度有着非比寻常的特殊习俗——洒红。这个"红"，指的是用粗玉米粉混合可食用色素做出来的彩色粉末。

庆典期间，人们将这种彩色粉末相互洒到对方身上以示祝福，跟这几年流行的"彩色跑"有些相似，但却更加浓烈热情，参与人数也更多。

只见人们人手一个袋子，把彩粉抛出，大团大团浓郁的色彩不断炸裂，逐渐升腾的彩色烟雾，不断将空气点燃。

受不了了！我这般虎啸风生的弄潮儿，此番欢腾岂容得假借他人之手造次！我指着人群兴奋地对 SUN 说："咱们一起去玩吧！"

"啊？这颜色弄身上洗不洗得掉呀？"SUN 摸了摸自己的头发，微微犹豫。可处在如此气氛中，我这种人来疯哪管得了这些，拽着 SUN 就冲进了人群。

随着我们到达"战场"，一团嫣红直奔我面额而来，我下意识地闭上了眼睛。顿时，我全身被各种彩粉接连砸中，吓得我赶紧扯着 SUN 退出了人群。

待我重新揉开眼睛，看到 SUN，立马哈哈大笑起来，SUN 更是乐得手舞足蹈。

这些彩粉虽然鲜艳得如同毒蘑菇一般，但对皮肤和眼睛却没什么刺激。于是，SUN 放下了最后一丝成见，心甘情愿地跟我再次冲进了狂欢的人群中。

随着"战争"逐渐白热化，人群自然分成两方阵营。其中一方，就是我们这些被"无辜"卷入的外国人。而"敌方"则是印度人，他们一面向我们提供着"弹药"，一面猛烈打击我方阵营。由于人数相差悬殊，我方勇士被迫围成了圆形战阵，男外女内，循环打击着欲要冲破"防线"的敌方。

愈加亢奋的我，不知道搭错了哪根神经，怒吼了一句："为了部落！"

顿时，我方阵营中的所有男生一边鬼哭狼嚎地附和着那句"为了部落"，一边奋力投掷手中的"弹药"。敌方看到我方的气势，也兴奋地喊叫着冲了上来，那场面，热火朝天得几近失控。

不知这场色彩风暴过了多久，人群渐渐散去。我和 SUN 坐在街边，一边喘着粗气，一边抓起被染得五颜六色的杯子喝水。身边坐着的，正是那群刚才跟我们"同生共死"的战友们。

我们这帮人，或坐、或靠、或躺、或立，有如解甲归田、荣归故里的将军。

"兄弟，最开始那句'为了部落'是你叫的吧！"一个拉丁裔小伙儿凑到我身边，"太热血了！"

顿时，周边爆发出阵阵笑声。

陡然间，我想起了朴树的那首 *Forever Young*："Just 那么年少，还那么骄傲，两眼带刀，不肯求饶，即使越来越少，即使全部都输掉，也要没心没肺地笑。"

大人眼中的世界昏暗无光，少年眼中的世界却五光十色。少年变成大人，要将眼中的颜色饱和度调到最低，而大人变成少年，需要的只是相信：相信色彩！

狂欢结束后，回到旅馆，我和 SUN 都各自忙了起来。我把被染得"面目全非"的衣服都给洗了，而 SUN 则生无可恋地清洗起相机。

等等！我忘了！还有相机呢！我竟然将这么重要的事忘得一干二净。SUN 一边要打仗，还要随时记录盛况，于是，相机便遭了殃。

原本被 SUN 保养得锃光瓦亮的机身，一下午的光景，跟挂了彩的伤员似的，青一块紫一块，每一处缝隙里都塞满了彩粉。而且相机这么娇贵的东西又不能沾水，只能用小毛刷一遍遍清理，不过万幸的是，镜头内没有进彩粉，不然 SUN 肯定会气晕过去。

我悔不当初，只能将功补过，帮着 SUN 一起弄，直到第二天，天微微亮才清理完毕。

后来我问 SUN，如果再来一次，她还会不会背着相机跟我冲进人群。SUN 红唇微扬，掀起一抹清浅的弧度："傻瓜。"

印度·杰伊瑟尔梅尔（一）

"达瓦，你再好好看看位置，不会搞错吧？"SUN盯着我手机上的订房软件，不可思议道。

"应该不会错吧？我不是刚跟老板确认过位置嘛，酒店就在古堡里。"

"可这酒店位置这么好，怎么才八十块钱？"SUN依旧是一副不相信的表情。

"要不还是先订了吧，过去之后要是发现哪里不对，大不了把房退了，实在退不了，就当买个教训。"

订完房，打开地图，我和SUN顺着导航走进了古堡。

杰伊瑟尔梅尔古堡，在我们游览过的印度古堡里算是十分特别的存在。印度绝大多数古堡现今都成了旅游景点，但这座古堡却不然。

杰伊瑟尔梅尔古堡是活着的，至今依然有大量居民，它抛弃了景区的教条主义，在这里，时时刻刻都能感受到人间的烟火气。

走进古堡，烟火气扑面而来。

围墙下的妇女售卖着耳环和手工布包；小贩叫卖着槟榔和一种名叫Samonsa的咖喱馅儿炸食；穿深棕色纱丽的妇女顶着水罐从街头走到巷尾；男人们穿着跨栏背心在巨大的拱门里打克朗棋；一身白衣的老者盘坐在石阶上谈天……一切都是那么鲜活，那么生动。

找到旅馆，我和SUN惴惴不安地走了进去，结果一进门便放下心来。虽然这里位置极好，但内部的装饰与廉价旅馆别无二致。

办理完入住后，老板告诉我们，傍晚时一定要去楼顶，会有惊喜。我和SUN理所当然地认为，所谓的"惊喜"不过就是楼顶餐厅有折扣之类的促销，我们直接左耳进右耳出，径直来到了房间。

说到这儿，不得不聊一个这里很普遍也很有趣的现象。印度旅馆的房间里开关很多，插座却极少。就比如我们入住的这家，整个房间就只有两盏灯、一台电风扇，电源处却有十个开关，插座只有一个。也就是说，每次开灯都得把十个开关全按一遍，而且开关大多没有用。

收拾完，离开房间后，我和SUN潜进午后的古堡。

阳光像一盏柔光灯，斜斜漫了进来，将古老的建筑和墙面映成橙金色。这时我才明白，为什么杰伊瑟尔梅尔被称为金色之城。

我和SUN慢慢走着，我醉意于绵连的光影，而SUN则寻找着她的"瞬间"。

在摄影方面，我是真的佩服SUN的眼光。那些看似平淡

无奇的街道，总能被她捕捉到"奇迹"。

这不，她又在一堵破破烂烂的墙前抓到了素材，正在忘乎所以地拍呢。

我走近一看，一个被关在家里的小孩儿正透过铁栏杆朝SUN拍手，小孩儿的母亲就站在一旁，笑容里全是宠溺。

我徒生欢喜，走上前去，想逗逗小孩儿。可没想到，我刚蹲下，那小孩儿先是露出了四颗洁白的乳牙，然后大嘴一张，哭了……

哭得那叫一个呼天抢地、肝胆俱裂。

我简直无法想象，那么娇小的身体，竟然能持续发出分贝如此之高的哭声，简直不符合能量守恒定律啊！

听着小孩儿逐渐提高分贝的哭声，我立马就慌了神儿，赶紧从背包里掏出各种糖果。可当我把抓满糖果的手伸过去，那孩子就跟见了妖魔鬼怪一样，哭得更厉害了。

这时，孩子的母亲见场面控不住了，赶紧把孩子抱了起来，轻轻拍着小孩后背安慰。而我则将手里的糖果，一股脑儿全塞到孩子母亲手里。

还好那位母亲并没有责怪我的意思，只是摆了摆手，表示没关系，我又是一阵撒豆子般地说"对不起"，然后一溜烟儿跑开了。SUN 眼看拍不成了，也收起了相机，跟着我离开。

我小跑了一阵，直到一处墙根儿底下才停了下来。

就在我扶着墙惊魂未定时，身后的 SUN 抚掌大笑……真是个不厚道的丫头啊……

又在古堡逛了一会儿，我和 SUN 一人吃了一份街边的炒面当作晚餐。我们这一路已经不知道吃了多少天面了，印度大米无论口感还是卖相都实在让人难以下咽。

回到旅馆，我们一进大门老板就迎了上来："你们回来啦！现在时间正好，我带你们去楼顶吧！"

我和 SUN 实在架不住老板的热情，只能跟着他去了楼顶。

不得不佩服印度这些房子的设计，单从一楼爬到四楼，我们就拐了不下二十个弯。常年住在这种小楼里的人，简直能爬出一股生活的韧劲儿。

来到顶层，老板"哗啦"一下推开了顶楼的大门，一道刺眼的光芒射了进来，待眼睛逐渐适应，我们立马被眼前的景色惊呆了。

酒店的顶层竟是整个城市的最高点，一眼望去，杰伊瑟尔梅尔尽收眼底。

天色渐晚，夕阳绵软的光线从暮霭里倾洒而下，丈量着远处的群山。那重重叠叠的光晕，仿佛为这座城市蒙上一层金色的面纱。

"祝二位玩得开心！"老板开口说道，"另外，我们店里有啤酒售卖，需要的话跟我说。"

"好的，给我拿两瓶啤酒。"

在印度，啤酒要到晚上才允许售卖，而且只有指定商店才有，不那么好找，像这样大白天能喝上啤酒的机会着实不多，更何况还有美景相伴。

十分钟后，我和 SUN 四仰八叉地横在榻上，手握啤酒的指尖微微冰凉，仿佛那旅行中的疲惫与这燥热的季节，终于温煦的和解。

这榻也不简单，是倚着古堡外墙延伸出来的一个悬空的床榻，固定床榻的膨胀螺丝打在古堡的高墙之上，榻上铺着扎实的床垫。

霞光一点点散去，带走了残留在大地上的余温。这时老板贴心地拿来了毯子、蜡烛，甚至还为我们准备了香薰和冰桶。

我抱着 SUN 依偎在毯子里，仰视满天星河。SUN 微微滑进我胸口，从毯子缝里漏出两只眼睛。我看着 SUN，她的眼中仿佛映满繁星。

这时一个声音突兀地在我脑海中闪现："是时候了！"

印度·杰伊瑟尔梅尔（二）

这两天，我心中那个声音如雷贯耳，挥之不去。

是时候了！

是时候了！！

是时候了！！！

但受限于当地条件，我脑海中曾构思的无数个完美画面，几乎没有一个能实现。

就在我愁得没边儿时，一个韩国驴友的一句话瞬间将我解救出来。

"达瓦，你和你女朋友想不想参加沙漠游啊？"隔壁房间的韩国小哥说道，"楼下旅行社给我推荐了一个两天一夜的沙漠行程，还能在沙漠里骑骆驼、野餐、过夜。我一个人太没意思了，你们要不要一起去？"

我的大脑经过基础运算后，立刻就否定了这个行程。

回想起我几年前在黄河边儿搭帐篷的那个晚上，仅仅一夜的光景，所有类似"营灯点点莹莹亮，暮色沉沉夜鸟鸣"的幻想，全都被现实打得支离破碎。夜宿沙漠？吃饱了没事干吧！

就在我拒绝了后，另一个念头却急速漂移进我的大脑：沙漠？对哦！能过夜？对哦！这不就是我要的圆满嘛！

想到这儿，我果断冲进楼下的旅行社："你好！我要报沙漠游，两天一夜的那个！"

看着我仿佛要吃人的表情，工作人员呆了一下，才给我介绍说："你好，沙漠游每天都有，具体行程是这样的……"还没等他介绍完，我就迫不及待地定下了行程。交完钱，我晃晃悠悠地回到了旅馆。

"啊？沙漠团？那是什么团？你都已经报啦？"SUN 一阵哑然。出来这么多次，每次的计划，都是我们商量出来的。

"嗯……是啊，你不知道这个团多抢手，实在来不及跟你商量了，我这都是最后两个名额了。"为了说服 SUN，我一本正经地胡说八道。

SUN 看我已经报名了，便没多说什么。

"行程我都了解清楚了，吃住行全包，价格还不贵，条件虽然差了一点，但你不是一直想在沙漠里看星空嘛！多好！"我搂住 SUN，沉浸在美好的幻想中，完全没注意到 SUN 眼中的无奈。

第二天下午，我们跟着导游前往位于印度和巴基斯坦交界处的塔尔沙漠。

"你不是说这个团很抢手吗，怎么就我们两个人？"SUN 坐在吉普车上，语气里仿佛有冰碴子，"你要真想去沙漠玩，我一定会同意的，为什么说那些话？"

说完，SUN 扭过头去。

我也无奈地看向窗外，一时间，气氛说不出的尴尬。我止不住地懊恼起来，昨天一时激动编出来的瞎话，今天倒让我搬起石头砸了自己的脚。

漫长的行车后，我们抵达了沙漠边缘的集合地。

一个个穿得像吉普赛女郎的姑娘们，牵着自家的骆驼，排成排任我们挑选。有的姑娘为了招揽生意还跳起了舞，那做派，倒是像极了选秀节目。

这时，导游凑到我身边说："只能选骆驼，不能选姑娘哟！"我一失神，还没反应过来，导游已经带着揶揄一路跑开了。

SUN 看着眼前的骆驼不由微微皱起了眉。

这时我才想起来，我们之前在泰国骑大象的时候，SUN 就告诉过我，她比较怕近距离接触这种高高大大、看上去随时会吐口水的动物。

想到这儿，我懊恼地一拍脑门：光顾着自己兴奋了，怎么连这么重要的事情都给忘了！无奈之下我赶紧去跟导游说我和 SUN 共骑一头骆驼就好。可是 SUN 却气哄哄地走到一旁，坚持要自己骑。

唉……先是不跟她商量就报了团，然后还骗了她，最后连她不喜欢大型动物这件事都忘了，我也是够混蛋的。

"你女朋友为什么不开心？是不是我哪里做得不好？"导游一边牵着我的骆驼，一边细声问。

"不不不，你的工作很完美，是我的问题，是我惹我的女朋友生气了。"我苦着脸跟导游解释。

"不用太在意，我老婆生气也这样，等下马上到宿营地了，你去哄哄你女朋友吧。"说完，导游把缰绳交给身旁的助理，一溜烟儿逃离了这尴尬的"事故现场"。

到达宿营营地时，已是黄昏。

眼前的沙漠一望无际，无数道沙石涌起的皱褶，如凝固的浪涛，冲刷着贫瘠的大地。肉眼可见，尽是单调的颜色，一直绵延到远方的金色地平线。

生火，做饭，共进晚餐。导游尽职尽责做完这一切，便开始准备床铺。我原本以为要搭帐篷，却没想到，导游只是将两张铺了厚厚棉褥的床，直接放在了沙地上。

夜幕降临，我来到 SUN 身边。

"SUN，对不起，今天是我不对，我不该不跟你商量，不该骗你，更不该忘了你的喜好，我错了。"我低头柔声道歉。

SUN 见我如此，眼中的冰冷顿时少了几分。

我见气氛有所缓和，赶紧趁热打铁："SUN，咱们去前面的沙丘上走走，好吗？"

SUN 没多说什么，起身，自顾自走了出去，也不让我拉手。待来到沙丘上，我整理了一下纷繁的思绪，走到 SUN 面前，凝视着她。

"SUN，我们在一起多长时间了？"

"啊？两年多了，怎么了？"SUN 似乎被我问得云里雾里。

"两年吗？我只记得是七百一十四天。"

说着，我掏出口袋里叠得整整齐齐的一张纸，轻轻铺开。

"SUN，你知道吗，人的一生会遇到 2920 万人，两个人相爱的概率是 0.000049%，可我们还是遇见了，相爱了。还记得我们第一次在斯里兰卡见面吗？就像老电影一样，船长对着水手说：'嘿！你看！那就是我的女孩儿！'"

SUN 听着我的话，双手微微颤抖。

感受到她的反应，我暗自定了定神，继续说了下去。

"后来，我们一起去了泰国、柬埔寨，你还陪我去了我支教的学校，再后来，我们定居在了大理。你常说，遇到我是你最大的幸运，但我要说的是，是我用尽了这一生的运气，外加下辈子、下下辈子所有的运气，才遇见了你。"

"所以……"我单膝跪地，伸出沁满汗的右手，颤抖着从口袋里掏出一枚戒指，"你愿意嫁给我吗？"

"我……我……愿意！我……愿意！"

这是我听过最动人的轻语。一个字一个字地拖成气声，一个字一个字地抽腾回来，再一个字一个字地拖成气声。

这是我见过最隆重的点头。一厘米一厘米下去，一厘米一厘米上来，再一厘米一厘米下去。

此时，星华铺满大地，映照着我和 SUN 相拥的背影，光芒无限。

风无冷暖，付于潮汐；雨无冷暖，倾身而下；夜无冷暖，转瞬晨曦；手无冷暖，牵之一生。

此生便就这样吧！

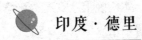# 印度·德里

> "我咀嚼这些沙子和石头，周身疼痛。高楼崛起于，艾略特的荒原，纵然繁花锦簇，也免不了，荆棘丛生。"
>
> ——胡丘陵《2001年，9月11日》

自那日我在沙漠里跟 SUN 求婚成功后，我们的生活并没什么大的变化。可能唯一的区别是 SUN 手上多了一枚小小的戒指，连带着，之后的旅行计划也发生了改变。

我们原本打算去阿姆利则——阿姆利则金庙里不需要消费，食堂 24 小时不间断开放，每个人都可以获得免费的食宿——但如今，却不得不赶往新德里。

印度的火车真是种神奇的交通工具。有时候准点上车，会晚好几个小时到站，但有时明明晚点两个小时，却能准时到站。

有次跟车上的乘客聊天，他们告诉我，火车晚不晚点全看驾驶员的心情。驾驶员不想晚点的时候，会为了抢时间到站不

停，只将火车减速，要上下车的乘客只能自己跳。

我们这趟从杰伊瑟尔梅尔前往新德里的列车就摊上了个心情极不好的驾驶员。本应晚上八点到达新德里的火车，整整晚点了十二个小时，直到第二天早上才到。

不过幸运的是，我和 SUN 为了庆祝订婚，特地买了这趟列车 AC1 最豪华的舱位。

那么 AC1 具体豪华成什么样呢？

首先，这是个双人间，下铺可以展开变成一张沙发和一张茶几，下铺对面的墙上挂着一台电视；其次，房间自带独立洗漱台和卫生间，所有灯都可以自己控制开关；再次，房间的地面铺着地毯，并提供一次性拖鞋和消过毒的塑封卧具；最后，全程免费提供各种饮料和餐点，最棒的是，乘务员一点口音都没有，甚至能听出那么点儿英伦味儿。

晚点十二个小时，就意味着我们能多享受十二个小时的贵族服务，还省了一晚上的住宿费……

我和 SUN 订的旅馆在旧德里贫民窟 Taimur Nagar 的附近。

德里是印度的首都，整个城市被分成新德里和旧德里两个部分，新、旧德里亲如兄弟，却全然不同，前者富足，后者赤贫，被一座"印度门"以南北分开。一个当地人告诉我，新、旧德里之间仅仅一"门"之隔，房价却相差上千倍。

"印度门"以南：耸立着各种英式建筑，大型超市和商场无数，富人们依山傍水建起别墅，各种豪车在宽敞的柏油路上轰鸣而过。

"印度门"以北：众多背包客的装卸地，满满地盛放着各种古迹和遗址，同样承载的还有赤贫如洗的贫民窟。

走进贫民窟，仿佛一脚踏进了这座城市流着脓的疮。

松松垮垮的平房，豆腐块似的挤在污水横流的土地上。街头巷尾充斥着腐烂和粪便的气味。半大的孩子们在堆满了垃圾的小道间来回穿梭，男人们衣衫褴褛地干着重体力活儿，但依旧难以保证温饱。女人们一边照顾着幼子，一边用沟渠里泛着白沫的水给丈夫做饭，老年的拾荒者枯槁得只剩下一层黝黑的皮。

一条河从贫民窟里蜿蜒而过，各种垃圾将水面掩盖得严严实实。一只小狗在水里奋力地扑腾，身上沾满了油污，周围居民圈养的牲畜，正啃食着垃圾。

抬起头，远处云端之上的写字楼，如一座无比巨大的封印，压在贫民窟的上空。

有的人一出生就被按在地上，有的人一出生就飘在天堂，大雨公平地降落到大地，却只能淹没贫民窟里的生命。

我想起尼采的一首诗：狭窄的心灵使我厌恶，其中没有善，甚至也没有恶。

我尝试想象自己来到那写字楼的顶端，透过落地窗看着一望无际的贫民窟，我的同情竟被暗自庆幸淹没了。

这时的我，如同一辆驶向雪国的列车，正从别人生命的废墟上，冷漠地呼啸而过！

一直以来，我虽自诩算不上好人，但也不算坏人，即便偶尔浮现在心里的脏，也只是红尘下基因代谢的产物。就像书里写的那样："一旦下雨，路上就有肮脏和泥泞，每个人都得踩过去。"

这时，SUN 拉起我的胳膊轻声问道："达瓦，你觉得这里的人幸福吗？生活在这种地方，难道他们自己不觉得有问题吗？"

"我不知道……"我老实地说，"我只知道，你看他们老的老、小的小，无论他们是否觉得幸福，他们出生在这儿，除非有极大的机缘，否则很可能一辈子都出不去。与其讨论他们是否幸福，还不如讨论他们是否还有希望。"

说完这句话，连我自己都心生不忍：从出生那一刻起，就注定了选择的艰难，这是何等的苦楚！

还记得以前老师说："生活可以改变，地位可以逾越。"然而眼下的印度，却限制了地位的逾越，同时也扼杀了改变命运的可能。

"或许，没有希望的打扰，他们的日子还会好过一些，幸福一点。至少没有那么多求而不得的折磨。"我默默点了根烟，轻轻说着。

换作以往，我一定讲不出这么荒唐的话，可如今身临其境，我仿佛失去了判断是非的能力，一并失去的还有对人类共情的能力。这一切，只因为我面对的是如此寸草不生的赤贫。

如果说贫穷是一座孤岛，那么身处岛外的人无法想象，而身处岛内的人即便拼尽全力，也难以逃脱。

印度·加尔各答（二）

原本我们出发前的计划是从印度直飞伊朗。但由于求婚成功，我和 SUN 都觉得还是得先把婚给结了。而向来不走寻常路的我们商量后，决定去美国的塞班岛登记结婚。

于是乎，我们退了去德黑兰的机票，返回加尔各答，从这里回国，再飞塞班岛完婚。

经过一天一夜的火车，我们回到了糟心的加尔各答火车站。

刚一下车，我们就看到了凌子那娇小的身躯，她正眼巴巴望着人山人海的出站口。

"凌子！你怎么来啦！" SUN 看到凌子便一路小跑，冲上去就是一个大大的拥抱。

"哈哈，意外吧，这不是听说你俩订婚了嘛，赶着过来恭喜你们呀！赶紧给我看看你的大戒指！"

SUN 有些害羞地伸出了手。

"达瓦！不错嘛！动作挺快的啊！就是戒指上面的透明石头子儿小了点儿，回头可得给我们家 SUN 换颗大点儿的！"

我听凌子这么一说，冷汗都下来了。

SUN 瞧我满脸窘态，笑着替我解围："我手又不大，戴那么大的钻石多奇怪啊，现在这颗刚好。"

由于凌子的出现，我们决定不再去贫民区住，而是在凌子住的附近找家酒店。

"到啦，这就是我住的小区，前面有家酒店，来的路上已经帮你们订好房了。"

不得不说，凌子真是个实在的姑娘。

"白天我要去做义工，你们自己安排，晚上再带你们到附近逛逛。"凌子接着说道。

"义工？什么义工？"我听到凌子的话，追问道。

"就是去特蕾莎修女仁爱之家，你们听说过吗？"

"你逗我呢吧！那可是特蕾莎修女仁爱之家啊！怎么可能不知道啊！"我激动地嚷嚷起来，边嚷嚷边上蹿下跳，跟个大猩猩一样。

1947 年，数以万计的灾民涌进加尔各答，与此同时，各种传染病也跟随着逃难的人群来到了这座城市。接着，霍乱和麻风病爆发了，加尔各答一度变成人间炼狱。之后，特蕾莎修女来到加尔各答行善，特蕾莎仁爱之家也在多方拥趸的支持下建成，特蕾莎修女为了在此行善，还特意加入了印度国籍。

六十年过去了，如今的特蕾莎仁爱之家已成为义工界的圣地，是每个怀揣使命感的国际志愿者必来服务的圣殿。

其实认识 SUN 之前，我也去过国内的养老院做义工，这次来印度之前，我就想去垂死之家服务，而垂死之家正是仁爱

　　之家的一个分支。哪想，刚瞌睡就有人送枕头，凌子的出现，
再度唤醒了我的愿望。

　　"达瓦，我们去当一天义工吧！好不好？"在我还酝酿着
该怎么跟 SUN 开口的时候，这丫头竟先张了嘴。

　　"当然好了！"我赶紧应声，旋即转向凌子，"凌子，我们
就一天的时间，能去吗？我想去垂死之家服务，不知道可不
可以。"

　　"别说一天，半天都可以。我这个月都在垂死之家，你们

要想去，明天直接带你们注册。"

说干就干，第二天一早，凌子就来旅馆接我们前往仁爱之家注册。

六点整，我们来到了仁爱之家。

弥撒，过早，等修女为今天最后一天服务的义工唱完"thank you, love you, wish you"的祝福歌后，凌子便带着我们去嬷嬷那儿注册。

嬷嬷简单询问了一下，给了我和 SUN 一人一张"one day pass to nirmal hriday"。

凌子告诉我，nirmal hriday 是孟加拉文，翻译过来就是仁爱之心的意思。

由于垂死之家离特蕾莎仁爱之家不算近，我们领完临时工作证之后，凌子便急匆匆带着我们出发了。

半个多钟头后，我们来到了服务点。

一进入房间，消毒水的气味便扑面而来。虽然现在才八点半，但其他义工早已忙得热火朝天，病人们也都开吃早餐了。

我和 SUN 赶紧找到了负责人，修女见我们是一对情侣，就安排我们照顾同一个病人。简单交代完后，修女和凌子便去忙了，而我们也开启了一天的工作。

我们要照顾的病人，是个黑瘦黑瘦的印度老头，一见到我们过来，他就指着自己的下身"咿咿呀呀"，像是很难受的样子。

我走近一看，床单上满是粪便和尿液，那味儿直打鼻子。这可比在国内的养老院做义工艰苦多了！但如今，我们已没有退路，只能开干。

顶着鼻子和眼睛的强烈不适，走到床头，我钳住老人的双腋往上一托，示意 SUN 把床单扯下来。接着，我们手忙脚乱地帮老人把脏了的衣服也换了下来，然后将床单和衣服放进消毒池里。

就是这么简单的工作，待完成，我和 SUN 已是汗流浃背，坐在台阶上直喘粗气。

旁边一个洗床单的欧美义工见我和 SUN 如此狼狈，便告诉我们，在这里干活不要太在意细节，如何更高效地完成工作才是最重要的，按照我们这样的速度干下去，还没等换上干净的床单和衣服，病人又得拉在床上，等于白干。

说完，他把洗完的床单晾好就离开了，留下我和 SUN 对着满消毒池的白布一筹莫展……

我和 SUN 为加快速度，商量之下，决定分工。我让 SUN 留在消毒池旁洗东西，而我自己则打水给老人擦身体。

就如那个欧美义工所说，我才刚把老人上半身擦完，老人就示意要上厕所，于是我抱起老人就往厕所跑。这时我惊讶地发现，老人竟然那么轻，抱起他如同抱起一个孩子般轻松。

我帮老人上完厕所，擦完身体，换上衣服和床单，SUN也洗完回来了，我见她累得满头大汗，不由心疼起来。

在大理的时候，我哪里舍得让她干这种活儿啊！要知道这儿可没有洗衣机，全靠手搓，而且连副手套都没有，那稀释过的消毒水多伤手啊！

我连忙把 SUN 拽到一旁让她休息，而我则帮老人按摩四肢。

老人真的太瘦了，我每一指按下去都能摸到骨头，那触感就像菜场里卖的棒子骨一样。

待按到手腕时，我诧异地发现老人的骨架比我的还大。真的很难想象，到底是怎样的生活，将老人折磨成眼前这般模样！

一转眼到中午了，我们自己吃过午饭后，SUN 便开始给老人喂饭。可老人只吃了两口就停下了，SUN 有点儿着急，手舞足蹈地想让他多吃点儿，可老人说什么都不肯吃，无奈之下，SUN 只得放弃。

下午的工作要简单些，基本就是帮老人按摩、喂水、上厕所。

其间，老人睡着睡着又尿床了，我本想帮老人把床单和裤子再换一套，结果旁边的义工告诉我，光换裤子就行了，床单一天只换一次，脏了就翻一面，等第二天再洗。

一天就这样忙忙碌碌地过去了，返回旅馆后，我和 SUN 直接瘫倒在床上。

我们谁都没想到，看似简单的活儿，实际干下来会这么累。

第二天。

由于我们当晚要回国，SUN 有点放心不下前一天照顾的老人，就决定再去一趟，也算是跟老人告个别，为印度之行画上一个句点。

可没想到，当我们回到垂死之家，来到床前时，却发现床上已经换了人。

出院了？不至于吧！老人那身体……

等等！不会是……

想到这儿，SUN 明显慌了神儿，赶忙跑去问修女，修女先是在胸前画了个十字，然后指了指停尸房的方向。

果然……

"死了？他死了？您确定吗？老人真的死了？"SUN 依然不敢相信，修女没多说什么，只在胸前再次画了个十字，便转身离开。

看着修女刚才指的方向，我和 SUN 纠结了好一会儿，也没有勇气去看老人最后一眼。

SUN 问了一圈，没人知道老人的名字，更不知道他从哪儿来。

我们便是老人生前眼中最后的影像，可就连我们自己也不敢去看他最后一眼。

一哥们儿说："人真有意思，活着活着就死了。"

一无所有来，一无所有走，中间的过程里，说"失去"都是抬举，借来的，还回去，摊开掌心，握紧拳头。

老人是那么渺小，以至于时代的列车那么轻易地，忽略了他撞倒了他，然后，碾过了他。

面对生命的洪流，任你如何斯文，如何暗自称雄，也是无可奈何。前路茫茫无期，无论心急如焚，还是惶惶不安，终究是黄粱一梦，等醒来时，剩下的不过是一声叹息……

修整——等待——出发

从印度回国之后，我们径直回到了大理。

我们原本是打算稍稍休整一下，待办好之后几个国家的签证，就直接飞到塞班岛办婚礼。但没想到，这一等就是两个月。

在印度时还没什么感觉，等一回到国内的舒适圈，我和SUN骤然发现我们真的是太虚弱了。

回国的第二天晚上，我和SUN还没来得及去吃小鹿跟阿洛给我们摆的接风酒，人就不行了。

拉肚子、发高烧，以至于后来我和SUN都烧糊涂了，两个人躺在床上轮番说胡话，床单、被套湿透了一套又一套。

阿洛和小鹿看情况不妙，连夜开车把我们送去了医院。路上阿洛的嘴还不闲着："真够厉害的，我只听说闺蜜大姨妈能同步，你俩是咋做到连发烧都同步的……"

到了急诊室，我和SUN的诊断结果一模一样，都是急性肠胃炎引起的发热。

在医院打完三天吊瓶之后，我们才渐渐好起来。原本的接风酒，也变成了病号饭。

小鹿见我们"大病初愈"，炖了一锅岩耳鸡汤想给我们补补。我和 SUN 刚从医院回来，就闻到了那股"味从羹出"的肉香，可我并没有因此食指大动，而是一反胃直接吐了……SUN 没我这么狼狈，但也直往厕所跑。

于是，我开始天天陪着 SUN 喝糜粥，SUN 天天陪着我啃咸菜。那清贫劲儿，跟我们几年前刚到大理时如出一辙。

不仅如此，我俩出门还得戴着口罩，倒不是怕被传染其他细菌，只是隔壁小吃店一到饭点儿就炒腊肉，一闻到那股子锅气，我就感觉自己的胃和肠子全都搅和在了一起，明明想吐，却什么都吐不出来。

日子一天天过，我和 SUN 的身体也在一点点恢复。

一个月后，我正式通知了家里我要结婚的事儿。爸妈也知道我"听调不听宣"的德行，一面让我别忘了回国后补办一下结婚证，一面嘱咐我结婚之后不许欺负 SUN。

SUN 也把即将结婚的消息告诉了我的准岳父岳母。厚道的老两口当下就给我转了个红包，说是庆祝自家女儿终于嫁出去了……

于是，在双方家长的祝福下，我们开始筹备去美国登记结婚这件事儿。

我的本意是先在洱海边办个西式的草坪婚礼，然后再飞去登记。但 SUN 却觉得太过劳神伤财，认为"不吃酒不收礼"的远行婚礼，才符合我们的调性。

我想想也对，一边愉快地答应下来，一边庆幸着这回倒是能省下不少事儿，可事实却远非我想象的那么简单。

礼服、婚戒就已经够头疼了，准备出生公证和单身公证材料、跟塞班市政厅确认宣誓日期，这些都得自己来。

忙前忙后准备好这些，我又找起了当地的地接和摄像师，安排酒店和结婚当晚的婚宴，又把后续一些国家的签证办了下来。

可是，以上所有事情的难度加一块儿，跟"找个证婚人"一比，简直都不配称之为麻烦！

"达瓦，这都一个礼拜了，你到底决定带谁过去证婚啊？你这边不确定，我机票咋买啊！"

SUN坐在床上，一边看着朋友店里的婚纱照片，一边按着太阳穴说道。

美国的婚姻法规定：宣誓结婚的双方，必须各有一个证婚人，也可以理解成伴娘和伴郎。

SUN那边是确认了带她表姐去，可我这边的人选，却迟迟无法定下来。虽说到时候可以花点钱雇名"路人甲"代劳，但毕竟是此等人生大事，我实在不想让不相干的人参与。

拜了把子的阿正绝对是首选，但前两天通过电话我就放弃了。这小子漂泊的心终于有了容身之处，在老家包了几十亩地准备种樱桃，正式从"流浪正"进阶成"事业正"，根本抽不出空。

除他之外最适合的人就是阿洛，还没有之一。

"达瓦，你也不用太纠结，阿正在老家干得热火朝天，肯定去不了，你只剩下阿洛一个选择了，虽说他跟小鹿办酒了，但不是还没领证嘛，勉强也能算是单身吧。"

听完 SUN 的话，我不置可否地皱起了眉头。

其实阿洛结没结婚的，我倒真不在意，毕竟过去是当证婚人，又不是传统意义上的伴郎。但要命的是，这小子是真的一句英语都不会啊！这要是到了现场，总不能全靠我一个新郎官忙前忙后吧？

而且带阿洛去，肯定得带上小鹿，为了我结婚，弄得人家小两口分离也不太好。

可小鹿又铁定去不了，他们俩的小店没人照看就算了，小鹿实在也舍不得她的花花草草。这一桩桩一件件的，简直让我头大不已。

经过反复商量和确认，证婚人这击重锤最终还是落到了阿洛的身上，小鹿在大理看家。

行程方面，我和 SUN 带着阿洛从广州飞，而 SUN 的表姐则自己从上海飞。

一切准备就绪，出发！

坐在车上的我和 SUN 一阵兴奋，我们即将修成正果啦！

美国·塞班（一）

将近二十四个小时的飞行加中转后，我们终于抵达了塞班岛。

但入境时，阿洛那边出了问题。

海关警察不准我陪同阿洛过关卡。可阿洛不会英文，面对入境处的工作人员的盘问，直勾勾地瞅着我，我也没办法，只能干瞅着他，然后我俩就这样四目相对……

顺理成章，阿洛被带进了小黑屋。

我察觉事情不妙，赶紧跟入境处的工作人员解释："他是我弟，他不会英文不是他的错，是我没有教育好他……"

工作人员尽管表情看起来对我有一丝同情，但还是将我和阿洛关在了一起……

就在我感叹着世事无常之际，门被打开了，SUN 也走了进来。好嘛！一家人整整齐齐，这叫什么事儿啊！

在接下去的一个多钟头里，我孜孜不倦地向工作人员解释。最终，在我从四个背囊里翻出了一万美元现金后，才把我们这"一家三口"给放了。

　　重获自由后，我们三人走出机场，迎接我们的是太平洋炙热的海风。

　　"不会吧！这都十一月了！怎么还这么热啊！我们又不是到了南半球！"我嘴里吐槽，手也不闲着，剥下层层衣服，直到只剩一件短袖。

　　过去的一个月里，我们都在为结婚做准备，完全没在意这是一座靠近赤道的小岛。

　　塞班岛位于西太平洋的北马里亚纳群岛。1945 年日本二战战败后，联合国将北马里亚纳群岛、密克罗尼西亚群岛、帕劳岛和马绍尔群岛一起划给美国政府托管，为期四十年。1985 年，托管结束后，密克罗尼西亚、帕劳和马绍尔分别独立，而塞班岛所在的北马里亚纳群岛则转而成为美国海外领土。

换完电话卡，联系上提前安排好的地接司机，我们仨离开了机场。

车沿着海岸不急不缓地开着，当我看到阿洛望着窗外的好奇劲儿，不禁莞尔。由于语言障碍，阿洛之前没有出国旅行过。

可即便如此，我却是明白，相较于精致的碧海金沙，阿洛更喜欢茫茫无际的沙漠旷野。用这小子的话说：男儿郎的刚强和狠劲儿，就像一眼看不着边儿的戈壁，就像狂风中那刀子一样的石子儿。

到了酒店，按照原来的计划，我和阿洛一间房，SUN 和第二天才到的表姐一间房。但也不知我们这一路是得罪了哪一方神仙，连这么简单的事情都出了纰漏。

酒店前台看着我付款成功的邮件，查了半天也没查到我们的订单信息，而且糟糕的是，当天房间爆满，未来几天也没有空房。

这事儿放到平常，大不了我跟着地图再找一家就是了。可问题是，连我后天订的蜜月套房也查不到了，这不是要人命嘛！

一番沟通后，酒店答应先将房款退给我们，再免费安排我们住进另一家本地人开的旅馆，等酒店那边确认好订单之后，再接我们过去。我们也只能妥协。

第二天，SUN 的表姐到了。这是自斯里兰卡分别后，我再一次见到表姐。几年过去，岁月仿佛没在她身上留下任何印记。

我和 SUN 从机场接表姐回旅馆后，我自己又去了趟塞班的市政厅，确认第二天宣誓结婚的细节，顺便想跟婚礼当天的摄像见一面。

结果，这两件事竟然都出了问题，真是一场游戏一场梦……

先说摄像那边。我们提前联系的华裔摄像师临时有事回国了，就给我们介绍了他们店里一个菲律宾摄影师。但关键是，那个华裔摄像师竟然将所有专业摄影器材都带走了，只留了一台手持 DV。

好吧，DV 就 DV，我忍了。可这机器一看就是十年前的老古董，像素比我手机都差了一大截，收费还一点儿不少。这是耍我们吗？

无奈之下，我只能问地接的司机小哥有没有别的办法。我对摄像师的要求直接降到：智商只要高于八十，没得帕金森病就行。

没想到，司机小哥一口答应用手机给我们拍。虽说这么一来，拍出的片子肯定好不了，毕竟连个稳定器都没有，但好歹也算是有人接下了这个活儿。

可接下来的一个大乌龙却彻底让我崩溃了。

我在市政厅出示了预约宣誓的邮件，结果负责接待的大姐告诉我，结婚宣誓必须由市长或州长主持。

但市长前几天临时休假去了，州长还不确定什么时候能过来。简而言之，明天这个婚是结不成了，具体哪天能结得看天意。

我一听这话，两眼一黑差点晕过去……都到这节骨眼上了，我要跟 SUN 说这婚结不成了，这丫头非得活吃了我！

大姐见状，一通接一通地打着电话，又反复确认我们离境机票的时间后，最后告诉我，在我们离开塞班的前一天，安排我们宣誓。

"您确定真的不会有变化了吧？"我几乎带着哭腔，满含委屈地看着眼前的大姐问。

"不会再有变化了，请你一定相信我！"大姐言之凿凿，我只能选择相信。

于是，我带着一脸落寞赶回了旅馆，告诉一众亲友这个消息。

"啊？那这么说我不用后天就走？能多玩一个礼拜啦？"阿洛听到我们婚礼推迟的消息，似乎异常兴奋。

本来我和 SUN 体谅阿洛小夫妻分别时间太长，特地安排他提早回国，可这么一来，阿洛也有了继续跟我们玩的借口。

而 SUN 表姐的反应却平静得出奇，直到后来我才知道，表姐当时想的是：只要是能穿上她重金准备的伴娘服，再让 SUN 给她拍几张美美的照片，什么时候结婚都没差，反正我这个新郎官也跑不了……

美国·塞班（二）

我本想用一整章的篇幅，好好描写一下这座小岛，然后感慨大自然的美妙。

但反反复复修改了多次才发现，塞班岛只适合写个攻略，或者配图的小美文，要正经八百写篇文章，实在不容易。

当然，不是说塞班岛不美。正相反，它在我去过的海岛里绝对是名列前茅的。

神秘的"蓝洞"、果冻色的"军舰岛"、壮观的"鲨鱼头海滩"，以及"鸟岛"美到原地爆炸的日出。相较于东南亚的小岛，这里人更少，景更美。尤其是"蓝洞"，简直美得不似人间。

那海心处亮起的光芒，不仅是阿洛，连我和 SUN 也如入天堂般激动不已。加上水下钟乳洞间的光影，与各种奇妙的水中生物，那种体验，甚至不下于在瓦瓦乌追大翅鲸了。难怪被《潜水人》杂志评为世界第二洞穴潜水点。

但问题是，这座岛实在太小了，也太偏了。

塞班岛还不到朝阳区的一半，市区还没上海的人民公园大，开车两个小时就能环岛一周，大半天就能玩一圈。

虽说这里是美国的领土，但地理位置上更靠近菲律宾，人文风貌更是跟美国本土半点关系都没有。岛上除了菲律宾人和原住民就是东亚人，白人倒成了"少数民族"。

公共设施不完善，住宿条件一般，但花的还是美元。

岛上唯一一家平价超市里，6颗香菇4美元，一小盒豆芽2美元，50克青菜1.6美元，一盒日式咖喱饭11美元。这消费水平跟美国本土倒是别无二致……

我们刚到的前两天还好，司机小哥带着我们到处玩，把各种天上、地下、水里的项目玩了个遍。

可到了第三天，我们就被突如其来的寂寞吞没了。

白天，巴掌大的市区多少还有点人气，起码有个免税店能逛逛。到了晚上，了无生趣的大街上，只有中国食肆和日本居酒屋星星点点亮着灯，逼得我们四人躲在房间里无所事事，连副麻将都找不到。

"达瓦哥，我想回家了，早知道是这样，我就不来凑热闹了。"这几天，阿洛没事儿就叨叨，边叨叨边抠脚，脚皮的碎屑，掉进房间的地毯里，散发着酒糟的气味。关键他还跟我住一个房间，我躲都没地儿躲。

"我说你，叫你来是给我证婚的还是玩的？前两天你不是乐得嘴都咧成菊花了吗？吃完饭就骂厨子啊！你的良心不会痛吗？还有！你能不能到阳台抠脚去？满屋子都是臭鱼烂虾的味儿，你闻不出来啊！"

我一脚把阿洛踹到床下，自顾自地跑去找SUN疗伤了。

相较我和阿洛的"兵革互兴"，SUN 和她表姐那边就和睦多了。两姐妹跟几辈子没见过一样，整天躲在房间里聊天。一次我经过她们房间，趴着门缝儿听到表姐跟 SUN 说，要搞个什么单身夜派对。

我脑补了一下画面，一句歌词在脑中挥之不去：美丽的草原我的家，风吹绿草遍地花……

俩姑娘跑去过单身夜？还不知道得搞出什么项目来！吓得我赶紧把 SUN 拽出来看月亮。

上天啊！赶紧让我和 SUN 结婚吧！可别再有什么意外了！

美国·塞班（三）

> "风，无能为力，心，已在港内——罗盘，海图，
> 此刻都已不必！泛舟在伊甸园——呵，海！让我停泊吧。
> 泊在你的水域，永远！"
>
> ——艾米莉·狄金森《狂野的夜！狂野的夜！》

阿洛终于有了证婚人的样子，一大早就出门去接洽司机。我坐在旅馆的阳台上抽烟，脑子里颠来倒去就一句：

我要结婚了？

我要结婚了！

我要结婚了？！

没错，即将结婚的这个人的确是我，可无论我怎么告诉自己，却依然好像置身事外。

难道我不想结婚？或者我并没有那么爱 SUN？

我被自己突如其来的想法，吓了一跳，连忙回忆起跟 SUN 在一起的日子。

我确信，我爱她。

可这个想法却如病毒般，以风驰电掣的速度蔓延至我整个脑海。我仿佛深陷囹圄，恐惧、颤抖，连面对自己的勇气都消耗殆尽。

这时，电话的响铃声破空而来，接通，对面传来小鹿喜悦的声音。

"达瓦哥，今天是你大婚哦！开不开心！哈哈哈！"

"这个……我……"我本想说句话掩饰不安，但一向发达的语言神经，像是被那可恶的病毒扼住了咽喉，容不得我再发一声。

电话两头忽地阒然无声……

此一刻，就像顾城写的那样，电话这头的我仿佛走进一条又弯、又长、没有窗、没有门的小巷，我翻遍所有的钥匙，都只能敲到厚厚的墙。

"怎么了？达瓦哥？怎么不说话？是不是出什么事了？"

小鹿再次出声时，声音中的喜悦已然变成了担忧。

"没……没什么……只是……"

我揉捏着太阳穴，指甲深深嵌入皮肤，眼睛死死盯着面前的茶几，泪水在眼眶中打转，肩膀簌簌发抖，仿佛连呼吸都急促而微弱。

"小鹿，你觉得我爱你嫂子吗？"

我试着用小鹿的耳朵去听这句话，真不是人。

"啊？达瓦哥，你说什么呢！这都什么时候了啊！"小鹿的语气从担忧变成了惊讶。

"我……不知道啊……我……"

转身回到房间，痛苦如潮水一般将我淹没。

坐在床头，窗帘缝隙间洒下的光线，让我感受不到一丝温暖。起身，拉开窗帘，大片光芒将我笼罩，可我依旧如坠冰窖。

我痛恨自己为什么会怀疑跟 SUN 的感情，痛恨自己在大婚之日犹豫，痛恨如此不堪的自己却享受着如此美妙的清晨。

"达瓦哥，你好点了吗？"

过了一会儿，小鹿见我抽泣声渐弱，轻声问道："你刚才问我觉不觉得你爱嫂子，我以过来人的身份告诉你，如果你和嫂子之间都不是真爱的话，这世上就没有爱情了。"小鹿的声音坚定而深沉，我的手也随着她的话不再颤抖。

"达瓦哥，我还记得你跟我说过，你在斯里兰卡第一眼看到嫂子时就忘不掉她了，你们一起搭伴儿旅行，花了一个月，横穿了整个国家。接着，你们一起去了泰国，在满月派对上，你向嫂子表白了，你告诉我，那是你最痛快的一个晚上。"

"之后，你们回了国。你那时候还在甘孜州支教，嫂子二话不说就赶过去陪你。你还记得你支教的学校多苦吗？没吃没喝，洗不了澡，还得给学生们做饭，可嫂子任劳任怨，就在那个鸟不拉屎的地方陪着你，直到你任期结束，才跟你回去。"

"再后来，你和嫂子来大理定居。你虽然从来没提过，可我难道看不出来你俩为了在一起吃了多少苦？都放弃了些什么吗？你还记得那年平安夜吗？你说你们身上就剩一百多块钱，吃不起麦当劳，就在菜场里买了四个鸡腿，回家自制了一顿炸鸡大餐，我还记得那天晚上你发了条朋友圈，说最幸福的事，莫过于全力以赴地生活，然后义无反顾地爱一个人。"

"达瓦哥啊！你们这两年，迈过了多少个坎儿啊！你现在怀疑自己对嫂子的感情，不觉得可笑吗？"

我这样听着，小鹿这样说着，说到后来，小鹿也哭了起来。

万物皆有裂痕，那恰恰是阳光进来的地方，我循着岁月的足迹，走过散落一地的美好时光，寻找那流年深处的一季花开。

不知不觉中，我再次闻到了远处海浪的绵软，闻到了芭蕉叶混杂着日出的芬芳。

挂断电话，穿上西服，走出房门。

SUN穿着白色的嫁纱，俏生生站在楼下的院子里。微风从她发丝掠过，隐隐在空气中写下三个字：我愿意！

天空湛蓝得就像我当初遇到她时一样，没有早一步，也没有晚一步。

坐上婚车，我们来到市长办公室。

我牵着SUN的手，在表姐、阿洛和视频那边小鹿的注视下，走上宣誓台，庄严宣誓。

"我，达瓦，愿娶SUN为我的合法妻子，携手走进婚姻殿堂，爱她、安慰她、守护她，无论健康还是疾病，无论顺境还是逆境，在我们有生之年，不作他想，对她忠诚。"

"我，SUN，愿嫁达瓦为我的合法丈夫，携手走进婚姻殿堂，爱他、安慰他、守护他，无论健康还是疾病，无论顺境还是逆境，在我们有生之年，不作他想，对他忠诚。"

宣誓完毕，交换戒指。

我牵起 SUN 的手，将婚戒轻轻套上她左手的无名指。

……

车马慢，书信远，一生只够精打细算爱一人。

所以，我爱你。

最浓烈的语言，最复杂的表达，最平静的等待。

所以，我爱你。

如月之恒，如日之升，如山不崩。

多么幸运，陪我走到这儿的，依然是你！

那么，

余生请多多指教。

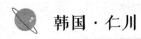

韩国·仁川

"像我这样优秀的人，本该灿烂过一生，怎么二十多年到头来，还在人海里浮沉。"今天也不知道怎么了，脑子里一直循环播放这一句歌词，想着换个台："风雨彩虹，铿锵玫瑰……"吓得我赶紧给调了回来。

要离开塞班了，也到了跟阿洛分别的日子。

拥抱，挥手，在他屁股上踢一脚，这就算道别，连互道珍重都省了。太多时候，男人间的感情就是那么惜字如金。

我和 SUN 从塞班飞到仁川的第一件事儿，就是往身上套衣服。一天之内就从夏天到了冬天，跟穿越一样。

仁川是韩国第二大港口、第三大城市，在全球五百强城市排名里还挺靠前。但这座城市并不是旅游城市，大部分人来这儿都跟我们的原因一样——转机，顺道转转。

当然，倒不是说仁川没有好玩的地方，这不，我跟 SUN 在月尾岛喂个海鸥也喂得心满意足。

"达瓦，你说这海鸥，跟洱海边上的水鸟也没啥区别吧。"

"那能一样吗？你看这海鸥多……呃……大？"

我缩了缩脖子，憋了半天才憋出个"大"字儿，把SUN笑得围巾都掉地上了，沾上了鸟粪。

将手里的虾条都喂完之后，我和SUN慢悠悠地逛起了月尾岛。

走了没几步路，就看到一座游乐场，地方不大，却有摩天轮和海盗船。但看着摩天轮上"风烛残年"的小亭子，SUN也没了勇气，砸巴咂巴嘴，不甘地放弃了。

虽说这天气不咋地，但月尾岛上的人还是不少。

我们溜达到步行街时，各种餐厅商店琳琅满目，烤栗子的老妹儿招呼客人，一笑还有俩酒窝；炸串儿的大姐操着散装中文，逢人就卖萌；最耀眼的是一个卖棉花糖的小哥，竟然在眉心文了个五角星。我当时就不乐意了，有种文个月牙儿啊？忽地小哥朝我看了过来，憨憨一乐，好嘛！两颗大金牙差点晃瞎我。

可能是我和SUN还没有从之前印度"美食"的阴影里走出来，看着满街油乎乎、甜腻腻的小吃，竟然一点儿胃口都没有。

走了一会儿路，眼瞅着SUN的小脸儿都快被吹红了，我赶紧拽着她随便找了家咖啡馆钻了进去。

咖啡馆的菜单上有韩文、日文、英文、和……阿拉伯文？大概是吧？呵呵，老板也不嫌累。

点的咖啡上来了，两杯手冲，我的是耶加雪啡，SUN的是曼特宁。

"SUN，你别老喝那么重的咖啡，对肠胃不好。"

"我口味不重能找你吗？"

我秒怂，怂得义无反顾，怂得连绵不绝……

虽说这家店不大，可咖啡还算不赖。耶加雪啡果香十足，还有气泡酒的风味，味道冲得很澄澈，除了稍微有点尖酸，豆子和咖啡师都能给个八十分。

喝完咖啡，我们实在不想继续吹冷风了。便坐着公交车去了中华街。

仁川的中华街是光绪年间，清朝在朝鲜半岛的租界，曾一度是朝鲜半岛最大的华侨社区之一。如今中华街繁荣不再，变成了中华美食一条街。

自下往上走，街边都是"燕京大饭店""共和春"之类的招牌。这要是在国内，只要饭店敢取这么高档的名字，我就敢不往里进，但在仁川，也就只是普通的中华料理食肆。

最搞笑的是一家饭店的招牌上，赫然画着手捧鸡蛋的包青天……嘿！那个眉心文五角星的棉花糖小哥赶紧来看看！这！才叫气势！

路过一家面馆，当看到招牌上写着"炸酱面"时，SUN的馋虫顿时上了头，我也有点饿了，就进去点了两份。

等面端上来，看着面前白花花的一碗，竟有种槽点太多，不知从何吐起的感觉。所谓炸酱面，除了面不是应该还要有炸酱吧。炸酱呢？这白花花的一片咋吃？生吃啊？没有炸酱你还给我配了肉末和黄瓜丝，真的好有心啊……

吃完面，我和SUN商量后决定，直接去首尔，片刻也不在仁川多做停留。

可细想，又说不出仁川哪儿不好，哪儿不对。说到底，我就是这么深情却又凉薄的人。

每一座城市都有自己的气场，这气场与我合不合得来，在我看来是天大的事儿。合我者，如胶似漆，不合我者，一拍两散。

人说可怜之人必有可恨之处，我说流浪之人必有流感之相。每个如我一般感叹怀才不遇，却不稂不莠的扫把星；每个像我一样，唏嘘他乡放不下灵魂、故乡容不下肉身的倒霉蛋，有一个算一个，都是被自己的矫情作出来的。

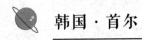

韩国·首尔

但凡旅行都分两种：一种是不见兔子不撒鹰，步步为营，滴水不漏，另一种是有枣没枣打一竿子，无所事事，吊儿郎当。

两种都好，全看性格，我和 SUN 属于后者。

到首尔这两天，我们跟街溜子似的满大街乱窜，你要问我们都去什么地方了，好像哪都去了，又好像哪都没去。

"达瓦，你说这条路怎么这么好看呢！"SUN 拉着我的手轻轻甩着，跟好奇宝宝一样指东望西，"你赶紧查查这是什么地方！"

我一查，三清洞，就在景福宫边上。

等等，刚才路过的那个匾额上写着"光华门"的大围墙就是景福宫？幸好没往里进！

走在眼下的三清洞的确是舒坦。街上人不算多，银杏叶铺了一地，脚舒服，眼安逸，耳朵得劲儿。

偶然摇到我手中的落叶，都带着秋风的呢喃。我多拾了几片，夹在拇指与食指之间，轻轻揉搓，那窸窸窣窣的声音，像极了乐队里摇动的小沙锤，撩拨得人心里痒痒的。

各种先锋感十足的建筑，伫立在街头巷尾，墙上的涂鸦和彩绘十分有趣，连消防水龙头也被涂成了儿时的色彩。

沿途各种小店都文艺范儿十足。画廊、咖啡馆、甜品屋、服装饰品店，各自芬芳却水乳交融。一家巨大的花店挤在其中，像是一朵发卡，夹在瀑布般的小路上。

SUN 在花店门口看到一捧矢车菊，眼睛里都冒出了小蝴蝶。我宠溺地捏了下她的脸，便走进花店："老板，门外那束蓝色的小花多少钱？"

"两万七韩币。"

正当我准备砍砍价的时候，SUN 却冲上来，张口就说："太贵了，二十五美元卖给我们吧！"

花店老板明显愣了一下，随后便满口答应下来。于是，两个女人各有各乐呵，只余我一人在寒风中凌乱。

媳妇儿啊！你小学的数学课是选修的吧……

买完花，我们沿着路继续往上坡的方向走。SUN 捧着花，乐到不行。都说女人若水，如果说寻常女人的笑容是水滴石穿，那 SUN 的笑容就是高压水枪，一击穿心。

渐渐地，路越走越逼仄，现代建筑也越来越少，两旁慢慢变成了韩屋，到半程才发觉走进了村子。古老的房子前，到处挂着"请勿打扰"的牌子。

韩屋是韩国传统的建筑，脱胎自唐代的屋瓦房结构，但经过数百年演进，至今也算另辟蹊径。

我们在一条极深的巷子里走了许久，待行至最深处，看到有个老太太在扫地。老太太闻声抬头看到我们，明显吓了一跳，提着扫帚就追了出来。

见老太太追来，我拉着 SUN 转身就逃。

老太太也是个硬角色，不依不饶、边追边骂，硬生生追了我们一盏茶的工夫，才退回去。

最终，我们狼狈逃回大路，SUN 的花却跑丢了，噘着嘴蹲在路边。那表情，仿佛心都碎成了二维码。

就在回去重新买花的路上，我和 SUN 误打误撞走进一个小小的公园，却是没想到，这座公园倒成了我们这几天在韩国收获的最美景色。

沿着窄窄的步道往里走，那感受怎么说呢？就像《桃花源记》里的模样："缘溪行，忘路之远近。忽逢桃花林，夹岸数百步，中无杂树，芳草鲜美，落英缤纷。"

只不过，这里没有桃花，有的是成片的银杏树和枫树。叶子铺了一地，黄澄澄一片，宛若倾泻到地上的秋阳，连路肩都分辨不出，踩在上面发出细密的脆声。

"初极狭，才通人。复行数十步，豁然开朗。土地平旷，屋舍俨然。"步道尽头被一片更加茂密的银杏林遮住，只留下细细的通道，要侧身弯腰才能走进去。我牵着 SUN 的手，跟钻进兔子洞的爱丽丝一般，小心翼翼，满心好奇。

在"斗折蛇行，明灭可见"的林径钻了一小会儿，前方渐渐开阔起来。脚下的落叶须臾间消失得干干净净，露出松软的泥土，四周植物也从银杏变成了矮松。

周围安静得我仿佛能听到植物的生长、落叶的脉搏、大地的呼吸、秋虫的交媾。

不远处出现了一座破旧不堪的韩屋。眼看天色渐暗，我和SUN有些犯怵，便没再深入，折回了旅馆。

第二天，我和SUN想要在离开韩国之前，再看一眼那座公园。可竟然也如《桃花源记》里写得那样："寻向所志，遂迷，不复得路。"

那片树林，那座老宅，那条小径，甚至那座公园，再也找不到了。事后，SUN倒是很快忘了，可我每每回忆，却百思不得其解。

日本·京都（一）

一个你真正喜欢的国家，最起码要去两次。

第一次：春风得意马蹄疾，一日看尽长安花。

第二次：春色满园关不住，一枝红杏出墙来。

有人说爱源于了解，但我却认为，了解不深，依然不妨碍爱着。京都就是这么一个地方，哪怕匆匆而过，也丝毫不妨碍它惊艳了我。

于是，这次来到日本，我打算把时间全耗在京都附近。

"达瓦，我们真不去看富士山？"

"这样吧，我们先在京都待三天，三天后你要想走，咱们就走。"嘿嘿，小样儿，三天后我就不信你舍得走！

可事实上，我依旧低估了这座城市对 SUN 的吸引力。

"达瓦！反正下午也没什么事儿，要不我们再去趟八坂神社吧！" SUN 兴奋地调试着相机，"这回我要多带一块电池，把电拍完再回来。"

"我的天啊！姑奶奶！这三天你都去三回了啊！"

话说，自从到京都的第一天，我带着 SUN 去了建仁寺、二年坂和八坂神社，这丫头就彻底疯魔了。

回来之后，不仅仔细做起京都的攻略，甚至还不惜花费重金，给我买了一整套和服，好配合她拍照。

爱着的城市，被爱着的人爱着，就如同亲手给姑娘织了件毛衣，姑娘穿上后赞不绝口，还嚷嚷着唤我多织几件方便换洗……

京都的美是立体的，从建筑、庭院、文化、格局，盘根错节，交映生辉。

有人说："我爱京都，只因她美成了曾经的长安。"这话说得对，也不对。京都的城市格局，的确跟大唐时的长安城极其相似，连街名也沿用了"三条""五条"这样的叫法，建筑式样更是充满盛唐遗风。

但细细分别，差别却并不小。日本建筑中的齐头昂、角部平行椽、格子窗等都是唐代建筑中没有的。

因此，与其说爱上京都只因爱上曾经的长安，倒不如说，是京都成全了我们对李氏长安的幻想。

从 SUN 那熠熠生辉的眼神中，我感觉得到，她想象中曾经的长安，便有着建仁寺一般的庭院、二年坂一般的街头、八坂神社一般的小楼。

建仁寺的庭院分为内外两部分，分别展示了两种不同的东方禅意：山河、曲径。前者以抽象取义，后者以工笔取义，虽为人作，宛若天开。

外庭为山河——

空地上铺满细小的白色砾石，用钉耙犁出规整的水文，似微浪，似波纹；再以诡松和奇石点缀，或前或后，或密或疏，或阴或阳，层峦叠翠，危峰兀立，非有老笔，清壮何穷啊！

内庭为曲径——

遍布的青苔之间，几块卧石隐隐嵌成自然汀步；皱褶的地势拟丘陵，如龟背，其间偶有矮灌丛和枫树，一高一低以枯木调和。中有假山石，为坻，为屿，为嵁，为岩。石灯、鹿威散在一边，以水渠相连。满院流翠，描绘出"曲径通幽处，禅房花木深"的美感，仿佛下一秒就能跳出一只红狐一般。

二年坂是一条坡道，也是京都最为重要的传统建筑群保护区，保留了红壳格子和虫笼窗式的古老町屋，风情与韵味俱佳。

晨——

街道上还渗着薄薄的寒气，街边都是古朴的二层小楼，微微凹凸的石板路上一尘不染，远处的"八坂塔"配伍眼前空旷的街道，须臾间，庄周梦蝶，蝶梦庄周。

午——

人渐鼎沸，诸多小店也开了门，店内装修则清一水的"和风"，一眼望去赏心悦目。穿和服的姑娘，翩翩经过，带起片片惊鸿。

夜——

灯光乍起，整条街道竟无一盏现代的路灯，唯有路边一座座小楼上挂着的灯笼照亮街道。远处"八坂塔"在附近灯光的映衬下颤颤卯卯，偶有行人从光下路过，影子落到石板路上，清寡可人。

八坂神社是关西地区历史最悠久的神社之一，同时也是日本约三千座八坂神社的总本社。站在其中，用不同的视角能看到不同的深度。

物置——

步入橘红大门，就算走进了神的国度，神社内的建筑是木质结构，居中的"舞殿"上挂满了白色灯笼，每每入夜，排排灯笼被点亮，美出一片天际。"舞殿"对面是正殿、白墙、橘梁、棕廊、黑顶，庄严而隆重。正殿周围分布着许多小社，小巧可人，各有芬芳。

人入——

神社里人声鼎沸，前来祈福之人络绎不绝。先走到供桌前，往功德箱里投一枚硬币，双手在胸前合十许愿，然后摇动与巨大绳结相连的铃铛，结束后轻拍手掌，深鞠一躬，不跪，不磕头，不烧香，这种祈福深得我意。穿和服的众多人群中，有日本人、中国人，也有欧美和南亚人，虽说其他人种穿和服也有一番野趣，但终究还是东亚人穿着好看。可纵然是差不多的脸，穿上和服后，中国人和日本人还是看得出区别。日本女孩儿走路时双脚内八字，细细踱步，而中国女孩儿则大步流星，不拘小节。

礼规——

风雅之境，尽在一觞一咏之间。八坂神社内的婚礼隆重，新人和家属在主祀人的带领下，排成一列。新郎着黑色和服、白色羽织纽，来观礼的宾客也都穿成黑色，唯有新娘一身白色花嫁和服，虽说看着十分恬淡素雅，却有些怪异。婚礼全程，参与者几乎不发一声，肃穆庄重，与中式婚礼风格迥异。

建仁寺、二年坂、八坂神社，仅仅这三处就把SUN死死留住，但这仅仅是个始端，京都的美即将在SUN的眼前拉开序幕。

日本·京都（二）

"把一枝寒梅插在袖子里，那就叫春意盎然吧。"正冈子规这样写。可身边无梅，只能将手揣进宽大的袖子。

总有一些句子，会滴墨成篾。

于是，京都下雪了。

身边路过的日本人嘴里一边喊着"yuki"，一边手舞足蹈。细问之下才知晓，此雪于京都也是难得。

伏见稻荷大社始建于 8 世纪，是日本上万稻荷神社的总本社。其中的千本鸟居，是日本规模最大的鸟居群，其数量达到了近四千基，而且每年还在增长。

鸟居，是一种被涂成橘红色的门，造型类似于中国的牌坊，只是要小很多。

自江户时代起，日本就有"奉纳鸟居"这一习惯，寓意实现愿望。电影《艺伎回忆录》里，幼年小百合在鸟居里奔跑的那个镜头，取意就是如此。

我和 SUN 在千本鸟居待了整整一上午了。

刚进来的时候，人群跟沙丁鱼罐头一样，根本无法取景。

待走到山腰时，人已寥若晨星，偶尔星星点点的几个，也只是匆匆而过，不再驻足。

稀疏的雪花，从鸟居间清清寡寡荡下。入手微暖，落地即化，降在肩头，犁进心田。

陡然想起一段俳句：银粟满天飘，拂面化露凉意甜，松松好口感。

这是专属日本的美感；这是专属京都的温度。

SUN 放下了手中的相机，眼角细不可知地泛起泪光。

我上前抱住 SUN，却没想到她竟将我推开，独自坐到一旁的枯树桩上发呆。

SUN 在外面是个感情不常外露的人，对待胜景，至多就是放下相机一言不发，这还是第一次见到她因景色落泪。

呆坐了好一会儿，SUN 才站起身，拍了拍裤子上的泥土，轻轻叹了口气："走吧，也就这样吧……"

什么？能找个人用中文帮我翻译翻译你说的普通话吗？都把你给美哭了，还"也就这样吧"？姑娘，你什么时候变得这么刻薄了？

可当看到她那眼神中透出的浓浓不舍时，我方才惊觉，也许，这个"也就这样吧"指的并不是景色，而是得到最大程度满足后的状态。

就像电影《非诚勿扰 2》里李香山在渔船上跳海自尽前说的那句："不过如此吧……"

人生若无遗憾，自然便到了"也就这样"的程度。

下山后，我看 SUN 再没了闲逛的兴趣，便跟她一起回了民宿。

回去的路上，我一边翻看 SUN 在千本鸟居拍的照片，一边引开话题。当说到半山腰，那对儿戴着狐狸面具的小情侣之间，化不开的甜蜜和腻歪时，终于让 SUN 缓过来了一些。

回到民宿，SUN 径直冲进卧室，独自鼓捣起她相机里的"战利品"。我则换下和服，独自坐在院子里呷起了茶。

说到我们住的民宿，也不得不提一嘴。

记得第一天入住的时候，SUN 一进门就乐得合不拢嘴，还百年不遇地主动跳起来亲了我一口。

二层的小木屋，整栋都属于我们。

楼下有厨房、餐厅、客厅、茶室、干湿分离的浴室，以及两个独立洗手间；入口处，有个小小的院子，楼上是两间榻榻米卧室，其中一间带阳台。茶桌摆在一棵枫树的树荫里，枫叶铺了一地；出大门就是连锁便利店，两百米外是"京福岚电"的火车站，隔一条马路就是主街，吃饭购物都很方便；更关键的是，这么好的民宿也就相当于京都正常宾馆里一间十平方米小房间的价格。

吃过晚饭，我看 SUN 照片处理得差不多了，便带她去鸭川散步。

所谓鸭川，其实就是条窄窄的河道。没有精致的步道，没有完善的设施，甚至连个围栏都没有。但有趣的是，就这么一条小溪，却被京都人如同对待儿女般，悉心呵护着。

很难想象，一条横穿闹市区的河道，每天数十万人走过，却依然清澈见底，看不到丁点儿垃圾。

还记得上次来鸭川，我还是单身。

那时，但凡有情侣牵着手迎面走过，都会随风扬起一阵恋爱的酸柠檬味儿。每每此时，我都会双手合十，一边祈祷一边哭诉。

断如今，时光荏苒，白云苍狗，像我这般尘垢秕糠，竟也找到了媳妇儿，老天对我不薄啊！

漠漠秋云起，稍稍夜寒生。

鸭川两岸的小店华灯初上，暖色灯火倒影水中，散出一圈圈光晕。白天拥挤的人群被一键删除，消失在迷人的夜色中。

我牵着 SUN 的手，走在潺潺水边，耳畔传来她均匀的呼吸声，含辞未吐，气若幽兰。

她偶尔看看天，偶尔看看我，眼中一片星光。

手心的温热，让人暂时忘却了初冬的寒凉，无意间两肘相碰，擦出的火花点亮了暗淡的天空。

迎面走来一个独自背着徒步包的青年。

擦身而过时，我低下头，嘴角扬起微妙的弧度：颤抖吧！单身汉！

日本·茨木

上次离开日本时，我便留下了一个遗憾：光之教堂。

这次再来到日本，遗憾变成执念。

光之教堂全名"春日丘教会光之教堂"，出自日本建筑大师，号称清水混凝土诗人的安藤忠雄，也是他"风、水、光"这"教堂三部曲"中最为杰出、最为出名的一座。

关于这座教堂，还有段佳话。

当年一位社区负责人找到安藤忠雄，请他为社区设计一个教堂，但教会的预算非常有限。结果，安藤忠雄只花了原计划四分之一的费用，就设计出了这座封神之作。

光之教堂每周只对外开放一个下午，每次接待的人数非常有限，所以我两个月前就想在网上预约。但打开官网一看，今年的预约竟然全排满了。无奈之下，只能先算好开放时间，到时候硬着头皮先过去，等到了再想别的法子。

晨六时，朝阳温婉和煦，照在床单上，折出一个完美的直角。

"SUN，你真不跟我一起去吗？"

"嗯，你自己去吧，我不怎么感兴趣。"

SUN 此刻还没起床，一边赖在被子里，一边哑哑地嘟囔。

"近就算了，还要坐那么久的火车，又没预约，万一到了人家不让进，多浪费感情啊。"

"好吧，那你今天去哪儿呀？"

"我想去白须神社的水上鸟居看看。"

独自走出旅馆，先坐公车到河源町，然后换乘 JR 日本铁路。一番折腾到达茨木后，我一看表傻了眼，比我的预计早了好几个小时。

我查了下地图，从车站到光之教堂，差不多还有五六公里。纠结一番后，我决定步行前往，谁让咱别的不多，就是时间多呢。

茨木市位于大阪府北部，处在大阪市与京都市的中间，是一个特例市，相当于中国的经济开发区。城市虽不大，但地理位置特殊，交通倒也便利。

这是一个新型工业城市。一路上，我几乎一个游客都没见到，但却也恰恰因此，收获了这个国家的另一番模样。

街上自行车比汽车多很多，步道和自行车专用道之间没有明显阻隔，因此走在其间要时刻留神，倒不是怕被撞，而是记挂着别挡了别人的路。

日本汽车基本不按喇叭，这我是知道的，但没想到连自行车的车铃，在这个国家也沦为装饰品。哪怕你挡在路中间，后面的自行车也只是跟着你慢慢骑，或是从旁边穿过去，绝不会按铃催你让开。

另一件事也很有意思，这里骑自行车的人群跨度很大。有骑公主车，一前一后装了俩孩子的妇女；有骑二八大杠的大叔和大爷；有骑普通自行车的学生；还有骑运动型自行车、穿得西装笔挺的上班族。

我当时就纳闷了：穿西装还骑自行车，裤腿上为什么不夹个小夹子？不怕蹭上油吗？

走到一座立交桥上，一个女人带着个三四岁的小姑娘，跟我走了对脸，我下，她们上。

由于阶梯较窄，我下意识地侧身让了一下，没想到女人和小姑娘见我让路，先是站定对着我鞠了一躬，才排成一排靠边走了上去。

这本是无心之举，却得来如此认真的道谢，倒让我有些不好意思。

经过一片球场时，看到一群穿着校服的孩子正在打球。周围的啦啦队、教练团和围观群众时不时爆发出欢呼。我停下来看了一会儿，越看越纳闷，这打的是什么球啊？有点像英式橄榄球，却又不太像。

于是我问了旁边一个教练模样的青年男子，他告诉我，这是日式橄榄球，类似于英式橄榄球，但对抗性比英式橄榄球要小，更强调团队协作。教练还告诉我，他们学校的学生，入学时必须参加一项球类运动，来培养毅力和合作精神。

如此一路走一路看，一个半小时后，我终于站到了目的地的门口。

光之教堂实际上是一座社区教堂，周围都是二层民居。

教堂很小，乍看之下，只是一座非常普通的水泥建筑，连大白都没刮。

看了眼表，中午十一点半，距离教堂开放还有好几个小时，可我丝毫不敢耽误。因为没有预约，我希望工作人员能看在我提早这么长时间来排队的诚意上，通融一下。

走进教堂接待室，隐隐传来信徒弥撒的声音，虽语言不通，也依稀觉得庄重肃穆。

我跟登记处的工作人员说明了我的情况。一脸和善的大妈，看到我风尘仆仆，二话没说就答应了我的请求。

我心中大石一落，接连鞠躬道谢，然后在门外的石凳上坐下，静静等了起来。

就这样，我紧紧守在第一个位置上，直到参观时间。

吉时已到，我在问讯处做过简单的记录后，便快步走进了教堂。

教堂呈阶梯状缓缓向下，四周用厚重的清水混凝土实料砌成绝对的围合，不仅粗暴地缔造出一片黑暗的相对空间，还让这片空间充满了沉重和肃穆，也使进去的人能瞬间感觉与世隔绝。

阳光从对面墙体的水平垂直交错开口处，宣泄而出，在两边墙壁、屋顶和地板上，以固定的角度折射进来，使人产生了一种充满活力的奇妙感受。

"生命在他里头，这生命就是人的光。"

这位被誉为"清水混凝土诗人"的建筑大师，以光为立意，创世纪为蓝本，集抽象、寂静、纯粹于一身，创造出的十字架，便是这闻名世界的"光之十字架"。

唯有安藤忠雄可以用冰冷的混凝土，让世人能感受到属于"光"的那份创造力和希望。

离开教堂时，我的心已得到了莫大的满足。

临行前，想着支持一下，顺手买点纪念品，却没想到，竟买到了安藤忠雄亲笔签名的明信片。

回京都的路上，回忆着在茨木市这一路的见闻，以及安藤忠雄带给我的震撼，我忽然意识到：心有所向，必身有所感。

无论是光之教堂，还是一路行来发生在周遭的小事，都是我内里的一道照影。

就像尼采诗里写的那样：人生是一面镜子，我们梦寐以求的第一件事，就是从中辨认出自己。

我曾拼了命地要求自己强大，但终究不过是个在十字路口不知所措的胆小鬼。

或许一个谦和有礼又锐意进取的鬼才，才是我真正想要，却成为不了的样子。

日本·奈良

"SUN，你能不能具体描述一下怎么去的水上鸟居？"一大早，我坐在酒店房间里捧着电脑直挠头。

"不是跟你说了嘛！我就是先坐车去了 JR 京都站，然后坐了一个小时的火车到 JR 近江高岛站，之后下车走了半个小时到白须神社，最后穿过高速公路就是水上鸟居。"SUN 拈起一片薯片扔到嘴里，满脸不在乎。

"能不能再详细点儿？比如说水上鸟居看起来是什么样子？路上都发生了什么事？"

"水上鸟居……嗯……就是一个立在水里的鸟居，红红的很好看，我拍了好多照片和视频。至于路上发生的事……我吃了顿午饭，上了三次厕所，那火车站的厕所好香啊。"

姑娘！你好歹也是大学文凭，怎么描述能力还不如小学生啊！再说了，"厕所好香"是什么意思？厕所办花展了吗？

"那有没有什么让你印象深刻的事？媳妇儿啊！这一顿午饭，三回厕所，我可咋写进游记里啊！"

"我想想……好像还真没有……写不了就别写了呗。"

"那好吧，剩下这些天我们还是不要分开行动了，就你这点水平，那些好看的景点去了也是白去。"

说完，我搂了搂 SUN 的肩膀："收拾东西吧，今天不是要去奈良吗？"

"嗯，好的，那你把和服换上咱们就走。"

"啥？还穿啊？"

"对呀！你不得配合我拍点好片子嘛！"

自从 SUN 花费重金给我购置了一套和服后，我的灾难便开始了。

每回出门，SUN 都威逼利诱我穿上配合她拍照，而且这丫头还为了拍摄效果，不许我穿秋裤。

要知道和服是没裆的啊！这大冷天的，两腿之间空空荡荡，巨没有安全感。要是让小风再那么一吹，胯下的凉意就此起彼伏，冻得我膀胱直收缩，看到厕所就想往里冲。

更要命的是，穿着这衣服，坐不能坐，蹲不能蹲，累得不行了顶多找根柱子靠靠，连走路的时候都不敢步子迈太大，生怕走光。这对我一个胖子来说，简直跟上刑一样。

"达瓦，要不你把和服叠好装包里，等到了奈良，需要拍照的时候再换上。"SUN 见我满脸的悲愤，也做了妥协。

还记得第一次知道"奈良"这个词还在高中。

那时候正追动画片《火影忍者》追得如痴如醉。其中我最喜欢的人物，是个会使用影子模仿术、IQ 超过 200 的消极少年：奈良鹿丸。

动画剧情中，鹿丸的师傅阿斯玛被杀了，鹿丸学会了抽烟。

再之后鹿丸报了仇，将仇人飞段埋进了"鹿之林"，我也才知道奈良和鹿有着千丝万缕的关系。

于是，我对奈良最初的印象就是鹿。

但话分两头说，你要说我多喜欢鹿，那纯属开玩笑。

我的故乡就是一个大型梅花鹿饲养基地，盛产鹿茸、鹿皮、鹿肉、鹿膏。从小到大，鹿在我眼中，便是一种能让人短暂陷入大脑供血不足的满足感。这跟某些地方的人看到小狗狗，就能让唾液腺强制开机是一样的。

但是 SUN 却对鹿充满了兴趣。于是，我们刚下火车，SUN 就直奔春日大社看鹿去了。

春日大社离火车站并不远，去的路上空气中飘的全是煎饼

日本·奈良·

浓郁的麦香味儿。我馋得不行，随手买了一份儿。

嗯！薄薄脆脆，就是粮食粗了点儿，还没啥味儿。一扭头，看到 SUN 已经捂着肚子，蹲在地上笑出了猪叫声。后来一问才知道，这煎饼叫"鹿仙贝"，是专门喂鹿用的。

我如遭雷击，什么时候鹿的待遇这么好了！嗯？怎么感觉哪里不对……

春日大社建于 1300 多年前，是奈良的守护神社。

在当地的神话中，鹿是神的使者，鹿在这儿自古以来就得到人类的庇佑。因此自公元 9 世纪起，这片眷土就没砍过一棵树，为鹿创造出生生不息的环境。

还没走到地方，就有一些鹿围了上来。

看着因为换毛而变得灰一块黑一块的鹿，要不客观一点，这"破衣娄嗖"的劲儿，估计连他们奈良人自己都觉着脏。

我实在没什么兴趣，可 SUN 却撒开了欢儿，赶紧拿出我吃剩下的鹿仙贝，喂起这些鹿。

我猝然间一阵莫名的醋意：所以说宁肯喂牲口都不给我吃咯？

话说，这里的鹿真够得宠的，一个个跟四肢瘫痪一样躺在草地上，然后就不断有人投食、合影、挠痒痒。

有几个姑娘追着鹿屁股喂，鹿也是吃撑了，看都不看那鹿饼一眼，自顾自走到一旁喝水。

"达瓦，你过来拍照吧！"SUN 笑着说，"这些鹿仙贝给你，喂！你别吃啊，让你喂鹿的！"

咔嚓咔嚓……SUN 换着各种角度给我和鹿合影，那头鹿也算配合，大嘴丫子拼命嚼着鹿饼，蠢萌蠢萌的。

"你别离鹿那么远啊，近点儿，再近点，嗯，给鹿鞠个躬。"

什么！还让我给它鞠躬？凭啥啊！它受得起吗？你咋不让它先给我鞠一个呢！

等等！它还真鞠了……

鹿见我高高举起的手里还有鹿饼，便低下头来连连给我鞠躬，我看着新奇，竟也下意识地鞠了一躬……

来而不往非礼也，我就这么让一头鹿"非礼"了……

闹腾着拍了一阵，我们穿过挤满了游人和梅花鹿的街道，继续往春日大社走去。

脚下从宽阔大路，渐渐变成蜿蜒曲折的古刹参道。长满青苔的石灯笼，陪伴在小路两旁，似守卫，若仪仗。

两翼古树参天，遮天蔽日。入眼间，苍翠激荡，不断印证着这片丘樊 1300 年来，未伐一株绿、未入一次俗。

一处积水的低洼处，零散飘着几片落叶，任凭微风搅拌，也化不开薄雾的面纱。

此刻出现的鹿，也变换了通常的样子，从傲慢怠懒变得温顺乖巧。即便我们手里拿着食物，也不上前争抢。斑驳光影下，湿漉漉的眼睛里写满了好奇与和善。

偶尔有小鹿从神龛间探出头，也学着大鹿的样子低头乞食，仿佛神灵有识，驯化众生。

还记得小时候，一上作文课，老师就教我们要多用拟人化的手法描写动物，这样才能让动物具备情感，为文章主旨服务。

可无论是人还是动物，情感都是与生俱来的。只是动物的情感更加纯粹，纯粹到我们误以为这是神经反射。

"你等等我，我去拜拜。"SUN 犹豫半晌，才低低一句。

咦？这不像是她的台词啊？

一路过来，面对各路仙佛，我们向来是敬而远之，更别说主动参拜，难道此情此景，连 SUN 都被"驯化"了？

不一会儿 SUN 回来了，说请了两个"御守"，她把其中一个求平安的御守放进我的包里，另一个则悄悄藏了起来，问她另一个求的什么，却不肯说。

回去旅馆后，我趁着 SUN 坐在客厅修片，偷偷翻出了她给自己求的御守。

御守上写着：子授け祈愿お守り。

看到这行字，我的血管一阵猛烈地收缩。

她在求子？SUN 是在求子！她竟然为了我在求子啊！她明明知道自己的身体啊！

忽然间，我的眼泪止不住地流了下来。

我颤抖着找了张小纸条，写了一行字，塞进御守的布袋后，重新把御守又放回了原处。

> 吾爱愚钝，
> 诸神勿信，
> 不求有嗣，
> 但求白首。

日本·京都（三）

天空中飘着绵濛小雨，我和 SUN 坐在开往岚山的公交车上，相互倚靠着低头浅睡，享受彼此的温度。

日本的公交车里都很安静，哪怕是上下班高峰期，也丝毫不见嘈杂。人们或低头看书，或戴耳机听歌，偶尔闲聊的人也都刻意压低声音，尽量不影响别人。

记得一次，公交车上来了一个有智力障碍的乘客，在座位上不住发出怪声。但全程竟无一人朝他的方向看过一眼，即便坐在前后位置的乘客，也只是默默戴上耳机，连眉头都没皱一下。

今天我们要去位于岚山的爱宕念佛寺。

SUN 想去这个寺庙，是因为一张长满青苔的小石像照片。我想去，是因为这座寺庙是传说中，日本三大妖怪之一"大天狗"曾经的住处。

其实，我和 SUN 选择目的地的方式截然不同。可有趣的是，我们每次选择的结果却大体一致。

我把这叫心有灵犀，SUN 却说是气味相投。

我觉得还是 SUN 说得比较准确。被同一个气味吸引的两个人，即使南辕北辙、背道而驰，也终会殊途同归。

曾有朋友问："京都到底是什么？"

除了城市，它还代表着静谧，清凉，守恒，饱满。

我心中的京都，就是眼下的岚山。

岚山其实很出名，只是大多游客都止步于渡月桥、竹林附近。包括爱宕念佛寺在内的嵯峨野地区，却鲜少问津。

公交转公交再转公交，车越开越偏，人越来越少。到后来，车上只剩下我和 SUN 两人。进山之后，两旁就再没了街道与市肆。这样的路，像一双手，能伸进人心。

车窗外的雨滴，不急不缓在玻璃上滚动，空气被大山浸染成了绿茶的颜色，一吸喉吻润，一呼破孤闷，一呼一吸搜枯肠。

下了车，雨中清澈的寒意席卷而上，我帮 SUN 紧了紧围巾，SUN 帮我把外套的拉链封好。两个人悠悠荡荡，走向了倚山而建的爱宕念佛寺。

眼前的寺庙很小，立定望去，也就比大理苍山上的一座民宿大一点儿。山门处连收"参拜费"的僧人都没有，只在显眼处摆放着功德箱，立在一旁的木牌上写着"300 円"。

寺内出奇的安静。

缘山而上的阶梯，连接着山门和正殿。沿之上行，一尊尊三尺见高的小石像潜入视线，体态各异，活泼生动，每尊石像都有一张独特的脸和憨态可掬的笑颜，宛如一群天真可爱的云游精灵，正在山中嬉戏玩闹。大山也为在这儿守护的他们，披上了青翠的苔藓外衣，童趣之外再添一丝静穆。

行至正殿平台上。

原本散落坡间的小石像们站成了队列，枫如华盖，为石像遮蔽风雨。一座亭阁俏生生立在树下，翻飞未肯下，犹言惜故林。

一位年轻僧人在亭阁前扫着落叶，风过叶转，如温柔的侍女，只对大树言听计从。僧人看到我和SUN，微微欠身，便又继续手中的活儿，各自芬芳、各寻因果。

一声悠扬钟鸣响起，呵，已是千年。

该用怎样的语言描写眼前的景象呢？我寻遍脑中的词库，竟无法嫁接出一句贴切的句子。

浅尝即止逛了一圈，我和 SUN 便脱了鞋，赤脚走上正殿开放式的木质长廊。

枫树下，石像前，定神静坐。

不一会儿，刚才的扫地僧似是完成了修行，走了过来，挂着扫把靠在我们身边。

"二位是韩国人？"

"中国人。"

"中国人？"僧人有些诧异，却欲言又止，"我有一问，如有冒犯，望海涵。"

"师父请说。"

"二位来小寺是专程拜访，还是偶尔路过？"

"专程拜访"

"那不知二位是怎么知道这座寺庙的呢？"

"因为这张照片。"SUN 将手机里那张青苔石像的照片翻了出来。

僧人看了看，轻轻点头。

"师父，我看这些石像身上长了很多青苔，该有几百年了吧？"

"这些石像是前些年一位老师带着他的学生们雕刻的。虽然这些学生都不是工匠，但我们觉得这些石像很有趣，便都留在了寺中。这里空气潮湿，雨水也多，青苔都长得很快，一两年的时间，石像上就长满了青苔。"

僧人说完这些，似是有什么事，再次微微欠身，提着扫把离开了。

听过僧人的介绍，我和 SUN 不约而同陷入了沉思。

看着眼前这些在艺术品与"车祸现场"之间疯狂游移的石像雕塑，我不禁思考一个问题：那些学生雕刻时有没有意识到，他们正在完成一件作品呢？我想答案是否定的。

我猜测这些学生并不懂得真正的雕刻，甚至连自己正在做些什么都搞不清楚。

可正是这份"不自知"，却成就了艺术的本质。

现代社会，许多普通人都会理所当然地认为：所谓艺术，是知识，是涵养。但事实上呢？这些应然看似无比重要的东西，实然只是在日复一日与艺术撕扯着距离的过程中，练成的一身"铜皮铁骨"，终只是"无他，唯手熟尔"的匠气。

许多中世纪艺术家，根本无从然糠自照，但却能在二十郎当的岁数，完成不朽的艺术创作。他们靠的是什么？是直觉，是本能，是对周遭事物的感知力。

西方有谚语：人人皆知荷马，谁人读过荷马？

艺术这位穿着碎花连衣裙的小姑娘，走在大街上。路过的人们费尽心力地讨好她，给她买娃娃，给她买糖吃。小姑娘展颜一笑，轻轻走开。

谁人又知，她只想找个傻小子陪她过家家啊！

日本·京都（四）

都说幸福是一袋儿猪饲料，这话一点儿没错儿。

回忆和 SUN 认识的这几年，我跟坐上了开往屠宰场的高速直通车似的，从一百三十斤的帅气小伙儿，一跃成为两百斤的油腻大叔。

还记得那时在甘孜藏族自治州支教，一条五十里的山路，我说走就走，连大气儿都不喘一个。可如今，看着面前不高的鞍马山，却愁得没了边儿。

鞍马山位于京都北部，是"叡山电铁"的终点站，连接着鞍马寺和贵船神社。

地图上将这段嵯峨山路，标记了四十一个节点，一节一景。

步入景区，山稳固，水潺流。

山间的微风带着湿润的空气，直灌口鼻，肺叶在一张一弛之间，将这浓稠的生命力挤压进我的心脏，周而复始。

坐索道来到半山腰后，我跟在 SUN 身后，步履艰难地往山上爬去。

待抵达鞍马寺后，我示意 SUN 自己去拍拍照，我一个人不紧不慢地欣赏起这座在很多人眼中并不起眼的寺庙。

像我这样的胖子，能毫不犹豫答应 SUN 来远足的要求，要说没一点目的是不可能的。

眼前的鞍马寺就是我的目的。

鞍马寺是鉴真大师东渡日本后收的弟子建立的，而鉴真大师则是我除了玄奘大师之外的另一位偶像。

青山一道同云雨，明月何曾是两乡。

鉴真跟玄奘一样，同为唐朝僧人，虽不在同一个时期，但却有着不少共同点：都曾以僧人身份出国，都曾九死一生，经历磨难，都有着坚韧不拔的意志力。不同点是，玄奘是独自徒步西行，最终得回，而鉴真则是六次结伴东渡，死在了日本。

单从结局上看，鉴真凄凉之处更胜玄奘。

每个人的一生，都走在归回的路上，只不过，有人早，有人晚。

面对人生的路标，如我一般的庸人只会踌躇满志。但玄奘和鉴真不同，他们用"向死而生"的淡然，悉数经营自己的每一个脚步。哪怕无数年后，昔时已不复得寻，依旧不忘初心。

如今的鞍马寺里，全然没了鉴真的痕迹，只余一片宁静。树叶间漏下一缕缕阳光。

云天收夏色，木叶动秋声。

我轻踏步道，拾级而上。两侧的枫树，带着枝头甘岚，向中央如火如荼地聚拢，形成了一条天然的枫叶甬道，宛若璇霄丹阙。

我忽地想到，眼前的景致，竟与我梦中忘川河畔的彼岸花海何其相似：在一片浓浓的岑寂、淡淡的痴喜中，吸骨榨髓，浊心消志。

踏上最后一级台阶，一块开阔平地跃然画中，来访的游客均匀散开，有的拍照，有的参拜。

正殿旁一处休息区，有不少日本老人喝茶闲谈。门口的两位老者正在下将棋，神情专注，旁边三三两两围了几人观棋。

将棋对我这个动漫迷来说，并不陌生。但动漫中的将棋场景，大多是服务于剧情，很少有详细介绍。如今碰上有人对弈，我赶紧凑上前去看了起来。

一盘作罢，一方捶胸顿足，一方笑逐颜开，我却一头雾水。

虽说日本将棋脱胎于中国象棋，但经过千年演进，如今的规则与象棋已大相径庭，看得我完全摸不着头脑。

这时，刚才对弈的一位老者注意到我，招呼我坐下跟他下一盘。

我虽连连摆手示意自己不会，却低估了老者的热情。

只见他一边说着日语，一边囫囵个儿将我按到座位上。我正不知所措，旁边一个英文不错的年轻人拍拍我的肩膀说道："我可以教你，不用畏惧。"

我想这也是难得的体验，便定了定神，一边听着年轻人介绍规则，一边仔细观察起了已经码好的棋盘。

将棋的棋盘是由九乘九的小方格组成，没了楚河汉界和九宫，棋子的形状不似象棋的圆润，倒像是日本寺庙的"御守"，有棱有角，顶部的尖角方向明确敌我。

将棋子有步兵、飞车、角行、香车、桂马、金将、银将、玉将八种，目标跟象棋一样，以吃掉对方的玉将为胜。

"玉将"一次一步，横竖斜能走八个方向。"步兵"跟象棋的卒很像，只能向前走一格。"飞车"跟车类似，走横走直无限。"香车"也跟车类似，但只能往前走，不能往后或横行。"桂马"类似于象棋里的马，但只能往前跳日。"角行"的走法是斜行无限。"金将"和"银将"的走法跟"玉将"相似，但"金将"不能走斜后的两格，"银将"是可以走面前三格和斜后两格。

棋子进入敌方后三排后可以"升变"。这个规则有点像象棋里卒过河之后就能左右走。

步兵、香车、桂马、银将升变后变成金将；角行升变后成龙马，龙马除了保留了角行的走法之外，还能走前后左右四格；飞车升变后成龙王，龙王除了保留了车的走法，还能走斜角四格。

如果单看这些规则，其实跟象棋还算类似。但将棋还有另一个规则，可以把从别人那里吃来的子，编入自己的棋阵。这就让将棋的变化和难度一下超过了象棋。

我大致明白了规则，便试着跟老者下了起来。结果一会儿的工夫我就输了六盘……

看着老者在那儿哈哈大笑，我尴尬得不知所措。

告别下棋的老人，我跟 SUN 继续朝山里走去。两小时后，我们终于站到了贵船神社面前。

SUN 还好，只是微微露出疲色，可我的双腿已经抖似筛糠。

你能想象一个两百斤的胖子在陡峭的山路上，颤颤巍巍下山的样子吗？我真想变成一个球，一路滚下去算了……

可能是一路行来的景色带给我的冲击太大，竟觉得眼前的贵船神社有些平庸无奇。虽说美还是美的，但拥挤的人群，瞬间震散了我一路凝聚的宁静平和。

SUN 自然看出了我的烦躁，简单拍了几张照片后，便拉着我离开了。

牵着 SUN 的手，我俩走到一条小溪边，看到有人正在水中凸起的石头上点灯。

此刻，天色已暗，星星点点的烛光，隔着薄薄的灯盏，将潺潺溪水映衬得若隐若现。

我们停下脚步，坐到岸边。不再关注回市区的最晚一班车是几点，不再强求第二天要去哪儿，不再关心今天的晚饭和明天的早饭。

就这样，看着，听着。

此刻，这是只属于我们两个人的鞍马山。

每一个不曾快乐的日子，都是对生命的辜负。

所以，等下一个天亮，我们去上次牵手的地方散步可好？

🪐 日本·京都（五）

"达瓦，你怎么走那么慢啊？"

前方穿着回力、健步如飞的 SUN 突然停下脚步，回过头叉着腰问我，"你要是实在不愿意陪我逛街，就先回去吧，反正我对你来说，也是可有可无……"

"我愿意！愿意啊！"眼瞅着 SUN 搓满能量槽就要放大招，我连辩解都不敢辩解，直接投降。

这是我印象中第一次跟 SUN 单独逛街。倒不是说我不喜欢，实在是没有这个机会。

在大理时，也会有我们共同的女性好友，趁老公刚发工资，拉着我俩逛街。实话实说，看着女孩儿选衣服、挑鞋子、看化妆品、抓娃娃机的感觉还是让我挺享受的。

为此，我不止一次跟 SUN 唠叨过，她不爱逛街这个毛病倒让我失去了不少乐趣。所以，当 SUN 说想去"五条"商业区逛街时，我是相当的开心。

一想到我拎着大包小包跟在 SUN 身后，周围人皱着眉，投来"这男的有点东西"的炙热目光，我就激动不已。

然而让我没想到的是，SUN逛街，跟大爷大娘暴走团一样，马路一条一条地走，商场一层一层地刷。

我说渴了，这丫头立马掏出一瓶1.45升的矿泉水；我说饿了，她瞬间掏出一盒昨晚过期的三明治……

难得走进一家店，人家姑娘跟看画展一样，SUN跟扫雷一样，大步流星地走一圈，不买，不试，不摸，不问，用不了两分钟就出来。

刚才在一家店里，店员那句"欢迎光临"还没说完，她就夺门而出。当回弹的玻璃门撞到我脑门时，我的尴尬上下两难……

好不容易到某品牌专柜看上一件大衣，我还没来得及在沙发上留下屁股印儿，就被SUN生生拽走。空气里飘着一句："这破衣服都要好几千，把我卖了都不值这么多……"

我亲爱的媳妇儿啊！日本商场的柜姐可都是听得懂中文的啊！你说话的时候，就不能给你家老爷们儿长点儿脸吗？

就这样，仅仅半天，运动软件上就显示我走了两万步，脚累得跟踩了一天正步一样，还是一步一动，钱却一分都没花出去。

这时，SUN在一家百货大楼下的广告牌前站住了。

"达瓦，你是不是说过，日本店名里有个OFF的，大部分都是古着店的？"

我定睛一瞅，广告牌上明晃晃的几个大字儿——BOOK OFF。

"应该是，听人说起过，是家连锁店。"

"真的啊！那咱们去逛逛吧！"

巨大广告牌下，看着 SUN 的表情跟撞上超市打折一样，我顿时崩溃如初春的冰川……

"古着"的字面意思就是古代着装，听着好听，但实际上就是旧衣服。而古着店在我"讨厌的商店"列表里，一直稳居第二名，仅次于冷血动物宠物店。

其中原因有二。一方面，从小的教育就告诉我，穿过的衣服、看过的书、玩过的玩具都可以拿来捐助贫困地区；另一方面，在泰国的时候，"三生有幸"路过一家古着店，离着三丈远，我就被那股浓浓的"古着味儿"熏得头晕目眩。

综上所述，当 SUN 说要去古着店逛的时候，我的脸"唰"一下就皱成了"囧"字形。但为了不扫了 SUN 的兴，也只能硬着头皮跟了上去。

但当真正走进店里，却跟我的预判差别巨大。

室内出乎意料的明亮，空间也足够大，不像别的古着店一样，又小又乱，还刻意要用昏暗的射灯营造神秘感。

我轻轻抖了抖鼻翼：很干净，很清新。

这些直观的感受，让我一下子对这家 BOOK OFF 产生了一丝好感。

店里分好几个区域，有漫画、音像制品、手办、服装和奢侈品，我跟着 SUN 直奔服装区。

"真的一点儿味儿都没有啊。"

刚进服装区的时候，我还有些战战兢兢，可逛了一圈，担忧已去。

那些摆在架子上的衣服，就连凑近去闻，都没有丝毫怪味。SUN更是乐得到处乱窜，一刻不停地翻着架子上各种二手衣服。

我也乐得清闲，坐在一边玩起手机。

不一会儿，SUN踩着小碎步冲到我面前，手里拿着一件空军皮夹克："你试试这件。"

我接过手一摸，还挺软，看着很新，往身上一套也合身。翻看了一下成分表：100% 羊皮。我顿时无奈地摇了摇头。

我从小就很喜欢各种皮夹克，喜欢到不行。可即便如此，我却从未买过，原因无他，太贵。动辄五六千，稍微上点儿眼的基本都要上万，这衣服要是买回去就别穿了，天天烧香供着它就完了。

SUN看出了我的犹豫，默默将价格牌翻到我眼前。顿时，我加入SUN的阵营，开启了抢购模式。看到喜欢的，再不关注价格，直接往购物篮里扔。直到我们精疲力竭，才依依不舍、偃旗息鼓，我也如愿拎着大包小包，跟在SUN的身后离开了商店。

"接下来咱们去哪儿？"我腿也不累了，腰也不疼了，肚子也不饿了，状若微醺地问道。

"我刚才查了一下，这附近还有一家古着店叫BRAND OFF，专卖二手奢侈品，我想给两边的妈妈各买一块表，不知道你妈妈介不介意啊？"

"不介意！不介意！走着！"

BRAND OFF相比BOOK OFF要精致很多，每个客人都有专属店员服务。

店里的东西从领夹、袖口、钢笔、腕表，到戒指、手链、耳环几乎应有尽有，另外还有一整层陈列着各种背包和肩包，几乎囊获了市面上绝大多数奢侈品牌。

最终，我们买了两块腕表、一个背包、两副耳环，才意犹未尽地离开。

回到民宿后，我们一边清点着此行的战利品，一边说着话。

"SUN，这两副耳环你都要送人啊？自己不留一副吗？"

"对呀，一副给小鹿，一副给表姐，我自己又不戴，留着干吗？"SUN一脸理所当然地说着。

当我看到她光秃秃的耳朵和脖子，不禁暗叹：这丫头还真是省钱啊。

"好吧，那这个包总是你自己的吧！"

"不是啊，你妈妈不是快过生日了嘛，到时候当生日礼物吧。"

"这样啊……那你怎么不给你妈妈也买一个？"

"我妈不用这些，给你妈妈买就行了，我把她儿子都拐走了，对她肯定得比自己妈好啊。"

等一下，咱俩台本是不是拿反了？这话不应该是我说的吗……

再修整——再等待——再出发

腊月二十二，冬至，四象皆休。

由于工作的原因，离开日本后我和 SUN 直接回到大理。

虽然回大理之前，我和 SUN 就已经商量好，待工作一完成，便立刻出发。

可没想到，一去一留，两个春。

也恰恰是这一年半，让我们的摄影工作室再次上了一个台阶。

我们原本是以网上邀约的形式接活儿，如今总算拥有了自己的店面。我也从天天抱着手机等消息的低头族，成了守店的小老板。这一转变，让我们迎来了更多客人的同时，也占据了我们大部分时间。

一年半，大理变了很多。

猪肉从 19 块钱一斤涨到了 22 块钱一斤；我常去的那家书店因为店租原因，搬了家；小鹿和阿洛离开大理，回宜兴专研起紫砂壶雕刻……

大理走了很多人，也来了很多人，但我和 SUN 的朋友并没有因此变多，反而越来越少。

这一年半，我们哪儿都没去。

专心挣钱的我，白天忙完店里的工作，晚上还出去摆起了夜摊儿。

SUN 也一改往日的懒散，店里没活儿的时候，开始在外面接一些外包的摄影工作，不光拍人，还拍起客栈、宠物和各种产品照。

生活莫名其妙地忙碌起来，倒是为躁动的心寻找了一个很好的泄洪口，让我们都暂时忘记了"远方"的诱惑。

这一年半，工作上进步虽然很大，我们的生活质量却下降了，原因无他，买房了。

这绝对是个意料之外的决定。

回国三个月后的一个晚上，我们去朋友家聚会烧烤。消食之余，一群男男女女围坐火炉聊起天。忘记了是谁先开的头，话题忽然就转到买房子这件事上。

直到这时我才知道，我们这群以自由为名的朋友们，竟然都悄悄购置了房产。当时我看着 SUN 眼中闪烁的期许，一下子便明白了她的想法。

回家后，我和 SUN 便来了一次促膝长谈，结果让我震惊不已。

根据以往我对 SUN 的了解，我以为我们对房子的态度都是相似的。

然而，通过这次深聊，我意识到，SUN 不是不想有一套自己的房子，只是不想难为我，给我太多压力。

于是，我再一次被 SUN 的善解人意深深打动，她这是为了我在委曲求全啊！

我整理了一下这些年的积蓄，次日就带上 SUN 在大理开始了寻房之旅。

我原本以为这会是个很艰难的过程，可实际操作起来，却没那么难。以我们手头的资金，加上愿意承担的房贷，整个大理也就两三处小区符合要求。所以，除了价格，也没什么需要考虑的。

于是，半个月的时间，我们就在大理州下关区，买下了一套四十多平方米的二手公寓。

还记得，过户当天，我把房产证拍给我妈的时候，她说了一句："儿子真的长大了。"

时间转到第二年夏末的某个傍晚。

我和 SUN 忙完了一天的工作，坐在院子里乘凉，SUN 一边记着账，一边轻声说："达瓦，眼看暑假就要过去了，今年大理的旺季也要过去了，要不我们出去走走？"

她这一句话如一道惊雷，瞬间唤醒了我那尘封了许久的念想。

"可以呀，咱们去哪儿？"

"马来西亚吧，我想去海边了。"

马来西亚·吉隆坡

　　我和 SUN 在吉隆坡机场落地后，便见到了 SUN 的前男友：小马。

　　此刻的他，穿着名牌汗衫，系着名牌腰带，路虎车钥匙在他手指上转了一圈又一圈。我跟在小马身后，也不知是妒忌还是真看不上，轻轻跟 SUN 吐槽着。

　　"SUN，你这前男友是不是太……爱炫耀了点？"

　　"我怎么知道？他以前也不是这样啊！"

　　"你跟他啥时候分的手啊？"

　　"这个……跟你认识前一个月分的手吧……"

　　"那你把他叫来，是打算让他招待我们吗？"

　　"不是啊，飞机这么晚才到，我们自己去酒店不方便，我就是让他来接我们去酒店的。"

　　小马虽然看上去浮夸，却并没有想象中那么矫情，言谈间的得体和接地气倒是让我有了些好感。

　　起初我和小马还聊了聊我和 SUN 这次出门的行程，可聊着聊着，一股说不出的尴尬在车厢里弥漫开来。虽说时过境迁，我和小马实在不存在什么对立面，但毕竟不是正常情况下遇见的驴友。

说说我和 SUN 认识的过程？不合适吧！问问小马跟 SUN 怎么认识的？我还真不想听！关键 SUN 这丫头全程就知道低头玩手机，一句话都不说，就好像小马是我前任一样。

就这样，小马开着车一直将我们送到了下榻酒店。

下车后，就在小马准备离开时，我觉得实在有点不太好，就憋出了一句："小马，认识就是缘分，要不咱们找个地方吃点东西，喝一杯？"

听到我的话，SUN 明显有些惊讶，而小马也微微犹豫。

"嗯，是啊小马，你跟达瓦出去喝一杯吧。"SUN 先是对着小马说了一句，接着转头对我说道，"达瓦，你喝完早点回来，我在酒店等你。"

等等！我跟你前男友单独去喝酒？你不怕我俩打起来吗？

然而，SUN 并没有给我思考的机会，说完便转身走进了酒店，留我和小马在夏夜的微风中默默凌乱。

"这么多年了，真没想到 SUN 还是这个脾气。"看到小马捂着额头一脸的无奈，我终于明白，SUN 这丫头过河拆桥、看热闹不嫌事大的性格，真是由来已久啊！

经过这么一闹，我和小马蓦然间有种同病相怜的"战友情"，无形之间也少了一些生分。

我和小马来到酒店附近的一家小酒吧，随便点了些啤酒和小吃，边吃边喝边聊，酒过三巡，我和小马也开始活络了起来。

小马是土生土长的马来西亚华裔，祖籍福建，爷爷年轻时，举家移民来到了这里，在吉隆坡经营一家造纸厂，现如今小马已经是工厂的掌舵人。

"小马，你这家族企业，生意应该挺不错的吧？"我抓着一把花生，一边吃一边喝酒，全然没有了之前的拘束。

"生意倒是还够养家糊口，但没你想象中那么好，你看我这衣服、这车都是做生意的门面，没办法，别人觉得你没实力也不跟你做生意。"说着，小马双脚踩到卡座的桌子上，抓起一桶爆米花，靠到沙发上，"其实我们在当地做生意真的不容易，虽然我的国籍是马来西亚，但本地人看到我们的脸，还是觉得我们是外国人，不太愿意跟我们打交道，所以马来西亚很多华裔都是相互之间做生意的。"

"唉……生活不易，敬生活！"说着，我端起酒杯跟小马碰了一下，"小马，那你怎么没考虑来中国做生意呢？"

"当然考虑过啊！前两年我就一直想在中国拓展市场，但还是不适应。"小马轻轻叹了口气，继续道，"在我爷爷的老家福建还好，我会讲闽南话，当地人对我的身份也比较理解。但在其他地方就不是这样了，虽然我们讲着一样的语言，吃着一样的饭菜，但是他们还是把我当成外国人，如果只交朋友倒没什么，但是谈生意的时候，各种观念、方法、文化都不一样。达瓦，你知道吗？这并不是我一个人的问题，大多数本地华裔都有这样的困扰，无论在马来西亚还是中国，我们都是边缘人，两边都没法完全融入，仿佛我们永远置身事外，我们永远都是外人。"

说完这句话，小马将杯中酒一口喝掉，仿佛要将那一抹不平和不甘一并倒入胃口。

　　第二天，小马再次送我和 SUN 回到了吉隆坡机场。

　　就在登上前往登嘉楼的飞机后，SUN 风淡云清地对我说："昨天晚上你回来挺晚啊，跟小马聊得怎么样？"

　　"聊得挺好啊，小马还挺不错的，没想象中那么浮夸，而且他也挺不容易的。"

　　"看来你对他印象不错嘛！那回头我对他也再多了解了解。"听着 SUN 把重音全都落在"了解"上，我不禁一阵恶寒，赶忙岔开话题。

马来西亚·热浪岛

"达瓦，你休息一会儿！先别吃了行吗？吃这么多海鲜，你就不怕拉肚子吗？"SUN 看着满桌子的螃蟹壳，忍不住开口说道。

我只抬头看了一眼 SUN，便又低下头跟面前的炒螃蟹"扭打"起来："那我不管，吃进肚子里的就是我的，就算拉肚子我也认！"

SUN 听到我蛮不讲理的语气，也不再说话，喝了一口橙汁后，起身又去帮我打了满满一盘螃蟹和扇贝回来。那眼神仿佛在说：吃吧！吃坏肚子看谁难受！

还记得昨天刚踏上这座小岛那一刻，我就爱上了这里。

虽说热浪岛也拥有翡翠一般的海水和细腻的白色沙滩，但相对于塞班岛来说，这里并没有那么突出的自然风景。但这并不影响这座小岛成为预算有限的游客来马来西亚度假的不二首选。

热浪岛不同于其他海岛，岛上的商业部分基本都由各种小型度假村组成，我和 SUN 来之前，预订了其中一家性价比最高的"海湾度假村"。

两个人不到三千人民币，包含了机场接送、船票、五天四晚住宿、一天四顿的自助餐，以及浮潜和出海的全部费用。而且住宿条件还相当不错，清一水朝海的独栋小木屋，光住在里面，就有一种"海上生明月，天涯共此时"的感念。

经过近两个钟头的"拼杀"，我终于扶着墙走出了海边的自助餐厅，坐到沙滩边的躺椅上。

这个月份的马来西亚还是相当炎热的，连迎面吹来的海风，都带着些许黏腻的体感，阳光照在裸露的皮肤上，蒸起一阵阵汗液的雾气。

下午时分，我和SUN登上了度假村出海的小艇。

在广阔无垠的大海里航行了半个多小时后，我们抵达一座荒岛边相对平静的水域。

此时，坐在微微起伏的小船上，SUN轻轻拍打着我的后背说："达瓦，要不你别下海了，你自己难受不说，万一在海里吐了，你还让不让别人潜水了？"

我看着身边一面安慰还一面嘲讽我的SUN，一阵无语。转念一想，万一真要像SUN说的那样，在海里喷出一片"丹霞"，估计后半生连我都没法面对自己了。

随着同船的游客都跳进海里，我一个人百无聊赖地坐在船边拨弄着海水。这时，船长从冰盒里取出一块生肉放进水中，手掌不停地拍打起水面。

没过一会儿，一只硕大的海龟被生肉吸引，浮上水面，周围潜水的游客顿时爆发出一阵欢呼，争先恐后上前抚摸龟甲。我耐不住寂寞，也把手探进水里摸了一下：粗糙的质感有些类似于岩石，却没有岩石的冰冷，在海水常年的浸泡下，泛起一丝贝类的光泽。

看过海龟后，小艇便载着我们返回热浪岛。

回到岛上，见 SUN 还有些意犹未尽，而我也已经彻底将午餐消化完毕。我便拽着 SUN，租了两套浮潜装备来到沙滩，在近岛不深的水域继续玩了起来。

戴上浮潜眼镜，咬住呼吸管，一头扎进海水中，温暖立刻裹住了我，身体的每一寸皮肤跟着水流轻轻舒展。这一刻，我仿佛不是置身海中，而是我融入了水，然后变成了水。

由于下午涨潮，洋流搅动岸边的沙砾让大海更加浑浊。眼睁着水里的可见度越来越低，就在我和 SUN 打算上岸的时候，一条小鲨鱼懒洋洋地从我们面前经过，灰暗的肤色很接近海底的礁岩，一副宽大厚实的胸鳍平展于两侧，再加上前宽后窄的流线型身材，让小鲨鱼看着如同一枚微型鱼雷一般。

我心生好奇，打算游近一点观察，却不想，机敏如它，见我有意靠近，便一溜烟不见了踪影。

入夜，燥热的小岛变了模样。

白天时温暖柔软的大海，在夜幕的掩护下，如困兽一般发出阵阵嘶吼。与此同时，小岛上的酒吧亮起了灯光，轰耳的音乐和熊熊篝火，驱除着人类对黑暗最原始的恐惧。

我和 SUN 将手机留在了房间，手牵手来到沙滩。伴随着脚下细腻的触感，一股无法言说的恬适漫溢开来，这两年在大理淤积的疲劳，和出行前对未知的焦虑也一扫而空。

我相信，这便是时光对每一位旅人，最朴素的恩赐。

马来西亚·槟城

如果你打算来槟城，务必准备好一颗慵懒的心，和一个强健的胃。不慵懒，体会不出慢节奏生活下的精致，不强健，经不起满街呼啸而来的美味小吃。

清晨，伴随着叽叽喳喳的鸟叫声，我和SUN迈着浅浅的步子走进这座小城。满街斑驳的骑楼，和不疾不徐的人间烟火，绘制出一幅从容的红尘画卷。

"达瓦，你看这些壁画，有好多都是新画上去的，我之前来都没看到过呢！"SUN一边提着相机拍照，一边开心地说着。

如果说复古怀旧的街道和房子，组成了槟城的骨血，那么，这些满街生动的壁画，则给这座小城注入了鲜活的灵魂。好看的皮囊千篇一律，有趣的灵魂万里挑一，现如今，这些散落街边巷角的壁画，已然成为槟城为世人熟知的一张靓丽名片。

姐姐骑自行车，弟弟在身后紧张地抱住姐姐，姐弟是画，身下是一辆半嵌进墙里的真自行车。哥哥护着妹妹荡秋千，兄妹是画，秋千则是用钢管简易搭成的一架双人秋千。两壮汉推门，壮汉是画，壮汉手扶的位置是仓库的横拉门。姐弟偷包子，墙面上画着一扇栅栏窗，姐弟从窗内各伸出一只手，窗边是一辆真的三轮车，上面摆着几个巨大的蒸笼。

除了与实物相互结合的壁画，还有许多 3D 壁画，像破壁而出的舞狮人、跳墙的少女、从小巷蔓延进"海边"的木质廊桥、隔着相框朝人招手的大娘……虽然并不如何复杂，也不见得画得有多么精美，但却处处透着一股对生活的诚恳劲儿。

我和 SUN 一路看一路拍，不知不觉到了中午。

"达瓦，你也真是的，在热浪岛上没吃够苦头啊，怎么还这么不要命地吃……" SUN 看着我好似刚拍完《荒岛求生》后的吃相，忍不住啐嘁道。

话说，前几天在热浪岛，为了吃到更多海鲜，我几乎一顿不落地胡吃海塞。于是，待抵达槟城后，拉了一天的肚子，倒不是说岛上的东西不卫生，只因为食材太寒凉了。

然而，好了伤疤忘了疼的我，携着饥肠辘辘的胃，路过那些溢满鲜香锅气的小店时，又控制不住了。

"心态不一样嘛！之前那是被迫营业，今天是情不自禁。"我夹了一筷子河粉塞进嘴里，一边说还不忘一边嚼，食物的碎渣在 SUN 略带鄙夷的眼神中，掉回自己的盘子里。

"茶室"算是槟城独有的，有些类似于广东的早茶店，但却比后者更加硬核而扎实。

清爽弹牙的海南鸡饭、锅气四溢的炒粿条、鲜甜多汁的蚝烙、粽子一般的椰浆饭、酸辣入味的叻沙……

不同于广东茶点，这里的小吃，几乎每一样都带着碳水化合物的满满诚意，让你品尝美味的同时，也能迅速填饱肚子。

我在眼前的"多春茶室"，几乎将所有小吃吃过一遍后，才在 SUN 的拉扯下离开，临走前还不忘带走一杯甜而不腻的马来传统奶茶。

然而，走出去还没几步，我又被一个糖水摊扯去了鼻子。

我满心欢喜跑到摊前，当看到人人手中端着一碗点缀着绿色粉条的褐色液体时，不禁微微犹豫了起来：长得这么奇怪，能好吃吗？

SUN 慢我半步来到小摊前，却毫不迟疑地要了一碗。

"SUN，你之前来马来西亚的时候，吃过这东西吗？"

"吃过呀！这叫煎蕊，是马来西亚特有的甜品！"正说着，老板以极快的速度，将一碗煎蕊端了上来。我看着 SUN 一脸陶醉地吃着，不由自主地也来了食欲。

"达瓦，你尝尝，味道很好哦！"

这次，我再没了犹豫，接过 SUN 递来的小碗，舀了一勺送入口中。顿时，冰凉的甜香如烟花般在口中绽放。

绿色粉条吃起来没有想象中那么奇怪，有种淡淡回甘。椰香味融在褐色的汤汁与冰沙里，配上红豆和薏米，在增加甜味的同时，更丰富了这碗煎蕊的口感，如此这般，直叫人一口接一口根本停不下来。

一碗作罢，再来一碗，让我身处东南亚的燥热中，竟感觉清凉了些许，而午餐淤积的油腻负担，也跟着这一碗甜蜜一扫而空。

"SUN，我怎么又饿了，怎么办啊？"我苦着一张脸，无奈道，"你别这么看我啊！要怪就怪这煎蕊太开胃了。"

"那就忍忍，先别吃了，晚饭要是吃不下了更亏。"

好不容易熬到了晚餐时间，SUN 带着形同痴汉的我，来到另一家茶室。没一会儿的工夫，我们所在的桌子便被各种烧腊挤满了。

叉烧、白切鸡、烤鸭，以及好几种我叫都叫不出名字的烤肉，无一不在我舌间大显神通，就连我平时最不喜欢的腊肠，竟也被厨师"调教"得温顺起来，不仅肥瘦相间，还入口软糯，一口下去，唇齿留香。

就这样，在我狼吞虎咽下，盘子一个接一个地空，再一盘接一盘地上，直到后来，SUN 咀嚼和夹菜的频率也提高了不少，一时间，筷子与餐盘碰撞的声音，如落地的玻璃弹珠一般绵延不绝。

"SUN，你不是说天气热吃不下吗？怎么还吃了这么多？"

"再过段时间就要去伊朗了，我也怕吃不到这么好吃的东西了。"

伊朗·德黑兰（一）

"达瓦，我们这辈子都不坐亚航了行吗？"

"好！"

刚下飞机，我和 SUN 崩溃地坐到地上，舒展着已经麻木的双腿。

在之前的九个半小时里，我们经历了亚航的最长航线：马来西亚吉隆坡到伊朗德黑兰。

"亚洲航空"作为廉价航空中的翘楚，简直把"廉价"精神发挥到了极致。空客 320 这么小的机型，竟然将座位设置成了 3-4-3，位置小到没边儿。而且我和 SUN 不知道什么运气，正好被分到中排正中的两个位置。也就是说，我们俩挨着，两边都还坐着人，而且我旁边还是个胖姑娘，一个人占了一个半的座，我还不敢碰到她……

在这将近十个小时的飞行中，我和 SUN 几乎全程手牵着手，头靠着头，数着脉搏，听着呼吸，别说睡，连个厕所都没上。

由于伊朗的酒店都不能在订房软件上预订，我们只能跟着地址找到旅馆后现场入住。

因此我和 SUN 入境后，匆匆垫了口面包就立刻启程赶往旅馆。

买完地铁票进站等车，结果一旁的工作人员告诉我们，下趟列车是一个钟头后。我的天！我们可是连口热乎饭都没吃就进来了，你跟我说要等一个小时，我坐的是地铁还是火车啊……

好不容易熬到地铁进站，我浑浑噩噩拽着 SUN 走进车厢。可才刚关上门我就发觉不对，怎么全是女的啊？这才想起来，伊朗的公交和地铁都是男女分开的。感受着周围投来异样的目光，我只能一个劲儿地道歉。

这是我经历过最漫长的五分钟。

当地铁车门再次打开时，我顶着满脸的通红，默念一句"面对疾风吧"，便从女性车厢狂奔出来，尾随其后的是 SUN 魔鬼般的笑声……

地铁到站，再转公交。

由于伊朗男女比例失调，无论公交还是地铁，女性区域要比男性区域宽松很多。

此时的 SUN 坐在车尾，看着被一群大胡子挤得七荤八素的我，止不住地捂嘴偷笑。

终于找到了驴友间"口口相传"的青年旅舍，走进房间后，我和 SUN 几乎直接昏睡到床上。

一天一夜……整整睡了一天一夜，等我和 SUN 第二天中午转醒时，已经前胸贴后背了，这才走出旅馆觅食。

饥肠辘辘的我们随便钻进旅馆旁的一家小馆，可菜单上蝌蚪一般的波斯文却看得我头晕目眩。

无奈之下，我只能试探着问了老板一句："三明治有吗？"老板立马点头，转身去准备。

不一会儿，三明治上来了，我急不可耐地咬了下去，下一秒却差点儿吐了出来。

面包里夹的馅料又腥又膻，入口软绵，像极了某种动物的内脏，一抬头，看到 SUN 也露出同样震惊的表情。

我找来老板，问三明治里面夹的是什么。老板说，我吃的是羊肺，SUN 吃的是羊脑。

SUN 听到老板的话，惊得都忘了咀嚼。

不得已，我给 SUN 重新点了一份素食三明治。结果端上来我掀开面包一看。我的天！满满当当全是又酸又涩的黑橄榄。

"算了达瓦，你别点了，我就光吃面包吧……"

其实，饮食不习惯顶多算个麻烦，大不了生啃面包。

我们这些天遇到最大的困难，不是交通，不是住宿，不是语言，甚至不是网络，而是数字。

伊朗是个非常珍视自身波斯血脉的国家，至今依然夸父追日般坚持使用古老的波斯数字。要知道，车牌、电话、地址、价格都是数字啊，万一碰到日期更麻烦。

伊朗沿用的是波斯历，不是公历。打个比方，2000 年 2 月 1 日变成波斯历就是 1378 年 11 月 12 日，这根本无法通过简单的运算转化。

纵然每回碰到数字，我们都得查一遍，烦不胜烦。可是，我依然佩服这个国家。

　　真正的"坚持"是需要花费无数力气的，而这个国家却愿意将这么多"力气"用在一件小事上，属实不易啊！

伊朗·德黑兰（1）·

伊朗·德黑兰（二）

到伊朗已有几日。

对于这个鲜少出现在中国人视野里的国家，我和 SUN 来之前，满脑子想的都是兵荒马乱和尔虞我诈。可当切身实地来到这片国度，却发现，这里比想象中要安全得多，也友好得多。

这几日，随着我和 SUN 对这座城市越来越熟悉，便想换个条件更好的、以接待本地人为主的酒店。

"你好。"公交车上，一个站在我身边的伊朗小哥倏忽问道："你们是哪里人？"

"中国人。"

"啊！你好！"小哥一听我们是中国人，立马热情地攀谈起来，"你要去哪里呢？"

"我和我妻子要去找一家旅馆。"我指了指坐在车尾的 SUN，顺势拿出手机，找出一个波斯文地址。

小哥扶了扶鼻梁上的眼镜，仔细看了一眼说："离这里不远，我带你们去吧。"

"那真是太感谢你了！"我嘿嘿一笑，重重地点了下头。

还记得几天前刚到伊朗时，面对当地人的帮助，我们都还比较谨慎。但通过这几天的了解，我发现伊朗人对中国游客的热忱，不掺杂任何目的和功利，只是单纯对中国人有好感。

于是顶着这张中国人的脸，我们一路上不知得到了多少帮助。

比如说迷路了，只要掏出一张地图，在街角露出一副迷惑的表情，便会有伊朗人上来问："有什么可以帮助你的？"

前天我和SUN路过一家烤饼店，SUN只是隔着橱窗往里多看了两眼，店里的姑娘立马跑出来邀请我们进去喝茶吃饼，临走前还塞了一袋子到SUN手里。

昨天上公交车时，我和SUN发现没零钱了，正想找别的乘客兑换。司机大叔大手一挥，说了句："免费。"

刚才我叼着烟，在公交车站牌下，里里外外翻找火机。一个伊朗小哥看到手忙脚乱的我，立马走上前帮忙点烟，没等我道谢，一溜烟就跑了。临走还把手里的火机直接送给了我……

在大多数人眼中，任何一个中东国家都代表着战争，代表着混乱。这很正常，网络和信息的闭塞，切断了伊朗与外界沟通的桥梁，世界对这个国家的误解和偏见，像极了金庸笔下金花婆婆吓人的面具，不揭开，你永远不会知道面具里隐藏的是怎样一张脸。

公交到站，小哥果然带着我和SUN下了车，边走边说话。

一路上，小哥问了我很多关于中国的事情，也说了自己的家庭和工作，但碍于他们第一外语是法语，英文都不咋好，聊得稍微深入一点，就如鸡同鸭讲。

走着走着，小哥竟然迷路了。只见他一边满头汗，到处问路，一边不停跟我们道歉，还安慰我们不要着急。

这倒让我和 SUN 不好意思起来，SUN 对他说，如果他有事可以先走，我们自己找去就行了。

但伊朗人的热情就是不达目的誓不罢休，在小哥不懈努力之下，我们终于找到了旅馆。

"我也是第一次来这里，实在是对不起……"

听小哥这么一说，我才反应过来，他是为了我们才提前下车的。我赶紧说："别这么说，是我们耽误你的时间了！真的很感谢你的帮助！"

这时，我乍然想起一个事儿，连忙道："如果你不忙的话，我是否可以问个问题？"

小哥愣了一下："你请说。"

"为什么你们把中国人叫作'晋'呢？"这是我和 SUN 来伊朗后最大的疑惑。来到伊朗之后，经常有本地人问我们："你们是'晋'？"

刚开始我们也是满脸疑问，后来才反应过来，当地人都把中国人叫作"晋"。

"嗳……我也不知道，在波斯语里，中国就念'晋'，好像中国以前的名字就叫晋是吗？"小哥想了一下说道，"也许那个时候我们民族就把中国叫作晋了。"

虽然小哥也没说清楚，但回想起来，中国和波斯最早的贸易往来，也确实是以晋朝为始端，两者之间也许真的有所联系。

临走前，SUN 掏出一支画着奥运五娃的圆珠笔送给了小哥，小哥则将自己的电话号码抄给我说，如果我们有事可以找他，他还能开车带我们出去玩，也欢迎我们去他家喝茶。

还记得《孤独星球》上写着这么一句话：如果路上的惊喜是你旅行的最大意义，那伊朗也许是你最应该造访的地方。

物理反应决定化学反应，伊朗人这种"风调雨顺"式的友好，像一道激烈的电流，须臾间，便能电解掉你意识里，对这个国家所有的提防和偏见。

这，便是波斯滚烫的心。

看似有些霸道，但却春风化雨、无法躲避，总能在不经意间，流露出灿烂的微笑。

我相信，到访即留下，这个国度一定会在每个旅人心头，留下浓墨重彩的一笔。

伊朗·设拉子（一）

> "陶醉吧，在美酒、歌声里！何必探寻人世间的秘密。要解开这人世的真谛，谁会有这神奇的能力！你写下的美妙的诗句，就像串串珍珠一般美丽。哈菲兹啊，鼓起你歌唱的勇气，让群星的项链光彩熠熠，亮灿灿高悬在夜空里。"
>
> ——哈菲兹

　　如果说，诗歌对于大多数人，是有关文学的灵魂和信仰。那么，它对我来说，就是生活和时光。

　　我对诗歌的理解分为四个阶段：初中时，痴迷于席慕蓉灵巧的句子；高中时，沉醉在李后主悲歌击筑的赤子之心；大学时，在艾米莉·狄金森冷静的热情中孤芳自赏；年过廿八，则被哈菲兹华美且失控的理智感染。

　　那时候还小，国内波斯文学普及度不高。大家都喜欢惠特曼和海明威，但我不喜欢，实在看不出好，就偶尔读些哈菲兹和鲁达基的诗。结果更看不懂，一气之下，把两本诗集都给捐了。

由此可见，少年时读书多少并不起决定性作用，读太多又读不懂，反而容易丢了"读"的兴趣。

直到在大理定居后，我从网上又买了本哈菲兹诗集，拿回来一读，感觉舌头发麻、七窍生烟。

"拿酒来，酒染我的长袍。我为爱而醉，人却称我智者。"在写酒的诗里，哈菲兹这首算是数一数二的。

李白也喜欢写酒，一喝就写，一醉就出好诗。但此等金星下凡、谪仙之人的诗，实在太刚烈了，如天上的月亮一样，求而不得。对我这种在红尘里打滚都翻不起跟头的人来说，试着从这样的诗句里找到"出口"，只能撞得头破血流。

但哈菲兹这首是柔和的、克制的、小气的，恰如俗世里的过客，柔软且拘谨。古人说：且谈风月。如此这般，将情感变成易守难攻的文字城寨，这才是我们绝大多数人的一生。

哈菲兹的祖国便是伊朗，而设拉子更是哈菲兹长眠之地。

"达瓦，那个哈什么的墓，你还是自己去吧，我实在不感兴趣，我去天堂花园转转。"

天堂花园是设拉子最著名的园林，以其高大的柏树闻名。虽说这座花园也曾在哈菲兹的诗中出现过，但对我来说，远没有哈菲兹之墓的吸引力大。

而且这段时间我和 SUN 都发现，在伊朗旅行还是很安全的，哪怕单身女孩也不例外，于是我便放心让 SUN 一个人去了。

　　跟着地图跑了一上午，我才摸到了墓园的大门。

　　走进哈菲兹墓园，我一阵惊喜和惊讶。

　　惊喜的是，这哪像个墓园啊，明明是一个美丽迷人的花园嘛！而惊讶的则是竟会游人如织。

　　"采石江边李白坟，绕田无限草连云。"

　　我是专程去当涂县的采石江看望过李白他老人家的。当年硕大的李白墓景区里恨不得就我一人。可眼前哈菲兹的陵园，却被游人挤得满坑满谷。

沿着一条长长的通道往里走，两旁种着松柏和蔷薇，走到尽头，便能看到一座花园。花园中间是一座八角亭，八根石柱支撑起一个镶嵌着彩色瓷砖的穹顶，其下便是白色大理石砌成的哈菲兹石棺。

无数人捧着哈菲兹的诗集，在石棺前驻足，摩挲着刻在棺椁上的长长诗句。

一旁长廊里，有人在举行"哈菲兹预言"活动。

游人们一个接一个走到一名老者面前，闭眼默念心中的问题，老者则让肩膀上的鹦鹉，在厚厚一沓卡片里叼出一张，卡片背后，用波斯文和英文写着哈菲兹的诗句。

据说抽出的诗文能预测未来，就跟在寺庙里求签一样。

看着此番情景，我心中泛起丝丝不适。

的确，哈菲兹是中世纪波斯最重要的诗人之一，但他毕竟只是个诗人，顶天也就是个和平使者。但从伊朗人的表现来看，这个面见过成吉思汗的波斯诗人，竟被本地人当作神灵供奉。

李白之于中国，绝不亚于哈菲兹之于波斯，可就算如此，李白在我心里，依然是人，是老师，是先锋。能骑鲸远去，只是因为技近乎道，而我对他的感情也只有敬仰和爱戴。

我一面唏嘘，一面继续往里走。

待走过侧门，便是另一座花园，这里与之前的庭院相比，仿佛进入了另一个时空。

下午时分，阳光染得人们面庞一片金灿灿。

无数青年男女坐在草坪上，或谈天，或嬉戏，没了之前的郑重和肃穆，更显轻松。

我也坐到了草坪上，拿出刚才在墓园门口买的英文版哈菲兹诗集，看了起来。可碍于英文水平有限，在英文版的诗里，我实在是找不出那种动人。

"你也喜欢哈菲兹吗？"一个带着水红头纱的伊朗女孩，俏生生坐到我不远处。

"嗯，我很喜欢，他是个伟大的波斯诗人。"

"那你最喜欢他哪首诗呢？"女孩抖着长长睫毛，满眼狡黠地问道。

"这个……"这下可难倒我了，我本想卖弄一下，背一段：夜莺日夜企盼的，是玫瑰对她钟情；而玫瑰朝思暮想的，是向夜莺卖弄风情。但我看的都是中文翻译版，实在不知道该怎么翻译回去，只能说，"我喜欢他关于夜莺的诗。"

"你真的读过哈菲兹呀！我还以为你在吹牛呢！"女孩朝我做了个鬼脸，说道。

我摇头一笑，正准备继续看书不再攀谈，一个问题却出现在我脑海，便不由朝女孩问出口："不知道在你们伊朗人看来，哈菲兹是神，是诗人，还是……英雄？"

女孩愣了一下，沉默了好一会儿才说道："对不起，我没想到你会问这个问题，所以需要思考一下。我觉得对于年纪大的人来说，哈菲兹是个神，也许还是英雄，我家里就有一本他的书，和经书放在一起，但我爸爸妈妈从来不读。对于我们年轻人来说，哈菲兹是个诗人，或者说是书本里的人。"

"抱歉，不知方不方便问一下，伊朗人真的喜欢哈菲兹吗？"见女孩回答真诚，我接着问道。

"当然喜欢，只是有的时候，觉得他太……老派了，或者说太传统了。"

我一想也是，中世纪的作家也确实摩登不起来。

"那你有没有喜欢的外国文学呢？比如说……中国文学？"

"嗯，我喜欢中国文学，我在大学里就有中国文学的课程！"

"那有没有你喜欢的中国诗人呢？"

"李白！"女孩几乎脱口而出，但浓浓的口音硬是让我没反应过来。

"你说的是唐朝诗人李白？！"

"对对对！就是他！李白是个中国浪漫主义诗人，他是我的偶像！"

就这样，夕阳之下。一个中国人，一个伊朗人，在哈菲兹墓园的草地上，用各自的母语朗诵着《将进酒》和《夜莺》。

没有诗，哪来的远方？

每一段精致的诗文，都是异乡人远行的灯塔。

但令人怀念的却不仅仅是诗文本身，更是童年每日背书的不情不愿和小小牵挂。

这份牵挂，走得越远，拉得越紧，再小心翼翼保存心头，挂上一圈岁月的明悟，最后藏于记忆。

伊朗·设拉子（二）

我们接到拍摄任务啦！

一个来大理找过我们拍照的客人，发来信息说他也到了设拉子，想找我们拍套写真。我和 SUN 欣然答应，当即决定，将拍摄地点定在粉红清真寺。

"那说定了！我和 SUN 明早先去踩点，八点钟你过来直接拍！"确认完拍摄方案后，我欢喜不已。

总拿我这种胖子当模特也不是个办法，能给 SUN 换个好看的模特我也开心。

说到设拉子的粉红清真寺，这几年在国内可谓声名大噪。它的真名叫"莫克清真寺"，其外墙彩釉瓷片中的粉红蔷薇图案最为出彩，据说伊朗人用花朵代表火焰，花不凋败，火不熄灭。

然而，粉红清真寺之所以走红，并不是因为这些瓷片，而是它万花筒一般的祈祷厅。SUN 就是因为祈祷厅的一张照片，才决定来的伊朗。

第二天一早吃过早饭，我和 SUN 便赶了过去。

刚到的时候还没几个人，直到距离参观还差十几分钟时，我回头一看，排队的长蛇阵已经摆开，其中就有许多来自祖国的面孔。

好嘛！我们来伊朗这段时间一个中国人都没见到，可眼下却来了几十个！足见粉红清真寺在国内有多火。

到时间了，我在售票处买票，而 SUN 则直接冲了进去。

为了给她创造更多拍摄机会，我还故意堵住后面的人，在售票口磨蹭，引来队伍后面一片抱怨。

走进粉红清真寺，我没直接赶去祈祷厅，而是细细欣赏起这座瑰丽的建筑。

寺内出奇的小：一面墙、两间房，也就相当于北京一间四合院那么大。入口正对的墙面上铺满了彩釉瓷片。走近一看，细密的花纹和图案布满腰部以上的每一寸墙壁，精细程度令人咋舌。

彩釉瓷片里以桃粉居多，但并不扎眼，是雾蒙蒙的莫兰迪灰粉，色饱和虽不高，看着却很舒服。

墙壁两侧是冬官和夏官。说是"官"，但实际上也就是两个大号厢房，据说会根据太阳的走向，在不同月份分别开放。现在这个月份开放的便是"冬官"

眼看外围已经没什么可看的了，我便走进了祈祷厅。

就当我双脚踏进的那一刻，心脏瞬间僵直了。

整个房间没有一丝多余的装饰，晨光如一位身材曼妙的波斯少女，穿过彩色玻璃窗缓步走进大厅，走过橘粉的蛇纹石柱，然后半跪到花色地毯上，顿时连空气都披上了万紫千红。

　　七彩光华间，我如同置身幻境，光与影带起一阵阵醉氧般
的眩晕。

　　我曾一度认为，只有外在的庄正，才能映衬出内在的缺漏，
而唯有缺漏的内在，才能生出宏大的虔诚。

　　然而此时，我却发觉自己何等幼稚。

　　同为寺庙，以庄严示人者，自是能收割无数恭默静守，以
绮丽示人者，粉红清真寺却不知斩获了多少人的朝思暮想。

　　就当我在漫天芳华的幻想里自由翱翔时，SUN 却在一旁忙得不可开交。

"你怎么才进来啊，趁客人还没来，赶紧过来拍几张。"

SUN 一把将我扯了过去，让我摆出各种动作，配合她的拍摄。就这样拍了能有十来分钟，预约拍照的客人来了。

只见他上身是垂感极好的水墨绿长袍，下身着汝窑淡青灯笼裤，赤着脚走了进来。不光是 SUN，连我眼里都冒出了小星星。太帅了！这身衣服配合眼前的场景简直珠联璧合。

客人是北京一个舞蹈老师，面部轮廓和身形都极好，随着SUN 的镜头，在七彩光斑里上下飞旋，做着各种舞蹈动作。

其他游客看到如斯少年，也纷纷过来蹭片，一时间跟小型新闻发布会一样。

就这样，原定一小时的拍摄，花了两个钟头才完成。难得在异域他乡碰上如此专业的模特，SUN 完全没当作是生意，全神贯注投入其中，客人看完片子也是相当满意。

中午吃过午饭，客人去了下一站，而我和 SUN 则迫不及待返回旅馆，把片子处理出来为我们摄影工作室做一波宣传。

SUN 在回旅馆的路上，乐得跟小雏菊一样温暖。每次她拍出好片子都是这副表情。

我虽同喜，但也稍稍惆怅，暗暗立下誓言：一定要瘦下来，只为能配合 SUN 拍出更好的照片。

伊朗·设拉子（三）

　　一大早我就顶着一肚子的火气，冲出旅馆，蹲在马路牙子上闷闷地抽烟。

　　今天的计划是包车出去玩，但行程上，我和 SUN 却出现了分歧，我是想去波斯波利斯和粉红盐湖两处。而 SUN 却死活都不肯去粉红盐湖。

　　其实这本身没什么大不了的，SUN 实在不想去，可以把她留在波斯波利斯拍照，让司机带我单独去一趟。

　　但我们依然吵架了，还挺凶。

　　按理说，两口子吵架很正常，但尴尬的是吵的内容：盐湖为什么会是粉色的……

　　我坚持认为，水中微生物在光合作用的过程中，产生了一种红色素，因此盐湖才会变成粉色。而 SUN 不知道从哪里翻出来一篇文章，上面说这个粉红盐湖之所以是这个颜色的，是附近有一家化工厂，排放的废水将盐湖染成了粉色，整个湖面弥漫着臭鸡蛋味儿。

　　虽然说要团结不要分裂，可我这小事儿不求和、大事儿打哈哈，虚心接受、屡教不改的性格，实在是有点儿阴损，我和SUN吵架基本都由于这个。

俗话说恶人自有恶人磨，SUN也是个犟姑娘，但她擅长冷暴力，一旦我们俩从争论升变成争吵，她就扭过身不听我的辩解，还发出嘲讽的"哼哼"声，我一面愤怒，一面还无可奈何。更要命的是，每回吵完架后，我去跟SUN道歉的时候，她都会来一句："我就喜欢你认怂的样子。"

果然，哪还有什么海阔天空，都是得寸进尺……

于是乎，我抱着惩前毖后、治病救人的心态，费了九牛二虎之力才把SUN再次逗乐，而代价是帮她洗一个月内衣。

历史大概是这世上弹性最好的东西，哪怕是漫漫长河一般的百年、千年，哪怕是最为流光溢彩、英雄辈出的岁月，也可以压缩成几张枯黄的薄纸，经后人唏嘘评说。

波斯波利斯，这是一个与伊朗深度捆绑的地名。

作为曾经波斯王朝的行宫和首都，始建于公元前5世纪，建好后仅过了一百多年，就被亚历山大大帝焚毁。

由于当时宫殿的横梁是由巨大的原木撑起，横梁燃烧后产生的剧烈高温，瞬间融化了连接整个建筑的铁铅螺丝。

要知道，那时的金属合金程度不高，并不耐高温，于是整座建筑崩塌瓦解。一个将火焰视作王权的王朝最终被烈焰吞噬，烧成白地，这是何等的讽刺。

有句话是这么说的：波斯波利斯之于伊朗，便是长城之于中国。但当真正站在这座残破的废墟前，我首先想到的却不是长城，而是圆明园。一样的浴火未重生，一样的半壁未江山。

节物风光不相待，桑田碧海须臾改。走进古域，一股马革裹尸的惨烈扑面而来。断壁残垣我曾遇见无数，但有着如此不甘、灭世味道的，还是头一个。

残旧的基座，残破的壁雕，残缺的雕塑，残落一地的断垣，残败的石门，这一切的"残"，依托在光怪陆离的远山之下，不走流程，直接"撞"进荒漠。

高耸入云的中央大厅石柱，万方来朝的羽人门神、人首狮身兽和拔地参天的万国门，在荒野烈日的炙烤下，就这么直勾勾挺身而出，击溃我内心的柔软。

不以今世之事而悲，却以昨世之事而幸，此刻的我仿佛已丢失了思考的能力。

这里曾是居鲁士大帝建立起的人类史上第二个强大的帝国，比亚述帝国仅仅晚了一百多年。在那个几乎完全靠人力的年代，这样一座庞大的建筑群不知燃尽了几代人的血汗。

SUN 拍了一圈，闷闷地回到我身边。

"光线太强了，曝光怎么调都不太好看，黄昏可能会好一些，早知道就不来这么早了。"SUN 嘟囔着嘴，皱皱巴巴地说道。

"那没办法，等着吧，附近只有粉红盐湖，你又不愿意去。"我嘴一撇，故作镇静地说道，却悄悄打起了小九九。

"估计还有好长时间才落日呢，而且这里好晒啊。"

SUN 说着把丝巾往外扯了扯，尽量更大面积地遮住脸："要不，咱们还是去粉红盐湖看看吧，等黄昏了再回来？"

"不去！你忘了你早上怎么说的了？欺负完我你就忘了？"

我一见 SUN 上钩，反倒不着急了，只是佯作怅然，故意扭过头去，生怕逐渐上扬的嘴角被 SUN 发现。

"别嘛！大不了不让你帮我洗衣服了？" SUN 挽起我胳膊，侧头过来看我，而我则拼命咬住嘴唇，生怕一漏气，笑出猪声。

"这可是你说的？"

"嗯，我说的！"

"那成，咱们去粉红盐湖吧。" 我已经很克制了，但还是被 SUN 发现了我语气中的端倪。

得知自己上当之后，这丫头竟然学着我的样子也佯装生气。我无奈之下只能又上前去劝，结果不光得多洗一个月的内衣，还被罚一天不许抽烟。

果然人不能有侥幸心理啊，偷鸡不成蚀把米……

所谓的粉红盐湖，是设拉子附近一座叫马哈尔鲁的湖，这两年遽然异军突起，成了继 "粉红清真寺" 之后，伊朗 "粉红军团" 里的又一员大将。

我们错误预估了车程，到达盐湖的时候已经快要黄昏了。

下了车，还没走到湖边，一股浓浓的化学试剂味儿就飘了过来。事实证明 SUN 看的那篇文章是对的，这片湖真的有可能被附近的化工厂污染了。

可嗅觉终究不如视觉来得直接，当真正看到那一池如同芍药成了精的湖水时，老夫的少女心哟……

盐湖是一块块圩田模样，相比自然的湖水，更像是个晒盐场。在夕阳下，蒸腾起的粉色雾气，像极了轻薄的被子，在夜幕降临前，温柔地盖到这片大湖身上。

我应该是少数能坦诚面对"喜欢粉红色"这件事的男生。

此时我走在湖边，随手捡起盐田里的粉色盐块，在指尖轻轻捏碎，分明就是一枚透着粉红色的少女的梦啊。

由于盐湖边的味道实在有点重，我和 SUN 简单拍了几张照片就离开了。

回到旅馆房间后，SUN 二话不说扔了几件内衣过来，还煞有其事地警告我："不洗完不给吃饭。"

天理何在！天理何在啊！

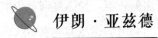

伊朗·亚兹德

在伊朗旅行，坐大巴绝对是首选。

从设拉子到亚兹德的大巴上，座椅几乎可以完全放平，全程有饮料和茶点，冷气开得也足，工作人员服务意识和态度都很好，简直舒适惬意到不行。

我和 SUN 来到亚兹德后，住进了一家中国姑娘开的旅馆，说起这个姑娘的故事，也是段佳话。

她叫小洁，岁数跟我差不多，土生土长的浙江姑娘。

2015 年，小洁来伊朗背包旅行时，在亚兹德一本地小伙"毛小毛"家里做沙发客，两人初见，便天雷勾地火般迅速坠入爱河。

一个月后，毛小毛跟着小洁来到中国。就在相识的第 63 天，在小洁老家，两人连婚礼都没办就直接领证成为夫妻。

两年后，小洁和毛小毛在亚兹德开了这家"伊朗媳妇旅馆"。

当代社会的快节奏之下，从不缺乏闪婚的例子，但像他们这样，闪婚后依然拥有携手一生决心的，却并不多见。

来亚兹德这两天，我和 SUN 去了一趟金庸笔下《倚天屠龙记》里的"波斯明教总坛"。

看过那袖珍无比的庙宇，和高脚铜尊中燃烧了两千年从未熄灭过的火焰后。不知怎的，我们突然对这座城市的景点就没了兴趣。

于是乎，我和 SUN 开始了来伊朗后第一次漫无目的地逛街。

如果说，每一座古城都见证了一段历史，那么，亚兹德古城则是见证了人类的远古。这座无比古老的人类城市，有着超过五千年的历史，而且至今依然有人居住。

走进亚兹德古城，满眼敦实的夯土坯房，让我不得不佩服起古人的智慧。

看似粗糙的结构和材料，竟让这些建筑历经千年风化后屹立不倒，而那些黄土砖块错落垒砌的花纹，在岁月的侵蚀下，依然讲述着那个时代的故事。

偶尔高挑出镜的塔形建筑，便是人类最早发明的"中央空调"。

亚兹德身处荒漠，夏天时气温可达 50℃。当地人会将房子建在地下，房屋与风塔之间连着长长的通道。风从塔身镂空处灌入，经过地下通道的冷却，最终吹入房间。可以说，这风塔，便是沙漠儿女千百年来与炎热对抗中的一丝慰藉和智慧的传承。

走进古城外的巴扎市场，各种摊位上售卖着香料、蔬菜、甜食和日用品。

每每经过香料摊位，SUN 都会先拍张照片，再狠狠闻两下。不知为什么，SUN 从印度回来之后，就特别迷恋各种五颜六色粉状香料的味道。

　　"达瓦，我想吃你做的饭了，这段时间吃得太上火了，我感觉都快长痘痘了！"看着 SUN 一脸的渴望，我也颇为无奈。

　　其实早几天前，我就想自己做饭了，可在这么一个沙漠国家，几乎看不见什么新鲜蔬菜。就在刚才，我路过一个蔬果摊时，拿起一根黄瓜捏了一下，软得就跟地窖里过了冬的白菜一样，看着就没什么食欲。

　　可我终是没架住 SUN 眼中的央告，满菜场逛了一个钟头，才买了两个土豆、三个西红柿和几个鸡蛋。

　　当路过米摊的时候，我被这里大米的价格给惊到了。刚好够我们两人吃的一小包米，就要十几块钱，连日本都没这么贵啊。像这种农副产品基本全靠进口的国家，果然物价高。

　　回到"伊朗媳妇旅馆"，我问小洁在旅馆里做饭要不要交一些燃气费，结果小洁笑了笑说："伊朗的燃气跟不要钱一样，随便用！"说着，她还指了指厨房，"你看，那壶灶台上的红茶，我从来都不关火的。"

　　听了小洁的话，我一阵失笑。

　　是啊，中东怎么可能缺燃气呢？

伊朗·亚兹德·

伊朗·伊斯法罕

"达瓦，我看准了几个有意思的地方，你陪我去吧！"一大早，SUN凑到我身旁，满心欢喜地说道。

"有意思的地方？什么地方？"我一下来了兴趣。

"秘密！"

看着SUN的样子，我更觉神秘。

坐着公交车，我们再次来到伊玛目广场。

跟着SUN快速穿过市场，钻进小巷，七拐八绕后，停在了一扇敞开的木门前。旁边指示牌上巨大的箭头里写着：阿扎德干茶馆。

"到啦！"

"到啦？就这儿？茶馆儿？"

SUN连质疑的机会都没留给我，就扯着我走了进去。

院子里堆放了许多杂物，也不知是古董，还是破烂儿。一辆柠檬黄的三轮车混在其中，车头被涂成了小黄人的模样，呆萌到不行。

顺着甬巷钻进地下的茶室，推开门，便等于走进一台老式留声机。从墙壁到天花板，挂满了各种稀奇古怪的东西：花瓶、旧照片、铜壶、水烟壶、煤油灯、风铃，甚至连刀枪棍棒、斧钺钩叉这种冷兵器都有。

身在其中，仿佛摸进了阿拉丁看守的藏宝洞，这些物件将小小的茶馆挤得满满当当，明明店里没几个人，却产生了人满为患的错觉。

SUN拉着我坐了下来。

"还不错吧？"SUN看我还没从茫然中反应过来，洋洋得意地说道。

"确实……挺有特点，也幸好我强迫症不严重，否则真能被逼死，对了，你怎么找到这家店的？"

"不告诉你！"SUN嘻嘻一笑，随手拿起英文菜单，老饕一般点起了东西。

时间不长，各种吃喝便堆了一大桌。

吃的方面，除了气泡纸一般的薄饼和甜到齁死的蛋糕，最惊艳的，当属藏红花炒开心果、菊花味冰激凌和炸葡萄干。听着很奇怪却着实好吃。

伊朗人做食物真心不掺半分虚假，尤其是冰激凌。奶油、蜂蜜裹着菊花的清香，一口下去，味蕾在刹那的紧缩后，彻底绽放享受，香甜混着微微的酸味，顺着舌根，以驱羊攻虎之势滑进喉咙，论爽口程度，足以清空你对任何美食的负担。

可说到饮料，却着实把我惊到了。其中一种叫Doogh的奶饮，是加了盐和薄荷的酸奶，浓浓的薄荷味，将奶味几乎全盖住了，让这种饮料喝着跟圣鹿野格有些相似。第一口特别奇怪，但喝了几口后竟微微上头，欲罢不能，尤其是那淡淡的咸味，在渡过口舌间的博弈后，只觉生津止渴，酣畅淋漓。

如果说 Doogh 是伊朗美食里中规中矩的奇葩，那另一种奶质饮料，就是奇葩中的崇山峻岭、料峭天堑。

这种饮品瓶身上没有英文，奶白的颜色倒也正常。可味道却像变臭了的羊奶，混合洗衣粉和盐，再打上气儿，一吸溜还自带音效。喝上一口只觉七窍生烟。

强忍着味蕾和胃燎原之火般的倒戈，生生咽下去，一打嗝满嘴都是化粪池的味儿，熏得我头皮都快炸了……

反观一旁的本地人，喝得那叫一个津津有味，看得我惊为天人。那感觉，就好比我和北京人同坐一桌喝豆汁儿，我看不懂北京人的口味，北京人冷笑一句："对牛弹琴。"

喝完这一口"灵魂盛宴"，我再没了吃东西的胃口，SUN 见状便拉着我再往深处走去，来到茶馆自带的烟馆。

"就这一次哦。"SUN 对着我说了一句，帮我点了一壶蜜桃味儿的水烟。

其实作为一个老烟枪，我早跟 SUN 提过，想尝试一下伊朗的水烟，只是 SUN 一直不让。她在网上查了一堆资料后告诉我，虽然当地人都说水烟无毒、无害，不会上瘾，实际上却比香烟对身体的危害还要大一些。

水烟拿上来了，五彩琉璃的烟瓶漂亮到不行，老板在烟草里放上燃烧的木炭，这便是准备好了。

我拿起烟瓶上的烟管，轻轻吸了一口，甘洌的桃子味弥漫开来，虽然有趣，但对我一个习惯了中式烤烟的老烟枪来说，实在不上劲儿。

我们离开茶馆后，SUN又带着我去了一家饭馆，硕大的招牌上写着：Traditional Banquet Hall，直译过来就是传统宴会厅。

说是宴会厅，实际上就是个不大的饭店。走进大门，起眼就是传统的蓝色瓷片装饰墙、雕花木格和彩花玻璃，可细节处却闪着些装置艺术的影子。整体装修风格，仿佛是在传统和现代间努力找到一个动态的平衡。

餐厅分内厅和外庭，没有桌椅只有床榻，吃饭的人要脱鞋坐上去。我和SUN坐进外庭，SUN刚拿起菜单，我就轻轻拍了拍她的手，露出为难的表情。这要是再点一桌"化粪池"，我这张嘴还要不要了啊？

SUN看出了我的担心，满含信心冲我点了点头。

菜一道道上来，我悬着的心也落了地。都是烤肉、沙拉、米饭这类常规食物，味道都还挺好的，尤其是米饭，金色的藏红花米饭配葡萄干，竟让我吃出了新疆手抓饭的感觉。

伊朗对藏红花的迷恋，真是到了骇人听闻的程度，而且由于产量惊人，这种在中国十分珍贵的药材，在这个国家也就是味佐料甚至染料。

饱餐一顿后，我和SUN回到伊玛目广场，走走看看，权当消食。

路过一家小店时，SUN被橱窗里一种蓝色的盘子迷得神魂颠倒，旋即便拽着我走了进去。

此时店里正有一个波斯姑娘在画这种盘子。见我们进来，笑着起身招呼我们坐下，端上两杯红茶。

见 SUN 对这蓝盘子的兴趣着实不小，姑娘便娓娓道来。

这种盘子只能手绘，为了保证色彩的稳定，她们用来画盘子的颜料，都要混入青晶石的粉末。每个盘子要画三次，烧四次，所以即便是再熟练的工匠，一个最小的盘子也得两天才能做好。

说着，姑娘拿出个大号的盘子递给我们。盘子上的画确实精细，蓝色的花纹似穹顶，如波涛，可总体感觉材质过于普通，跟老一辈用的搪瓷缸子，倒是有点儿相似。

但这些并不妨碍 SUN 的着迷，只见她一边抚摸着盘子，一边低声跟我商量着怎么讲价。

最终，我们买了不同尺寸的六个盘子回去，SUN 本来还想再要一个镶满绿松石的铜花瓶，却被我满地打滚地制止了。一个平常不咋花钱的女人，猛地喜欢上一件东西真是太可怕了……

天色渐黑，我和 SUN 来到三十三孔桥散步。这是伊斯法罕最有烟火气和人文情怀的一座大桥。

每当夜幕降临，石桥一座座巨大的弧形石孔里，都会亮起暖色的灯光，人们躲在其中消磨着白天的燥热，每一孔都似一道风景，每一孔都有人生百态。

恋爱中的小情侣牵着手走过；年长者邀请我们坐进石孔一起喝茶；一旁的姑娘高声唱着 Adele 的 *Rolling In The Deep*，浑厚的声线，穿过层层拱桥，荡开星空下的阴云。

眼前的三十三孔桥不就是对那些非议最好的回击吗？

真理的旅行，从不需要入境章，可惜的是，每次真理还在穿鞋的时候，谣言却已跑了大半个地球。

时至今日，我们每个人都可以用"自媒体"的方式制造言论，于是许多片面的错觉，不断充斥着我们的视野。就像孩童时期，守着黑白电视机的我们，不去有彩色电视机的同学家里坐坐，可能永远都无法知道唐僧的袈裟是红的。

虽然我们未必每一个都能拥有"彩色电视机"，却依然要对真相保持一颗敬畏之心，坚定缓慢地去经历每一次力所能及的行走。要找到旅行的真理，唯有滚一身泥巴，练一颗丹心，亲自翻看世界这本浩瀚的诗集才行。

亚美尼亚·埃里温

嗳……终于到了分别的时刻。伊朗真是一个明明不那么好玩，却让人欲罢不能；明明心有不舍，却笃定后会无期的国家。

我们来到德黑兰自由广场附近的长途汽车站，坐上了开往亚美尼亚的大巴车。

大巴中午出发，深夜来到伊朗和亚美尼亚的边境，乘客需要下车步行过境。可没想到，在亚美尼亚边境处，我和SUN又被卡住了，双双被带进办公室问话，我们都忐忑不安起来，不由想起在塞班被关进小黑屋的经历。

经过一番询问，原来是虚惊一场。这边的边防警察只是很少见到有中国人从这个关卡陆路过境，好奇之下，想跟我们聊几句，临行前，还给了我俩一人一个红籽儿大石榴。

穿过边境，我们再次坐上大巴车，没一会儿，我就沉沉睡去，再醒来时，天色已亮。此刻大巴正开在山谷中，我望向窗外，心变成了一本唐诗三百首。

秋雨一何碧，山色倚晴空，秋色带着浓浓的水汽，生生闯进我的视野。红黄相间的树叶不厌其烦地细细装点着大山，哪怕隔着厚厚的玻璃，仿佛都能嗅到泥土的芬芳。远处绵亘的群山中，似是居住着人家，屋顶冒出淡淡的炊烟。

我根本没法描述此时的心情。

在伊朗的一个月，我们几乎每天都游走于沙漠和戈壁之间。难得碰到自然的颜色，也都整整齐齐围于囹圄，灵魂尽失。然而，一觉醒来，窗外却衍为"人烟寒橘柚，秋色老梧桐"，这是何等的欢喜。

抵达埃里温，我和 SUN 将行李卸到房间，便迫不及待地背着相机跑了出来。

马路上大多是下沉小楼，像极了哈利·波特的凤凰社总部。街上行人不多，大都行色悠闲。人行道旁的石质饮水器，正汩汩冒着泉水，一个姑娘挽起一侧头发，轻轻伏下身喝水，阳光从她耳间滑落，映出优美的曲线。

走到拐角处，黄叶散了一地。

一旁的雨棚下兜售着鲜花，有雏菊、郁金香、玫瑰、康乃馨和大丽菊。虽不算姚黄魏紫，仍沸腾出一道炫丽的彩虹。

十字路口的横道线上，一个男生正抱着女孩儿原地转圈儿，在霞光中拥吻，女孩儿爽朗的笑声，在空气中荡起层层涟漪。

街边点缀着画廊、个人影展和饰品工作室，散发着文艺气息。一家咖啡馆门口，爬满紫藤的木架将人行道围成甬道，几个青年正坐在里面聊天。

路过一家精致的甜品屋，里面坐着几个红发的女人在喝下午茶，我跟着脸上堆满渴望的 SUN，走进店里。七块钱一

份的蛋糕不仅造型好看，厚厚的奶油上还铺满了果酱和坚果，SUN 吃了整整三小块，才心满意足地离开。看着 SUN 大口大口吞咽着蛋糕，嘴角沾上巧克力碎和奶油，我感觉幸福得都快爆炸了。

　　离开甜品店后，我和 SUN 都泛起了慵懒。因为疲倦而藕断丝连的精神与肉体，开始重修旧好。SUN 没了上蹿下跳，我也没了唠唠叨叨，两个人就那么走着，如同走进了自家的花园。

"达瓦，我怎么感觉我们不像来旅游的，倒像来疗伤的。"SUN 就是这样，总能一针见血。

前一个月，我们在伊朗不断追寻波斯古国的前世今生。如今来到埃里温，须臾间，如释重负。

我和 SUN 一路安步当车，不知不觉来到火车站边的一个菜场。

菜场是由一个巨大的仓库改成的。菜场大致分成蔬菜区、水果区、肉类区和主食区，瓜果蔬菜用纸箱盛着，摆在地上，周围还有几家卖调料和零食的小卖铺。

一进菜场，SUN 就拽着我直奔水果区。其实我特别不理解 SUN 对水果的态度。

平常在大理她几个月才买一回水果，一出来就不这样了。见到水果就得买，还非得挨个儿试个遍，回回买回去都吃不完，下回再看着还买。这不，一会儿的工夫，SUN 就买了七八种水果，一样一斤，我真不知道她这是拿来吃啊，还是喂猪。

走到肉类区的摊位前，卖肉的老板一见我俩，苹果肌上都笑出了褶子，无奈大家的英文都不咋的，几个回合下来也没聊几句。

临走时，我买了两斤五花肉、一盒肉末，加上刚才买的四个茄子和一把小葱：红烧肉和肉末茄子。一顿可口的中餐，便组成我和 SUN "良人久在外"最基础的乡愁。

离开菜场后，我们本打算再随处逛逛，但见天色微暗，我和 SUN 便打算原路返回民宿。经过共和广场时，看到几个露天的酒吧开始营业了。

我和 SUN 拎着菜，走到吧台前点了两杯啤酒，想着随便喝一口就回去做饭。结果旁边一桌的男人却端着酒杯过来打招呼。

"你们是哪里人？"

"中国人。"SUN 浅浅一答。

"啊！中国！美！"

"谢谢。"面对这么一个英文普及度不高的国家，用最简短的词语问答效率会更高。

没想到，那男人对着伙伴说了一顿后，他们竟全围坐到我们身边。

"欢迎中国人来亚美尼亚！"

"中国，我们，朋友！"

这突如其来的热情，让我和 SUN 有些手足无措，只能努起笑容，展示着"把爱洒满人间"的表情。

一场推杯换盏下来，聊得不多，但氛围极好。

SUN 酒力不济早早败下阵来，躲到一旁吃起了蟹籽沙拉，留我一人长袖善舞、八面玲珑。

酒过三巡，我们起身离开。可正当准备结账时，最早过来敬酒的男人，却一把将我拦了下来，执意要替我们埋单。

三推四阻后，我实在拗不过他，只能作罢。

回旅馆的路上，天虽然很冷，我却不由自主地露出了微笑。

亚美尼亚·塞凡湖

你会为了一张不知名的照片，询遍他乡，只为出处吗？

你会为了一个不知名的地方，千山万水，只为一眼吗？

有人说，执念非理性，非理性意味着投入远高于产出。可我却想说，请允许我虚度时光。

塞凡湖是亚美尼亚境内最大的湖泊，离首都埃里温 60 公里。可我们去那儿却不是为了这座大湖，而是为了一座不太起眼的修道院。

我们坐着出租车来到塞凡湖边的小镇，一下车，就看到了深蓝色的潋滟无岸。

由于此地海拔较高，天气陡然转凉，此时游客极少。我和 SUN 在小镇唯一的主街上施施而行，不知不觉走进一个旧货集市，这里卖的大多是些略带年代感的小物件儿。其中还有不少中国货，看着像是 20 世纪五六十年代的玩意儿。

逛了一会儿，我和 SUN 又犯了懒，随便找了家旅馆缩了进去。

第二天上午，SUN 给我看了一张照片。照片中，一座中世纪的修道院耸立于山崖之上。而我们现在所处的位置，便在这座修道院的脚下。

沿着步道缓缓上行，路边的小贩兜售着石榴形状的冰箱贴。快到山顶时，一处古老围墙边，一个可爱的男孩儿朝我们腼腆笑着，蓝色绒线帽加蓝色羽绒服，宛若塞凡湖的精灵。

爬至山顶，照片上的修道院进入了我们的视野，一个须发皆白的大爷正坐在一旁安静地画画，旁边的画架上摆满了他的作品，一边展示，一边售卖。

眼前的建筑叫"纳旺克修道院"，始建于公元九世纪。修道院整体呈现红与黑相间的色调，映衬着远处的云流如丝、湖

光波澜。整个院落由两处外形接近的建筑组成，都是正八面体鼓状的屋顶，较大的一座更像是一座礼堂，而小的一座里堆放了许多刻了字的石板。

正当我坐在修道院的石墙边直打懵，一群当地人说说笑笑走了上来。只见他们男的穿西装，女的穿礼服，簇拥着一对儿男女往修道院走去，女孩儿厚实的大衣里露出了雪白的嫁纱。

这是赶上婚礼了？我心中一喜，赶紧给 SUN 拨去电话。

在旅行中遇见一场婚礼是十分难得的，对 SUN 来说，能拍出极富特色的人文片，对我来说，也是个了解当地习俗的机会。

五分钟后，我和 SUN 双双走进修道院。SUN 涨红的小脸上，写满了兴奋。

婚礼开始，伴娘和伴郎站在两侧，新郎穿蓝色西装，新娘戴着头纱、穿着曳地长裙，两人手牵手俏立于大殿前。大胡子主持人身披白色披风站在新人对面，口中念念有词。

不一会儿，新娘和新郎戴上皇冠，面面相对，额头相抵。主持人念完祷词后，将新郎和新娘的皇冠摘下。新人跟着主持人宣誓完毕，相拥热吻。顿时，小小的教堂爆发出热烈的欢呼和掌声，参加婚礼的宾客，纷纷上前与新人握手祝福。

我在 SUN 的怂恿下也走上前去，送给新人一人一份来自中国的小小礼物。新郎明显愣了一下，便欣然接受，伸手与我相握。

接着，我们跟随人群走到一旁的祷告室，参加婚礼的人们点起一根根细长的白色蜡烛，为新人默默祈福。

祈福结束，我们又来到修道院外。新郎牵着新娘的手，腼腆地走了出来，脸上充满了幸福和羞涩，一众亲友让出一条小道，欢呼着朝他们撒去花瓣。

SUN 用相机记录着这场幸福，眼里止不住地流露出羡慕。我看在眼里，记在心里。前年在塞班结婚时，虽然 SUN 嘴上说着不要铺张浪费，但我心里清楚，我欠 SUN 一场婚礼，欠她一个圆满。

参加完婚礼，我们在山上又转了好一会儿，当正准备下山时，又有一群穿着正装的人浩浩荡荡涌进修道院。

我和 SUN 对视了一眼，眼里都写着疑惑，不会又是婚礼吧！这小小的修道院，竟繁忙到了这副光景。

我和 SUN 再次回到修道院时，仪式已经开始，但却不像是婚礼，看了一会儿才渐渐明白，我们现在赶上的，应该是人家的成人礼。

主持人还是刚才主持婚礼的那位，但装束却变了。只见他戴上了黑色的帽兜，披风从白色换成了棕红相间，长袍下微微露出白色的衣领。

只见一个矮墩男生站在主持人面前，主持人轻触男生额头念念有词，声音浑厚沉淀，与此同时，将一根白色蜡烛交到了男生手里。

那是我见过最漂亮的蜡烛，巴掌高的锥形蜡烛中间系着一条蕾丝花边，花边上镶嵌着小小的金色十字形装饰亮片，下半段缠着白色珍珠，一圈一圈直到底部。

亲友将成人礼的信物交予男生，那是一个方形盒子，里面放着一瓶红酒、一个蛋糕、一捧毛线织成的花朵，还有两个长着翅膀的瓷娃娃。

典礼结束后，我们跟着人群走下山，心满意足地回到旅馆。

我将房间里的躺椅搬到塞凡湖边。我和SUN一人裹着一条厚实的毛毯，坐在躺椅上，看着眼前巨大的红日一点点朝湖面落去。

还记得上小学时，老师最喜欢布置的作文题目叫《完美的一天》。

以前每次写这样的作文，我都会费尽心力将平凡到寡淡的一天，蒸炸炖煮、添油加醋地制作成一道道复杂的珍馐。

直到长大后才明白，日子跟食物一样，越是本味，越是鲜美，越是避繁就简，越是回味悠长。真正卓尔不凡的美食只需要食盐做伴、热油为底，而真正无瑕的一天，需要的也不过是细心编织、颗粒归仓。

今天便是无瑕的一天。从成人礼到婚礼，人们都在载歌载舞，且容我不再总结陈词。

亚美尼亚·埃奇米河津

　　每一个国家都有一个起点，中国的起点在咸阳，日本的起点在京都，印度的起点在巴特那，美国的起点在费城，而亚美尼亚的起点，则是一座离首都埃里温不到二十公里的小城——埃奇米阿津。论其缘由，只因一座教堂：埃奇米河津教堂。

　　我和 SUN 刚下小巴，就看到了一座耸立在路边的纪念碑拱门。这是 2001 年，亚美尼亚为纪念建国一千七百年而兴建的。拱门上雕刻着梯里达底三世将权杖交予格里戈尔的场景，旁边是一个巨大的雕塑群，立体的长方形向前缓缓缩小、叠加，如同老式照相机的镜头一般。

　　在过去的一千七百多年的岁月中，埃奇米亚津教堂不断被毁、不断重建，现如今，这座教堂以及周围庞大的建筑群，被统一称作：埃奇米河津教堂。

　　从纪念碑拱门往里走，便看到了插满脚手架的教堂立于绿篱和草坪之间。不少留着胡子、穿黑色连帽长袍的人，在一边的花园里踱步。

　　花园里，我们碰到一位大衣上挂满了五颜六色勋章的老爷

　　爷，老爷爷很想跟我和 SUN 说点儿什么，可语言不通，只能作罢。临走前，SUN 给老爷爷拍了几张照片，古朴的教堂下须发皆白却精神头十足的老人，大有几分老骥伏枥的既视感。

　　缓步走进埃奇米亚津教堂，穹顶的壁画里闪烁着不似这个时代的精美。

　　教堂内部不大，约莫也就一个篮球场大小，教堂中央有一处凸起，凸起的上半部分似已损毁，右侧便是埃奇米亚津教堂的珍宝馆。之前我和 SUN 在伊朗的德黑兰就参观过类似的珍宝阁，这丫头面对满屋子的黄金和宝石，几乎毫无反应。用她的话说，看得着拿不走，还拍不出好片子，那进去看啥？看本杂志不就行了？再说了，杂志才多少钱？门票多少钱？

鉴于有这样的先例，我便留 SUN 一人在外面拍照，我自己走进了地下珍宝馆。

我本来是打算随便转一圈，就去跟 SUN 汇合的。可当我余光微微扫到珍宝馆其中一件藏品的介绍后，顿时震惊了。

眼前这块放在纯金长方形盒子里，表面镶着宝石和金制十字架里的小木屑，是诺亚方舟残片？开玩笑的吧？

看到这儿，我的兴致被彻底"钓"了起来，开始细细看了起来，结果不看不知道，一看吓一跳，这都是什么神奇的藏品啊。有荆棘冠碎片、Grigor 镶金嵌宝的右臂护具、千年前彩绘的书籍、历代大主教华丽的圣衣冠，还有圣约翰亲手雕刻的华美十字架……

我走到一个被装裱在华丽金银外壳中的"长矛尖"前，下面的英文介绍里，赫然写着 Super Geghard……我的天！我感觉我眼睛都快瞎了！

走出埃奇米亚津教堂，我被震得久久难以平复，待再看向这座古老的建筑时，一股无法名状的郑重油然而生。

格鲁吉亚·第比利斯

Anne 是我和 SUN 在亚美尼亚到格鲁吉亚的火车上认识的。

那天上车后，我和 SUN 找到自己的床铺后倒头就睡，直到半夜格鲁吉亚边境警察上车检查时，我才发现上铺还睡着个人。边警检查完毕后，我们三个人睡意全无，便聊了起来。

Anne 是英国人，软件工程师，去过七十多个国家，最喜欢格鲁吉亚、中国和智利，这是她第四次来到这个国家。

聊天渐渐深入，Anne 也说出了她的秘密。

五年前她是男生，后来做了变性手术成为女生。看着眼前的大美女，我和 SUN 都吃惊不已。

到第比利斯后，我们跟 Anne 住进了同一家青旅。看着 SUN 跟 Anne 如闺蜜一般，关系越来越好，我心里多少有点吃醋。但 SUN 却表现得很有分寸，跟 Anne 相处中，给足了我这个做丈夫的体面。

Anne 不愧是在格鲁吉亚三进三出的人，带着我们如数家珍般逛起了这座格鲁吉亚的首都。

　　第比利斯从公元前 4 世纪就已出现，是名副其实的老城，而且两千多年来，一直是格鲁吉亚多个王朝的首都。

　　其实格鲁吉亚真的是一个命运多舛的国家，作为高加索地区的重要交通枢纽，曾经被波斯、拜占庭、奥斯曼、苏联以及西方现代国家各种占领，第比利斯作为首都自然也不能幸免。每一个攻占这里的民族，都无一例外地给这座老城留下了一层光斑。阴影下，或荣耀伟大，或伤痕累累，堆堆垛垛将不同文化织进城市中。

　　Anne 先带我们坐地铁来到了"圣三一教堂"。这座教堂并不是很久远，于 2014 年建成，是世上第三高的教堂，也是世上最大教堂之一。

"圣三一教堂"整体呈现土黄，风格方面也延续了拜占庭风格的厚重、扎实。整体建筑群包括主教堂、院墙、钟楼和几个小型礼拜堂。

　　走进主教堂，我和 SUN 的第一感觉就是空旷。纵然此时教堂里有不少人，但相对于有着五条过道的宽阔大厅来说，密度依然不高。

　　仰起头，巨大的金色穹顶晃得我一阵眩晕。

　　Anne 轻声告诉我，这个巨大的穹顶上贴的全是纯金打的薄片，其中有一半都是当地人民自发捐赠的。这不禁让我想起了同样拥有纯金金顶的"大昭寺"。区别之处在于，大昭寺代表着华美的过去，而"圣三一教堂"却是现今这个时代的信物。

　　从"圣三一教堂"出来，沿着路往下走，穿过库拉河，就到了第比利斯的老城。老城倚山而建，经历千年，数次浩劫，现在所能见到的建筑，大部分建于 1795 年波斯人洗劫之后。

　　一进老城，随处可见的卖唱艺人、旧货摊儿、艺术品摊儿，将小小的街道，用"和顺"写成一封专属第比利斯的情书。老城内虽然不禁止车辆通行，但几乎听不到汽车喇叭声。无论路多窄，坡多大，只要有容得下一辆车的空间，上面就一定停着一辆老爷车。

　　路面大部分由蓝黑色的小石子儿铺成，干净整洁。街旁开了许多特色小店，每家市肆门口都有许多绿植做伴。

　　沿着老城小路继续往里走，渐渐进入了另一个维度。一座拥挤破败的城区逐渐映入眼帘，此时街道上几乎空无一人，两边的建筑变成了一水儿的俄罗斯风格。

偶尔在街角行乞的老人，面容整洁，着装干净，也不知真是逼不得已，还是有什么特别的原因。

Anne 带着我们，来到一处七层楼的老房子脚下。房体结构像极了中国北方二十世纪五六十年代的家属楼。两栋楼之间有一座拱桥，拱桥看起来比房子更古老一些。

Anne 走到一旁的花坛处坐下，默默点了根烟，告诉我们，在这栋老房子里，她度过了人生中最艰难的半年。

当年，她刚刚在英国做完手术，就来到了第比利斯接受后续治疗。那时的她，一方面渴望新的自己能被认可，另一方面，却害怕引来非议和怜悯的目光。身体与身份的双重改变，几近让她弯下了从未弯曲的脊梁。整整半年，除了去医院和采买生活必需品，她没出过一次门，没有接过一个电话。那段时间，她几乎被焦虑折磨得彻夜不眠。

"当你做出一个抉择后，其他未被选上的结果，会像恶魔一样缠到你身上，逼问你为什么当初要做那个相反的抉择，让你不断怀疑、甚至不断后悔。"这是 Anne 的原话。她每吐出一个单词，我都能感觉到一股无法化解的毒素喷涌而出，仿佛在诅咒那个自我批判中的自己。

恍惚间，我仿佛跟 Anne 交换了身份，我幻想着我就是 Anne，回到那个重要的时间节点上，面对 Anne 曾面对过的命运抉择，我脑海中出现了两个声音。一个声音告诉我：命运命运，运势可变，命中却是注定，人呐，往往被这命格裹挟，身不由己；另一个声音却在说：想走的路不好走，想做的人不好做，都说是身不由己，不是废话吗？己不由心，身又岂能由己！

如此这般的幻想，让回魂后的我已是汗流浃背。

SUN 并没有意识到我此时的木讷，自顾自地继续问着 Anne："为什么不在自己的家乡做后续的治疗呢？"

Anne 说，她的家乡是英国科尔切斯特附近的一座小镇。那里的人都十分冷漠，十分保守。整个小镇裹着那里的人民，仿佛被关在历史和传统的围墙里墨守成规。

她喜欢古老的城市，但并不是每个古老的城市和国家，都像这里一样，过去、现在与未来并行不悖。Anne 努力不回避自己的过去，也发奋享受现在的自己，更全身心渴望着美好的未来。就像第比利斯老城一样，每个部分虽然都独立存在，却也水乳交融、不分彼此。

傍晚时分，我们和 Anne 来到"母亲堡垒"，俯瞰之下，小城一片从容。

文明，是流淌在人身上的第二种血液，从一个人对自己的认同，到一群人对他人的包容，个体的人，以个体的方式"装扮"自己，往小处看是自由，往大处看还是自由。

道阻且长，行则将至。淡淡的光晕从 Anne 的眼中反射而出，那是希望的味道，一如眼前的第比利斯，在时空中尊重自己的每一个瞬间。

格鲁吉亚·乌树故里

只听名字我就爱上了的地方有三个：年宝玉则、乌兰巴托和乌树故里。这是种无以名状的单恋，仿佛只听到那几个发音，就覆水难收、身不由己。

乌树故里是个隐蔽在高加索山脉深处的小镇，也是欧洲海拔最高且依然有人居住的小镇，位于格鲁吉亚与俄罗斯边境线附近。由于地处偏僻，乌树故里仿佛失落国度一般，存在感极弱，直到十年前才渐渐有游客来访，如今依然十分小众。

我和SUN从第比利斯到梅斯蒂亚后，没做任何停留，直接坐上了前往乌树故里的小巴。

一路行去，路越来越颠簸，海拔越来越高，气温也越来越低，偶尔有人中途下车，却没人再上车，到最后，原本就不怎么满的车厢，只剩下三四个人。

终于到了！我先一步跳下车，捏了捏微微发酸的脖子和腰，一仰头：雪山。

像！太像新疆维吾尔自治区了！眼前的小小镇子，就如卧在喀纳斯脚下的禾木村，却远比禾木村更加僻静。

彷徨间，远处山峦宛如一袭白衣的哈萨克族姑娘，正捧着马奶酒朝我走来，明眸皓齿，肤若凝脂。

SUN 跟在我身后也下了车，俩人背起行囊，深一脚浅一脚地走进了乌树故里。

我们沿着坡路朝着雪山的方向走去。坡路两旁分布着人家，虽说是小镇，但其实也就是个十分迷你的村子。

沿街的房屋大都是用石头砌成，周围还有不少瞭望塔。据说当年是为了抵御外敌兴建的。

村子里一家挂牌的旅馆也没有，在订房软件上也找不到合适的房源，只能一家家去问。最终找到了一个大嫂子还算热情，可惜她不会英文，就一路领着我们去了她儿子开的餐馆，让他儿子充当翻译。

跟大嫂子的儿子聊过几句，我们才知道，乌树故里一年里大半的时间都没什么游客。现在这个时候，整个村子里只有眼前一家餐厅营业。小伙子还告诉我们，这里的盛夏是最美的，小溪潺潺，芳草莹莹，周围的大山全是绿的，草地上开满了各种颜色的小花。

我们如愿以较低的价格，住进了大嫂子家。休息了一晚上，第二天上午我和 SUN 带上干粮和水，沿着村里唯一那条路，朝着雪山走去。

越往里走，温度越低，走到深处，积雪将将能掩到脚踝，步子迈紧一点，雪就会落进靴子里。SUN 兴奋得跟个小孩儿一样，一路蹦蹦跳跳。作为南方姑娘，这是她第一次踩雪，可我却渐渐沉静下来，不再跟 SUN 打闹，只是默默走着、看着。

如我一般酸腐之人，心境与天气向来有着直接的联系。看似平平无奇的一缕风，一道光，一滴雨，在我眼中，就是情绪外化的诗意，随时都能撼出石破天惊的动静。

于晴，我躁；于云，我痴；于雨，我喜，而每当我面对"千里冰封，万里雪飘"时，内心便会生出一种无边的孤独。

几年前看过一个词儿：俄罗斯的忧郁。这并不是一个无事生非的矫情词儿，而是真实存在的心理痼疾。

身处西伯利亚极地的俄罗斯人，每年一大半时间都在冰天雪地里，没有色差，罕见生机。常年在这样的环境里，让俄罗斯成了抑郁症最高发的国家之一。

曾经，我面临的沙场，就如同冬季的西伯利亚，虽辽阔，却干净到近乎荒芜。

可自从认识 SUN 后，"孤独"这个词儿便仿佛从我的字典中消失了。她就如一枚格桑的种子，耕入我曾经覆掩着雪绒的心田，花一开，冰雪消融。

"达瓦，雪越来越厚了，咱们还要往里走吗？"SUN 眼瞅着有些地方的积雪都快掩到小腿了，不禁担心道。

"好不容易换上的雪裤，要不再往前走走？SUN，你别在雪地里蹦了，到大路上来。"

我横着身，摇进雪地，把 SUN 深一脚浅一脚地背了出来，坐到路边的大石头上，一边帮她把小腿搓热，一边笑道："踩个雪看把你乐得，明年冬天带你去新疆。"

"好呀！你昨天说乌树故里跟喀纳斯一样，是真的吗？"SUN 坐在石头上，跟小猫似的蜷着小手，一脸的好奇。

我微微一愣，却没接话，默想着：那怎么能一样！乌树故里有你，喀纳斯却只有我一个人啊！

走了两个多小时，周围的景色几乎一成不变。眼看 SUN 已经露出了疲态，我开始考虑起继续深入还是打道回府，而就在这时，我们在雪山脚下看到了一家小店。

走进小店，只有老板在，屋子里也就两三套桌椅，几杆猎枪靠墙摆放着。

寻着靠窗的位置坐定。一口咖啡，一口松饼，在酒馆壁炉的烘烤下，那暖意仿佛将我俩消沉的意志都唤醒了。

吃喝之余，我跟老板聊起附近的路况。

老板一听我还想往雪山里走，连忙阻止说，再往里的路更加难走，尤其现在这个时候，是会有危险的。这片大山里有些狼在饥饿的时候会攻击人类，墙边的猎枪就是防狼用的。

我和 SUN 一听这话，立马心里就打起了退堂鼓，简单沟通后，还是决定原路返回。

在雪地里赶路，本就很费体力，再加上干粮没怎么带够，回程才走到一半，SUN 就累得走不动了。没想到这时一辆小皮卡径直停到了我们身旁。摇下车窗，赫然就是刚才那小店的老板，他刚好要去小镇上采购点东西，顺便载我们一程。

在乌树故里下车后，我们告别了老板，就径直钻回了旅馆。

回到旅馆后，SUN 趴到床上整理起今天拍的照片，而我则坐到房间的窗台前，捧着一杯热可可，看着远方的路和雪山。

乌树故里，多美的名字，仿佛一缕被剖开的清晨，充满了诗的泡沫。

的确，旅行就是不断去寻找不一样的风景，可身在其中的我们，却时不时因为一座山、一棵草，深陷其中。

人生到处知何似，应似飞鸿踏雪泥。太多时候，旅行更像是一场耗时漫长的拼图游戏，我们将整段的时光拆成碎片，在其中找到最柔软的一片，摆进相框。这个相框无边无界，于是我们不断经历，不断拆散，又不断拼接。直到我们将整张地图拆碎，拼成梦中的乌树和故里。

肯尼亚·内罗毕（一）

　　我一直认为，就旅行中的目的地大致分两种：享受型和探险型。

　　享受型的国家，能最大程度保证旅途的舒适度。而探险型的国家，却要消耗海量的时间和精力才能换来体验。比如日本属于享受型，肯尼亚属于探险型。

　　虽然分是这么分，但探险型和享受型的国家，却不能粗暴地用便宜与贵、不发达与发达来区分。就比如说，在我眼里，澳大利亚就属于探险型，泰国反而属于享受型。

　　我和 SUN 本身偏爱探险型国家更多一些，但随之而来的问题是，在这种国家行走，就是一场跟岁月的谈判：谈得好，身累心不累，谈得不好，身心俱疲。

　　我们来之前都没想到，肯尼亚会提前半个月迎来小雨季，猝不及防之下，我们不得不绕开内罗毕周边的动物园和国家公园，剩下值得一说的地方并不多，肯尼亚国家博物馆就是其中之一。

　　作为非洲最著名的博物馆，走进肯尼亚国家博物馆，就像走进了一座墓地……

整座博物馆，质朴且粗犷地把这个国度几乎所有野生动物的尸骸都塞了进去。更神奇的是，光尸骸还不算完，博物馆内甚至有一座动物园。这让我一度怀疑，来的到底是自然博物馆还是国家博物馆。

不过，这座博物馆也有吸引我的地方。这里有一个专属于迈克尔·杰克逊的展厅。

当然，这个展厅里面既没有他的遗物，也没有他的遗骨，有的只是些关于他的画作，甚至有些画一看就是小朋友画的，却也足见这个国家对这位非洲扶贫大使的肯定和感激。

除了国家博物馆，还有一个值得一说的地方，就是臭名昭著的基贝拉贫民窟。这也是我心心念念想要探秘之处。

出于安全考虑，我这次并没有带 SUN 一起去，还把身上的财物都留在了旅馆，再带上医用口罩和免洗洗手液，才来到这座离市中心仅一脚油门儿、世界三大贫民窟之一的基贝拉贫民窟。

"先生，你是中国人吗？"

"是的。"

"中国先生，可以给我一美元吗？"我刚到贫民窟，就被一个小姑娘缠住。只见她朝着我掬出一双黑黢黢、干巴巴的小手。

"不，我没有钱。"

"那可以给我一个礼物吗？"

看着小姑娘黑黑、大大的眼睛，我心软了，无奈身上真的是什么都没带，只在内侧口袋里，摸出一枚遇热变了形的大白兔奶糖，递给她。

"谢谢先生！谢谢先生！"

小姑娘连声致谢，捧着奶糖跑到不远处——一辆载着大水桶的三轮车旁。只见她将奶糖递给一个小伙子，还指了指我的方向。

小伙子瞅了我一眼，便收下奶糖，然后从旁边的垃圾箱里捡出一个塑料桶，打了半桶水交给了小姑娘。

小姑娘抱起水桶，遥遥给我鞠了一个躬，蹦蹦跳跳地消失在我的视野。

什么？她要钱是为了去买水？忽地，我的世界天崩地裂。

我深深理解，对一个贫困家庭的儿童来说，一颗糖果的吸引力是多么巨大。但小姑娘却毫不犹豫将这枚奇货可居的中国奶糖，换成水带回去。到底是怎样的处境，能让这么一个不过四五岁的孩子，拥有如此骇人的自制力和使命感？

怀着这般感慨，我跟跟跄跄地走入贫民窟。

走了没几步路，一股难以名状的恶臭，隔着两层口罩飘进了我的口鼻，那是一种粪便、垃圾混合了塑料焚烧后的气味。

道路两侧，全是木板和铁皮钉成的简易房屋。

泥泞的地面混着屎尿和死老鼠，家家户户蓄水的盆子和桶就那么放在地上，水面上不知漂浮着什么东西，微微泛着矿紫色波纹。论环境的恶劣程度，与旧德里贫民窟相比，有过之而无不及。

一条铁轨从贫民窟里横穿而过，光着屁股的小孩儿在铁道之间那积满垃圾的三角坑里奋力翻找着塑料瓶子。一个穿着汗衫的女人，从旁边的"房子"里走出来，边敲着饭盆边呼喊。那群光屁股的小孩儿，仿佛听到了召唤，举着手中压扁的塑料瓶跑到女人身边。

在贫民窟里转了一会儿，我心中生出诸多不忍，便准备回去。可就在这时，再次遇到了刚才那个小姑娘，只不过这次一名头顶着一捆柴火的女人，正牵着她的手，警惕地看着我。

"你好，中国先生，我们又见面了！"小姑娘跟身边的女人解释了一阵，便朝我跑来。

"是的，我们又见面了。"我微笑道。

"中国先生，我想邀请你来我家做客。"就在小姑娘热情发出邀请时，我再一次胆怯了。贫民窟向来可不仅仅只有贫民，更有各种疾病潜伏其中。

见我犹豫不决，小姑娘赶忙说道："我家就在出去的路边上，一点都不远！"

看到小姑娘如此诚挚的邀请，我再没有了拒绝的理由，只能硬着头皮跟了上去。

在穿过数座垃圾堆后，我来到了小姑娘逼仄的家。该怎么形容呢？"穷阎漏屋"这样的成语都不足以形容这房子破败。

小姑娘像是知晓我的顾虑，并没有邀请我进屋，只是默默将家里唯一一把有面有腿的凳子拿出来，请我坐下。

小姑娘告诉我，她家有四口人，除了她之外，还有一个弟弟，两个姐姐。爸爸出车祸死了，妈妈得病也死了，现在家里最大的，是刚才领着她的姐姐。

因为没有强劳动力，她们整个家都非常穷，连每个月 500 先令，相当于 30 人民币的房租都经常付不起。她的愿望是弟弟赶紧长大、再晚点死去，这样弟弟就能赚钱养活她们。

小姑娘很腼腆，我们有一句没一句地说了一会儿话，眼瞅着小姑娘有点累了，而我也不忍继续倾听如此悲惨的故事，准备起身道别，却不料小姑娘竟怯生生说了句："中国先生，你可以再给我一个礼物吗？"

我再次翻了翻身上那几个口袋，面露尴尬道："对不起，我只有一颗糖果。"

"不不不，我不想要糖果，我只想要一件普通的东西，我以后再也见不到你了对吗？"

我心领神会。正当我满身翻找的时候，一个主意跳进脑子。

我一把将别在冲锋衣上那枚绣着中国国旗的徽章扯了下来，擦擦上面的灰尘，双手递到了小姑娘面前。

"这是一面中华人民共和国的国旗，当你下次再看到这面国旗的时候，不要问他们要钱，你要告诉他们你需要水、需要食物、需要生活用品，每一个中国先生和中国小姐都会帮你的。"

离别前，我再次回头看了一眼小姑娘。

这一刻，她的笑容像是雨季温暖的阳光，洒向深不见底的基贝拉贫民窟。

这个世界，在我们的眼中是山清水秀，在某些人眼里却是污水横流。的确，伊甸园早已消失在现代社会，很多时候，如何出生便意味着如何死去，然后轮回一般不断在黑暗中苦苦挣扎，如魔咒一般，牢不可破的魔咒。

我不断幻想，小姑娘被下一个中国先生救助，乃至彻底逃脱了这令人胆寒的魔咒。但基贝拉贫民窟的状况就能得到缓解吗？

不能！因为错的不是这些贫民，而是这个肥胖与饥饿并行的国家。

彼之战场，吾之墨池。作为一个不成气候的码字人，我坚信，文字是一道光，这道光能照进腐朽的角落，伴随着看到这束光的人越来越多，总有人可以推动这个世界做出改变。

地球会变得更好吗？一定会的，只要我们想要它变得更好！

肯尼亚·安波塞利国家公园

在东非行走，其实是很难做到完全自助旅行的。草原太辽阔，又危机四伏，自己跑去草原看动物总不太现实。一方面安全得不到保障，另一方面，补给也跟不上。

于是乎，在我和 SUN 精挑细选之下，在内罗毕的旅行社，报了个既能全包吃喝拉撒睡，又不至于面目模糊、毫无侠气的小团，就这样，我们终于眉飞色舞地奔向"野旷天低树"的非洲大草原。

内罗毕城区内交通非常拥堵，直到出了城，越野车才提高了速度。

一路上路况并不差，一通到底的柏油马路。细问之下才知道，这条通往安波塞利国家公园的公路，已经是这个国家最好的公路之一了，据说还是中国援建的，除此之外，这个国家其他大部分地方都还是泥路、土路。

车子一路朝南开去，偶尔减速时，便会有周围村子的居民将水果和饮料举过头顶围上来，把车团团围住，希望车里的人们消费。

车子越往南开，景色越辽阔。树木逐步减少，取而代之的是一望无际的草原。

这里的草原，与内蒙古自治区的不同，呼伦贝尔的草原是规矩的、细腻的，草植的高度大体相似，一眼望去，如同翠绿的湖泊。

非洲的草原属于稀树草原，地面上长着微微枯黄的灌木与禾草，高度不一、品种不一。偶尔出现的小片树林，仿佛蕴藏着不一样的生机，远远看去如同汹涌大海，浩瀚无涯的同时，也暗藏着危险。

虽然还没到国家公园，但一路上已经有很多野生动物了。但体型小，种类也少，再加上愈发颠簸的路况，SUN捧着相机不自觉地露出了失望的表情。

我们的司机仿佛看穿了SUN的心思，连连出声安慰："野生公园就是按照动物栖息地划分的，只有到了国家公园才能看到大片的野生动物。"

经过近半日的颠簸，外加吃了无数混入草腥和土腥的狂风后，我们在中午时分，抵达了位于肯尼亚和坦桑尼亚边境处的安波塞利国家公园。

看到写着"AMBOSELI NATIONAL PARK"的大门时，我和SUN都有些惊讶。让行者们都为之疯狂的野生动物天堂入口处，竟如此简陋。

一排被粉刷成红色的小房子安静地待在草原上，蓝天、黄草、红房？这三原色搭配得倒是毫无破绽。

司机打开车顶天窗，我站起了身，将自己彻底埋进草原变幻无常的风，和勤勤恳恳的艳阳之中。

望着远处的象群，我不由自主开始为那些被动物园豢养的动物们感到悲伤。

的确，对从小在虎山、狮园里长大的动物们来说，每天生活在"公寓"里，被熙来攘往的游客观看，也没什么不妥。毕竟大多时候，出生的平台决定了死亡的方式，一生有吃有喝、无忧无虑也不失为一种安逸。

可冯骥才先生曾说："风能吹走一张大大的白纸，却吹不走一只蝴蝶，生命的力量就在于，不顺从。"

肯尼亚·安波塞利国家公园·

从厮杀—生存—择偶—繁衍，变成吃饱了睡、睡饱了吃。学会了顺从，淡化了野性的动物们，终将变成 25 号宇宙里的小白鼠（1968 年美国马里兰州实验室里诞生的 25 号宇宙）。

我心中的沟沟坎坎，终是丝毫没有影响 SUN 的兴致。

只见她捧着相机和临时租用的长焦镜头，坐到车顶，对着不远处的猴子、角马和鸵鸟一阵"扫射"。看她这架势，要不是这里不允许游客下车徒步，她早就跳下车找机位去了。

"SUN，你不是不喜欢拍动物纪实类的照片吗？怎么现在拍得这么起劲？"

"你懂什么，动物园那些能叫纪实吗？顶多叫写真！你看这些动物的精气神，是那些动物园里的动物能比的吗？"

我们兼任导游的司机，对这座国家公园极其熟悉，驱车一路左穿右插，来到了另一处，遥遥指着前方一片开阔地对我们说："这片是羚羊和斑马的主要栖息地，这两种动物都十分胆小，我们开慢一点，没准能靠得更近一些。"

如此开了能有一盏茶的工夫，穿过一片高挑的草垛，我们终于见到了黑斑羚群。野性中充满了秩序，也在秩序中显露出野性。虽然行车一路，也零星见过几只黑斑羚，但哪有眼前这般壮观。

在出发之前，我特地上网搜过相关资料。在肯尼亚众多野生动物中，我最喜欢的就是羚羊，而在众多羚羊品种中，我最喜欢的是黑斑羚和长颈羚，眼前这种屁股上写着"川"、角朝后上方弯曲的黑斑羚，在我眼中简直漂亮到不行。

"太漂亮了！真的太漂亮了！"

那群羚羊没有一只是坐着的，一边吃草一边警觉地盯着四周的动静。走动间，身上的肌肉线条不时抖动着。

我就是喜欢这种体脂率低于 8% 的动物，一行、一立、一跑、一跃，都能带出流畅的速度感和力量感。

正当我陶醉在黑斑羚满身的腱子肉里无法自拔时，两只扒着树干吃叶子的羚羊进入了我的视野。

"是长颈羚！是长颈羚！"我兴奋得叫出了声！

长颈羚又叫麒麟羚，如果说大肌肉量的黑斑羚是羚羊界的吊环选手，那长颈羚就是花样游泳运动员。

长颈羚太优雅了，修长的四肢和脖子，简直就是"超模"一般的存在。

我兴奋地跟司机说着我的发现，司机拿过我的望远镜看了一下，便告诉我，这种羚羊一般都是生活在肯尼亚北部的国家公园，很少出现在这儿，我能看到就是运气。

这样开开停停，边看边拍，我突然意识到一个问题，便问司机："这么大的国家公园，我们见到的全是食草类动物，怎么没见到狮子、老虎这种大型食肉类动物呢？"

司机告诉我，这里原来是有狮子的，但这附近同样有马赛人居住，因为他们自家养的牛羊经常会被狮子吃掉，就开始射杀、毒死狮子。直到现在，整个安波塞利国家公园已经几乎看不见狮子了，也许它们都死了，也许是迁徙去了没有马赛人的草原。

当初我们挑选行程的时候，在酒店方面有两个选项：小木屋和帐篷。我和 SUN 一番纠结后，还是选择了帐篷。于是乎，我们的司机在黄昏时分，将我们送到了乞力马扎罗山脚下的帐篷酒店。

一进酒店，我和 SUN 就迫不及待来到了属于我们自己的帐篷。说是帐篷，内部设施与一般旅馆的房间别无二致。虽说还是简单了一些，但比一般帐篷的条件却是好了不少。

我和 SUN 卸下背包，搬了两张椅子，坐到阳台上，望向远处的乞力马扎罗。

虽然介绍上面说，酒店的位置就在乞力马扎罗脚下，但实际上，离得还是很远的。

远远眺望，这座非洲第一高峰跟富士山多少有些相似。一样的左右对称，一样的山顶积雪。只是乞力马扎罗的山顶，明显比富士山开阔很多。

此时的乞力马扎罗在黄昏的晕染下，如同曲罢歇场的青衣，形单影只、顾盼生姿。只见它头戴纯银錾刻头面和七星泡子，上身褐色褶子，下着天青马面裙，荡在腰间的云雾如同水袖，甩出一世芳华。

还记得第一次到西藏旅游时，听着青旅的客人们左一句"阿尔卑斯"右一句"乞力马扎罗"地聊着自己的经历，我的崇拜之情如黄河泛滥一发不可收拾。

然而此时此地，我已经来到乞力马扎罗脚下，就如同站在了曾经那个幻想中自己的面前。

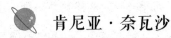 肯尼亚·奈瓦沙

许多人一提到非洲，首先想到的就是裹着毛毯吃西瓜，日出极热，日落极冷。

可事实上，肯尼亚却是个例外。

这个海拔不低，又处在亚热带季风区的国家，拥有着不输大理的天气。全年最高气温为 22℃到 26℃之间，最低为 10℃到 14℃之间，年平均气温 17.7℃，气候温和，四季如春。

如果整个肯尼亚只有一个地方适合度假，那应该就是奈瓦沙湖了。

它是这个国家唯一的淡水湖，也是最早有白人居住的区域，以至于现如今，倚湖而建的奈瓦沙小城，依然是肯尼亚境内最大的外国居民社区。

"达瓦，这里好舒服啊，要不咱们在这儿住几天呗，反正离内罗毕也不远，还算方便。"

"可以啊！我也正有此意！"

正值肯尼亚旅游淡季，我们很容易便以相对低廉的价格，在湖边的度假村找到一间面朝湖畔的独栋房间（如果想在订房

软件上找奈瓦沙湖畔的酒店，地点一栏要搜索卡拉吉塔，否则很容易定位到城里）。

办理好入住，我和 SUN 从铺着茅草顶的小木屋走出来，地面松软绵酥，像踩在慕斯蛋糕上。穿过纸莎草草丛和合欢树林，来到湖边。

实话实说，单从自然风景上看，奈瓦沙湖得天独厚是真，独一无二却言过其实。

走在湖边简易修建的栈道上，沼泽草甸一路从脚下蔓延至水中。湖面在微风下皱起千层微光，湖水里插着的枯木，微微调出嶙峋诡秘的色调。水面上漂着的海菜小白花，印证这里的水质十分不错。

单从这些特质看来，这座湖跟大理洱海倒有几分相似，却没有洱海的气势和胸怀。

能让这座大湖在我心头布下涟漪的唯一原因，依然是野生动物。

大片湖水里，一群皮肤微微泛粉的河马正大口吞咽着水葫芦，嘴巴上沾满了绿色的食屑，像极了吃完饭没擦干净嘴的小孩儿，可爱至极。几只剑羽如雪的白鹭，停在河马身上。湖中还分布着各种各样不知名的鸟类，远远看去，我能认出的也就鹈鹕和鱼鹰。

一条蓝色小船自湖岸一侧驶进湖心，巨大的机桨搅动平静的水面，惹得不远处一群白色鹈鹕四散飞起。鹈鹕翅膀尾端的黑色大羽，如刀子一般斩开一片碧波，煞有几分"争渡，争渡，惊起一滩鸥鹭"的韵味。

很难想象，在成片的荒野中，就这么一座大湖，便祥和地撑起一整条没有争斗和厮杀的生态链。

这让我想起了《大慈恩寺三藏法师传》里描写的野马泉："经数里，忽见青草数亩，下马恣食。去草十步欲回转，又到一池，水甘澄镜澈。"

这两处水源何其相似，都生生于绝处创造出了一片生机；这两处又何其不似，一个救于水火，一个养于草土。

我和 SUN 沿着湖畔边走边看，不知不觉来到了位于湖中央的"新月岛"。

这座小岛是一片私人野生动物保护区。据说当年央视和凤凰卫视的联合摄制组为了拍摄《走进非洲》，从草原上迁来了许多斑马、长颈鹿和羚羊，生生在岛上创造出一个生态区。从故乡到他乡，个体生命的迁徙，导致生存方式的改变。由于小岛太过得天独厚，又没什么大型食肉动物，遗留下的这些动物，在摄制组完成拍摄离开后，竟渐渐融入了这里的环境。

新月岛并不大，却也不小，行走其中，明显感觉这里的动物没有安波塞利国家公园里的动物警觉，对人的到来也司空见惯，甚至几匹靠近售票口的斑马，还会点到即止地亲近人类。

一旁的羚羊正在地上打盹儿，大耳朵似是受到了蚊虫的袭扰，咕噜噜直打转，少了几分灵动的机敏，多了些许憨态与可爱。

这般画面，如一道暖阳，照得我和 SUN 内心和煦无限。我不禁心中喟叹，这就是肯尼亚，不仅有粗犷的草原，还有如此治愈的湖泊，但无论是哪一种环境，人类都不是这里的主角。

离开小岛，我们来到湖畔一个小酒吧。服务员将我们引到临湖的位置上，告诉我们这是观赏奈瓦沙湖的最佳位置，接着送上了两杯传统肯尼亚咖啡。

我尝了一口，微微咂舌。

肯尼亚的咖啡豆在我印象中一直是梨花带雨、清水芙蓉的存在，可在本地咖啡师手里，却变得刀光剑影，一口下去与我内心触底的柔软交相辉映，熠熠生辉。

这咖啡喝起来不仅异常酸苦，还有浓浓的草木味，那口感倒像是喝了一杯用咖啡豆研磨而成的豆浆。

制作咖啡的人，并不旨在追求口感的柔顺与味道的均衡，而是努力将豆子里每一丝味道都压榨出来，呈现在你面前。仿佛如果不这样做，便是对每一颗"积极努力"豆子的辜负。

"你好，服务生先生，我可以问你一个问题吗？"

"您请说。"

"我发现这里生活的只有马、羊、鸟这样的动物，没有食肉动物，前几天我去过的安波塞利国家公园也是如此，这样下去，它们的数量会不会越来越多，从而失去平衡呢？"

"是的先生，这里的食草动物，隔几年就会因为数量过多影响配平，到那个时候，其中一部分动物会由政府组织，送去马赛马拉国家保护区，那里有狮子、老虎和鬣狗，会让搬家过去的动物，学会怎么在草原上活下来。"

听了服务生的话，我哑然失笑。

这波操作太得体了，也不知道下一次会有哪些倒霉的动物，被从天堂送到地狱。

我们一坐便是一下午，待吃完晚饭，天色渐暗，我和SUN沿着来时的路往回走。

此时的湖面升起了一层薄雾，那片溺死在湖水中的枯树，在暗沉的光线下，如同水中伸出的一只只爪子，一面推来微凉的空气，一面使劲挤压着行人的心脏。

四周传来古怪的声响，似猿啼、似鸟鸣、似吠啸，无不为这几近夜色的大湖，徒添几分诡异。

SUN像是有点发怵，搂着我臂弯的手，明显用力了几分，身体也不自觉地靠我更近了一些。

我玩性大发，低沉着说道："SUN，我听说这里以前有一个喜欢穿火红长裙的女孩儿，有一天，她被人杀死后，扔进了湖里……"

SUN哇的一声缩到我怀里。

"你要死啊，你信不信我现在把你扔湖里淹了！"SUN说完明显愣了一下，像是发现了话里的歧义之处，三五秒后笑出了声。至此，那萦绕在心中最后一片阴霾烟消云散。

肯尼亚·内罗毕（二）

我和 SUN 离开奈瓦沙后，去了趟火烈鸟扎堆儿的纳库鲁，然后就坐车直接回到了内罗毕。

我们也因此陷入了泥泽：不想再体验大草原，SUN 更是连拍照片的兴趣都没了。

究其原因，审美疲劳。

按理来说，我们已经可以离开这个国家了，但心有千千结，总觉有诸多不舍。

可要具体说还有哪些未了的心愿，却也不知从何讲起。

"达瓦，明天咱们换个地方住吧。" SUN 从院子里一溜烟跑进了房间。

"行啊，不过换哪儿好像都差不多吧……"我躺在床上刷着朋友圈，百无聊赖地念叨着。

"我刚在 Couch Surfing 上联系了一个凯伦区的房主，愿意接待我们，并且可以提供一间单独的房间，不用打地铺哦。"

"哇！媳妇儿你真棒！"

突如其来的变故，让我一跃而起，冲上去狠狠亲了 SUN

一口。

Couch Surfing，俗称沙发客，是一家全球性质的非营利组织，并有自己的网站。这个网站，为全球会员提供了一个免费互助旅游、交换住所的平台。

我和 SUN 认识之前，彼此都做过沙发客，我自己也是上海的房主。

虽然每年回上海的时间不多，但还是尽量在其间接待一组沙发客。但之后都是两个人一起出来，沙发客有诸多不便之处，才不得已放弃。

可我没想到，这个冰雪聪明的丫头，竟会重温旧梦，也算是为我们的肯尼亚之行，多添了一份新鲜的体验。

"房主叫 Kipruto，他在资料里特地写着，希望能接待一对儿中国夫妇，还很喜欢中国菜。等到了住处，你简单做两个菜吧，这段时间天天吃破烤肉，我也有点受不了了。"

"好嘞！保证完成任务！"夫礼之初，始诸饮食。更何况，一个爱吃，一个爱做。

在旅馆吃过午饭的我们，背起行囊准备赶往 Kipruto 家。

刚出门，就看到旅馆门口停了一辆红色丰田卡罗拉，这在肯尼亚可算是高端车型。

就在这时，意想不到的事情发生了。

一个穿着 POLO 衫、带着蛤蟆镜的小伙，从车里下来，径直朝我们快步走来。快走到身边的时候，一段中文跌跌撞撞闯进我的耳朵："有朋自远方来，不亦乐乎！SUN、达瓦，欢迎二位来肯尼亚参观考察，感谢二位莅临寒舍，鄙人深感荣幸，蓬荜生辉。"

我和 SUN，都被这段犹如接待领导般的开场白震得稀碎。

他的中文也太溜了吧？而且一上来就叫着 SUN 的名字，不会是……

"你是 Kipruto？"SUN 诧异一问。

"是的，我就是 Kipruto，我来接你们啦，惊不惊喜？意不意外？"我的天！连这样的段子都会说，他怕是还看港片吧……

当我们还处于震惊中时，Kipruto 已经将我俩的背包一股脑儿塞进了后备厢，载着我们扬长而去了。

在车上，Kipruto 告诉我们，他在北京外国语大学留学过四年，学的就是中文。毕业后，又在深圳工作了三年，前两年回到肯尼亚。接着，他为了展示自己的中文，一边开着车，一边抑扬顿挫地背起了《长恨歌》，还是全文，差点儿把我舌头惊掉。

车开了半个多钟头，驶入一条修得巨好的柏油马路。

我拿手机一查，我们现在所处的凯伦区看似与世隔绝，却是肯尼亚数一数二的富人区。

等到了住处，我和 SUN 又震惊到了，他比我们想象中还有钱。

眼前的别墅，面积大到令人发指，光客厅看着就差不多半个篮球场那么大了。全套别墅整整十二间房，还有三个厨房、两座泳池，却只有 Kipruto 一人住。

放下行李后，Kipruto 带着我们参观了一圈他的房子。

客厅整体还是有些非洲大红大绿、木雕、图腾之类的味道，但却加了很多现代简约的元素。

来到他工作室时，Kipruto 告诉我们，他是做视频剪辑的，主要是给电影剪辑预告片，外加偶尔出国跑跑剧组，给明星拍拍照片什么的。

临离开工作室前，我瞄了一眼 Kipruto 的工作台。两台相机如垃圾一般被甩在桌子上，如果我没看错的话，一台徕卡M10、一台哈苏。

那一刻，我的眼睛湿润了……SUN 所有摄影器材加一起，还不如人家一个镜头值钱。

Kipruto 把我们安顿好之后，因为有些工作就离开了，剩下我和 SUN 面对着他的"城堡"瑟瑟发抖。

几个小时后，Kipruto 回来了，还带了一堆食材，说要给我们做中餐吃。

我在 SUN 的示意之下，主动请缨道："为表感谢，晚餐我们来做吧。"

Kipruto 笑着答应，随手从袋子里掏出了两听青岛啤酒递给我们，而且我还在透明的袋子里，隐约看到新鲜猪肉的影子……

先说啤酒，肯尼亚卖的啤酒大部分都是从坦桑尼亚进口的，又涩又苦。偶尔有些小酒馆里也卖欧洲啤酒，但价格却不低。至于中国的啤酒，我们压根儿都没有见过。

再说猪肉，这个国家虽然还是比较忌讳猪肉，却不至于买不到。但大多是风干的肉，哪像他买回来的这些，肥白瘦红，好像还是块五花肉，也不知道他从哪里搞到的。

Kipruto 看出了我们的惊讶，解释说，这些青岛啤酒是他朋友的酒店托人弄来的，市面上根本见不到，他之前在中国留学的时候，特别喜欢中国啤酒清淡的口味。而关于猪肉，他的另一个朋友在森林里开了个养猪场……

我本是打算做道大菜，但 Kipruto 家一没炒锅，二没明火，酱油我们倒是带了，但要做大菜的话，肯定不够。因此，折中之下，我决定做几个简单又下饭的菜。

说起来，我还是很喜欢研究做菜的。

我始终坚信食物就是信物，酸、甜、苦、辣、咸绝不仅仅是舌尖上的触感，更是对生活态度的投射和体悟，看来喜欢青岛啤酒的 Kipruto 也是如此。

菜很快做好了，Kipruto 尝了一口红烧肉，又开始神神叨叨："哇！真是入口则削，状若凌雪，含浆膏润。"

我翻了个白眼，严重怀疑他愿意接待我和 SUN，纯粹就是为了能找个中国人拽文。

餐过半轮，席间闲谈起来。

Kipruto 告诉我们，他明年要申请美国绿卡，准备去旧金山工作。肯尼亚在非洲看似不错，但还是太落后。

"Kipruto，你中文这么好，怎么没有考虑过移民中国呢？"SUN 略带疑惑地问道。

"SUN，你说得轻松，我也想成为中国居民啊！可是拿到中国的'外国人永久居留身份证'太难了，而且加入中国国籍就意味着要放弃肯尼亚的国籍，即便我再喜欢中国，可是要放弃自己的祖国我还是做不到啊！"

接着，Kipruto 继续告诉我们，肯尼亚日平均生活费是每个人 1.7 美元，可每年总统大选，将近两千万的选民，每张选票的成本竟高达 25 美元。要知道在加纳共和国，登记成本还不到 1 美元。

当天晚上，Kipruto 带着我们去参加了他邻居的生日派对。

派对上觥筹交错、头没杯案，男孩儿们争相邀请 SUN 跳舞、合影，然后发到各自的社交账号上，热闹得仿佛忘却了自己还身在东非这片贫瘠之地上。

我触景生情，忽地想起 Kipruto 之前说的话，不由悲从中来。

看似莺莺燕燕、风光无限的他们，实际上只是一群苦中作乐的无助者，他们前赴后继地追求着生命的多样性，每个身在其中的人，都在努力书写一篇属于自己的史诗。

他们看似是一缕缕灵动的微风，吹开了一个新的纪元，实际上，不过是被时光碾压而过的小人物。

他们既是胜者，又是败将。无论如何不情愿，他们唯一能做的不过是努力搭上每一趟列车去往远方。殊不知，远方也注定了只是一次不甘平凡的逃亡。

所谓摩登的不凡，不过是不甘平凡地追寻着别人的平凡。

法国·巴黎（一）

离开肯尼亚前，我和 SUN 出现了分歧。

我的想法是既然到了非洲，为何不再深入一些？毕竟我朝思暮想的非洲最高峰"乞力马扎罗"已近在咫尺，不登个顶实在不甘心。

可 SUN 却被前后几个探险型国家搞累了，相对于狂野的非洲草原，她更想尽早赶往舒适度更高的欧罗巴备冬。

于是，在做了前后一周的调研后，我们还是决定不再深入，原因无他，我被"乞力马扎罗"的登山费用吓到了。如今，乞力马扎罗登山已经是非常成熟的旅游项目，五晚六天，一个人2000美金，两个人就是两万多人民币，这还不算购置登山装备的费用。

再加上东非未来连续两个月的雨季，也会持续打乱我们各种"探险"计划。于是乎，不得已之下，我们直接登上了前往法国的飞机。

我对法国的心驰神往，源自一首歌：《红与黑》。这是韦伯改编自雨果同名小说的音乐剧——《悲惨世界》中的一个选段。

歌里描述了拿破仑战争后，两个法国年轻人内心的渴望。这两个人分别是，代表革命者的安灼拉和坠入爱河的马吕斯。

安灼拉唱的是：红色，是人民滔滔的怒血；黑色，是旧政下静待血洗的秽；红色，是开创新世界的朝阳；黑色，是最终要结束的黑暗。

马吕斯唱的是：红色，一如我火热的灵魂；黑色，一如她消失的世界；红色，是我心头的渴望；黑色，是她离开时我心底的绝望。

那是我头一回被一首歌激起鸡皮疙瘩，被这份明明被战争车轮压进黑暗，却依然破土而出的、对爱的渴望，而深深震动。

当时的我，并不明白，在那个被流行歌曲称霸的年代，我为什么独独被一个音乐剧的选段动情。直到长大之后才明白，人们之所以能在某件小事上动情，并不完全在于小事本身，而是那根不经意间被小事触动的心弦，在人生这部交响乐中，到底演奏着怎样的旋律。

可旅行并不是光靠情怀就能罩得住、撑得起的，太多时候，丰满的想象与骨感的现实，不仅会相距甚远，还会背道而驰。

"达瓦，这……怎么看着不太对啊？"

SUN 背着大包，紧紧抱着我的手臂，贴在我身后，之前在伊朗的时候，都没见她这么紧张过。

"嗯……看着是有点不太对……"

我看着满街高高壮壮，又无所事事的大汉，心里也不禁打起了鼓，可订了的房也退不了，而且就算能退，这么晚了再重新找一家酒店也不太现实。

"看地图显示的位置应该快到了吧，放心，不会有事儿的。"

我牵着 SUN 的手，强打起精神继续往前走。

太阳跟中了"墨菲定律"的诅咒一般，你急着回家，它更急着"回家"，你害怕，它就想方设法让你更加害怕。

天差不多已经全黑，我和 SUN 还没找到住处，街边的行人愈发稀少，路过街口时，看到三三两两的街溜子，正靠在墙角抽烟喝酒，我的心都快冒到了嗓子眼儿。

正当我们心急如焚时，突然看到街边有一家灯火通明的中餐馆。我和 SUN 如同看到灯塔一样，径直冲了进去。

餐馆老板看到我们面色苍白、喘着粗气，赶紧招呼我们坐下。

"怎么天都黑了还在这个街区闲逛？很危险的！"老板给惊魂未定的我们倒了两杯热茶，责备道。

"老板，我们不是闲逛，是找不到去旅馆的路了……"SUN 接过热水，语气里充满了委屈。

接着老板告诉我们，巴黎分 20 个区，1 到 9 区以及 14、15、16 区比较安全。我们现在所在的 18 区，是全巴黎犯罪率最高的街区之一。

听了老板的话，SUN 吓得冷汗都冒了出来，我见状赶紧跟老板打听旅馆的位置。老板也是好人，看过地址后，带着我们一路便找了过去。

旅馆是个憨厚的黑人大叔开的，餐馆老板一阵交代后，大叔把我们安排在他隔壁的房间，还嘱咐我们，半夜万一有什么情况不要大喊大叫，直接捶墙，他会听得见。

第二天一早，我和 SUN 收拾好行囊，告别黑人大叔，逃似地离开了 18 区，以比前一晚高出两倍的价格，在 7 区重新订了一家旅馆，希望以此作为奔向巴黎美好新生活的基石。

然而，命运恰如潜流，动无常则，进止难期。就在我们心生希望，整装待发之际，却在地铁站遭遇了抢劫。

当然，在此之前，先容我"夸一夸"巴黎的地铁……

实话实说，巴黎地铁实际上还是很方便的，市中心几乎走不了几步就有一站，线路和出口极多，只要是看懂了地铁里的标识系统，基本不用记路线，你要去哪儿，跟着路标走就行。

然而，成也萧何败也萧何。对初来乍到的游客来说，巴黎过于复杂的地铁系统，简直就是噩梦。

不仅站内就跟迷宫一样，步道还逼仄如羊肠，一个地铁站多的时候能有几十个出入口。有的出入口甚至连售票和检票的机器都没有，很容易让人迷路。

我和 SUN 就是这样，在地铁站兜兜转转，足足转悠了半个多小时才找到检票口。

进站后没等多长时间，地铁就来了。随着车厢驶进月台，我心里泛起了层层叠叠的嫌弃。

巴黎地铁系统始建于 1900 年。由于历史久远，加上这个国家对城市基建的维护实在不咋上心，导致地铁车厢看起来又旧又破，列车和轨道的摩擦声特别大，而且站台跟轨道之间还没有护栏，这让挤在第一排的我，看到眼前呼啸而过的车厢时，止不住地幻想着自己被挤下轨道的惨状。

钻进车厢，各种奇怪的味道在憋闷的车厢里久久熬煮，挥之不去，以 SUN 这么无所谓的性格，都忍不住皱起了鼻子。

由于巴黎地铁两站之间，也就是一溜达的距离。为了避免坐过站，我和 SUN 索性倚在车厢中间的钢管上，懒得坐下。

SUN 用力盯着车厢里完全看不懂的法文站名，我则拿着手机奋力查找着我们下车后的路线。

而抢劫，就这么发生了。

到站开门。几秒钟后，就在车门即将关闭的瞬间，一个穿着黄色帽兜衫、带着黑色鸭舌帽的小伙子以迅雷不及掩耳之势，从我手中抢走手机，夺门而出。

我第一时间反应过来，正待迈步去追，却被沉重的行李压得暴不起速度。

电光火石间，车门彻底关死，月台上的抢劫犯摘下帽子，站在月台上，朝我们露出一个得意的表情，然后，竖起了左手中指……

我和 SUN 无助地看向车厢里其他乘客，希望能得到帮助。可周围人只是对着我们耸耸肩、摇摇头，仿佛在说：这很正常，只怪你们警惕性不高。

不信邪的我，就近下车到警察局报了警。等待我的，却只是一句轻描淡写的："在这里等着。"

过了小半个钟头，警察终于来了。

正当我准备化身"名侦探柯南"，从地铁监控中寻找蛛丝马迹，锁定抢劫犯时，警察却只是地拿出一张表格让我填写，填完后就要打发我们回去等消息。

见警察竟是这种态度，我的火气"噌"就冒了上来，就地跟那个警察理论了起来。

可他只是软绵绵地说道："这种事每天都要发生很多起，除非抢劫犯伤人，或者被抢的物品非常特殊，否则无法调来监控，建议你们去保险公司碰碰运气。"

走出警局，我和 SUN 心灰意冷地来到新旅馆，再没了去塞纳河畔捡落叶的兴致。

巴黎，好一个巴黎，这一记"耳光"简直打得我猝不及防、耳鸣目眩。

法国·巴黎（二）

来到巴黎已经好几天了，那天在警察局报的案至今石沉大海，再无音信。

因为抢劫事件给我和 SUN 造成的阴影实在太大，在这几天，我们只是偶尔下楼走走，再没了探索这座城市的兴趣。

然而，再强烈的阳光，也无法洞穿大地，再微弱的荧光，也能照亮黑夜。慢慢地，我们对巴黎的好感，却也在拒绝中缓慢而坚定地上升着。

若问原因，即便这座城市三教九流、十面埋伏，但隐藏其中的浪漫与真诚却像冬天隐蔽在厚土下的种子，一旦遭遇内心柔软的芽床，无论你多不情愿，都会破土而出，肆意生长。

"达瓦，今天我们吃个好点的，怎么样？" SUN 撅着小嘴，不住抱怨着这几天被忽视的胃。

由于我们所住的旅馆刚好处在小巴黎心脏的位置上，物价奇高。加上心情欠佳，实在懒得跑出去找吃的，所以我们每天都是在楼下的快餐店里凑合。

我们跟着老板的推荐，来到了两三个街区外的一家"鲜花餐厅"。进店后选了个靠窗的位置，随意点了两份早午餐的套餐。

此时时间尚早，天气有些凉，店里也没啥人。

"SUN，咱们玩个游戏，猜猜路上这些人是做什么的吧！"我忽然玩性大发，兴致勃勃地提议。

也不等 SUN 答应，我就自顾自地说了起来："你看那个提公文包的中年男人，我猜他正准备去面试，一边走还一边整理衣领。"

"你这个太没想象力了吧？我来猜一个，你看那个穿着大衣、戴着手套的女人。"我顺着 SUN 的眼神看去，只见一个女人正低着头、扶着围巾快速走过。

"我猜她刚离婚，前夫和她闺蜜出轨了，法院把她的两个孩子判给了前夫，她正往娘家赶，打算跟妈妈商量怎么把孩子的抚养权抢回来。"

"你这个……是不是太狠毒了点……"我虽被 SUN 的故事吓了一跳，却仿佛打开了新世界的大门。

"SUN，你看那个一脸大胡子、戴着绒线帽的人，我猜他刚从非洲回来，在当地参加了一个保护野生犀牛的志愿者组织，然后在当地认识了一个来旅游的女孩儿，带着她走遍了非洲大草原后来到了巴黎，这哥们儿现在正去买求婚戒指。"

"这个好！"SUN 笑逐颜开，"你看那个穿着雪地靴、背着大包的姑娘，我猜她要去机场，准备到汤加潜水，她的钱包里有张老人的照片，那是她的爷爷，在汤加当过兵，姑娘这次过去是打算拍一张大翅鲸的照片，送给爷爷当八十岁生日的礼物。"

"哈哈哈，我看你这是想念夏天了吧！"

我和 SUN 兴高采烈地用各种故事装点着眼下平凡的街道。

早午餐端上来了，牛排、培根配沙拉。正当我们准备大快朵颐时，忽然感觉有人拍了拍我的肩膀。

我扭头一看，是隔壁一桌两个衣着鲜艳的金发男生。

"可以请你帮我们拍个照片吗？"

"当然！为什么不呢！"

我接过递来的相机，只见俩小伙微微点头，稍稍起身，隔着餐桌，抱在了一起。

我迅速按下快门键，可正当我准备换个角度时，刚才递来相机的男生却点头示意可以了。

"一张照片就够了吗？"我一面递回相机，一面说着。

"够了，谢谢你。"其中一个男生露出两排整齐雪白的牙齿。

吃完早午餐，离开餐厅，我们沿着街道继续走去。

一个转弯，看到一座高耸的铁塔就屹立在不远处。直到这时我才发现，我们住的地方离"埃菲尔铁塔"竟然这么近！

SUN 顿时来了兴致，从背包里翻出相机，拽着我就飞奔过去，一边跑还一边说："达瓦，我怎么觉得埃菲尔铁塔比我想象中好看一点，丑直丑直的……"

埃菲尔铁塔始建于 1887 年，是巴黎政府为举办世博会而兴建的，但在过去的一百多年里，这座铁塔却承受了它本不该承受的差辱。

设计之初，铁塔的建造就遭到了巴黎全民的抵制。

莫泊桑、小仲马等三百多个文学艺术界名流，联名签署了《反对修建巴黎铁塔》的抗议书。

抗议书里写道："巴黎铁塔如同一个巨大的黑色的工厂烟囱，耸立在巴黎的上空，这个庞然大物将会掩盖巴黎圣母院、卢浮宫、凯旋门等著名的建筑物，这根由钢铁铆接起来的丑陋的柱子，将会给这座有着数百年气息的古城，投下令人厌恶的影子。"

如今身在这座巨大铁搭之下，就如 SUN 说的，我并没发觉它有多丑。

钢铁网状的设计看上去直白干脆，整个塔体分为三层：第一层是四根分布在底部的巨型倾斜柱墩，由此撑起的四面拱形优雅而简洁。第一层到第二层之间同样是四根立柱，形状却微微收缩、弯曲。第二层到第三层的四个立柱，转化为几乎垂直的方尖塔。

整个塔的形状让我想到了四个字：急转直下。就如同文艺复兴到工业革命的这两百年间，法兰西帝国的呼吸与变革。

我和 SUN 继续沿着战神广场一路向下，边逛边看边拍。待走上大桥时，已是午后。

阳光从桥对岸斜斜移到塞纳河上，波光粼粼。桥上车水马龙，行人争相与身后的"埃菲尔铁塔"合影。

由于铁塔实在太大，机位随处可见，因此拍照的人群都散散地分布在各个角落，并不显拥挤。

突然，SUN 的声音响起："达瓦你看！旋转木马！"

我循着 SUN 的声音望去。果然，大桥边上一座旋转木马，俏生生躲在铁塔的阴影中。

一边是颜色单调的钢铁，竖立在湛蓝天际之下，不动如山，像是默默守护家庭的父亲；一边是颜色丰富的旋转木马，永不停歇的旋转就像家里活泼的女儿。一动一静，成就了天空下完美的一家。

我们两个人买了门票，坐了上去。

木马开始伴着音乐上上下下转动起来，而我们如同两个被童话拼凑出的原野上奋力奔跑的傻狍子，肆无忌惮地欢呼起来。

"达瓦，你要陪我坐遍世上的每一座旋转木马，好不好？"

"好！"

谁说梦想一定要很伟大、很恢宏？去一个让自己快乐的地方，做一件让自己快乐的事，这就是梦想。

梦想的意义，在于逃离千篇一律的生活，逃离不再为一件小事而欢呼雀跃的自己，逃离将一时冲动变成默默等待的冷静。

许下一个小小的承诺，然后模糊来路，找到新的归途，再抱着心中单纯的自己，"缺心少肺"地快乐下去，永远地快乐下去。

SUN，我的爱人。

愿你每天醒来都是一个美丽的、梦幻般的开始！

也愿那星河流转，不抵你心头灿烂！

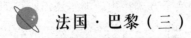

法国·巴黎（三）

　　卢浮宫、巴黎圣母院、凡尔赛宫、荣军院、巴黎歌剧院、奥赛博物馆、毕加索美术馆、蓬皮杜艺术中心……

　　在短短几天内，要刷光这些堪称奇迹的殿堂，无论从哪个角度看，都是毫无理智且极不负责任的，可我和 SUN 恰恰就这样做了。

　　我们如同两条在水族馆里长大的锯鳐，放生大海后，便开始贪婪地从大海汲取肉体和精神的养分。

　　此刻的我们，坐在香榭丽舍大街光秃秃的长椅上，神情恍惚，面色凝重。

　　SUN 不断揉着被相机背带勒红的肩膀，我也止不住地轻捶小腿。

　　这时，我和 SUN 同时抬起了头。

　　当我们看到彼此眼中的疲惫，我忽地意识到，这几天里，我们都在努力成全着对方。

　　我想成全 SUN 的建筑摄影，SUN 则想成全我的体面。

　　"SUN，你觉不觉得，咱们这样毫无重点地刷景点，好像没啥意义吧？"

"是啊，又累又没营养……"SUN 微微点头。

"要不咱们换个方式？剩下那些还没去过的暂时不去了，留给下回旅行，我们一人选一个意犹未尽的景点，再去细细看一遍？"

"这个主意好！我想二刷巴黎圣母院！"

"巧了！我想的也是巴黎圣母院！"

第二天一早，我们再次来到巴黎圣母院前的广场。

之前第一次造访这里的时候，我们都觉得这座教堂实在太漂亮了，与任何美好的事物放在一起，都毫不逊色。

而相比之下，人们以在红尘中翻滚了数十年的丑陋之躯，颐指气使站在它面前，一边感叹一边评头论足的这个过场，用行为艺术来形容也不为过。

巴黎圣母院建于 12 世纪，坐落于市中心的西堤岛上，虽不是最古老的哥特式教堂，却绝对是最有名的，现如今已成为巴黎的一张名片。

整座教堂从游览角度大致可分为三个部分：教堂内部、钟楼和地下室。从建筑角度大致可分为六个部分：尖塔、北塔、南塔、双回廊、西墙和飞扶壁。

南塔和北塔内分别有一只大钟，北塔每隔一段时间便敲响一次，而南塔的大钟却不轻易敲响，那是一口丧钟。

走近西墙，正当中的玫瑰花窗前有一个雕塑，是玛利亚抱着耶稣宝宝，两旁各站着一位天使，往下便是亚当与夏娃，再往下还有法兰西历代 28 位国王的雕塑。

　　接着，就是巴黎圣母院最著名的三扇门。从左至右分别是：圣母门、审判门和圣安妮门。这三扇巨大的桃形拱门，并不单纯是进出口，每扇门上密密麻麻地刻满了各种人物浮雕，精美无比。

　　从圣安妮门走进内廷，肃穆的气息扑面而来。

　　整座建筑几乎没有真正意义上的墙体，导致看上去非常轻盈甚至虚浮。但内部的空间宏大无比，置身其中，便有种无比渺小的直观感受。

　　内廷两侧有许多祷告室，正襟危坐的神父正温和地与人交流。

　　游览教堂内部，需要沿着内廷的长廊逆时针绕行，因为前天来的时候 SUN 已经拍了不少照片。这回重游故地，我和SUN 只是牵手走着，静静欣赏起上次匆匆而过却并未留意的各种雕塑和石棺。

　　待走到中庭时，高高镶嵌在飞扶壁上的琉璃玫瑰窗，正肆意散发着自己的绚丽。玫瑰窗以蓝色和紫色为主，上面描绘着法官、大臣、国王和牧师们敬奉神明的场景。

　　虽然此刻巴黎的天空被大片云朵遮掩，但阳光依然透过直径超过十米的彩窗，瀑布般倾洒进来，在地上照出一圈圈熠熠生辉的光影，身在其中，如坠梦境。

　　再往前，就能看到恢宏的 Choir Screen。

　　Choir Screen 是一种教堂专用的屏风，用以隔开本堂和唱诗班席位，刻有精美的浮雕。

　　这本是教堂很常见的一种装置，可巴黎圣母院却也将其做到了极致。可以说，现存的教堂中，没有任何一处能像这座华丽的屏风一样，将各种人物刻画得如此栩栩如生。

　　这些木雕诞生于 14 世纪，那时的法国，因为黑死病导致举国一半人口丧生，木雕因此应运而生。

　　木雕上某些略显俗丽的色彩，则是 20 世纪 60 年代修复的。当然，木屏这些突兀的色彩是后人刻意为之。

　　这就体现了在东西方文化中，对待文物修复的理念性差异。

　　西方国家对修复文物的核心理念是：小介入、可逆性、可识别、再处理。也就是说，能不修复就不修复，就比如说不会给"维纳斯"重新接上手臂。即便不得不修复，也要保证修复完成后能让人一眼看出哪里是修复过的，方便日后材料技术革新后，重新修复。

而中国传统文物修复的理念，却以"补全"和"做旧"为核心，尽可能将艺术品恢复到当初的样子。

沿着内廷通道走到最深处，一个硕大的十字架赫然悬挂高空，抬头望向这座几吨重的金色十字架，就能感受到那种令人窒息的压抑感。

巴黎圣母院左侧，是一排标着各国国旗的小屋子，里面的圣母形象，也随着各个国家风俗的不同发生着变化。

中国的圣母是一个亚裔齐耳短发少女模样，身穿白色的中式长袍，披着枣红色的披风，庄严中透出一丝可爱的年味儿。

重新绕回大门，SUN 捐出 1 欧元，在巨大的烛台前，点燃一支蜡烛。没几秒钟，SUN 转身准备离开，我凑到跟前。

"你这是许愿吗？"

"是啊，庙大了总有能制你的，看你以后还敢不敢欺负我。"

呵呵……你当这是甲级联赛，踢不过还带请外援的吗？

离开圣母院内廷后，我和 SUN 来到北塔塔楼脚下的检票口。

在巴黎圣母院内廷参观是不收费的，但塔楼要 8.5 欧元的门票，每天还限制参观人数，需提前预订。

爬上数百级台阶，来到北塔与南塔之间的廊道，便看到有围墙上立着许多奇特动物的雕塑，这条廊道便是几年前在国内名声大噪的"怪物走廊"。

"怪物走廊"又叫"梦走廊"，对如今很多游客而言，廊桥上的这些雕塑早已成了巴黎圣母院和"卡西莫多"的标志符号。然而这些看似古老的雕像，却没有一个是跟巴黎圣母院同时期建造的。

19世纪中叶，著名建筑师维欧勒·勒·杜克接手了圣母院的修复工作。他发现在两座塔楼之间，残留了许多雕塑的底座，而原本的雕塑已经完全不可考。

于是这位建筑大师灵感爆发，为这些底座画出一幅幅恢复草图。之后维欧勒·勒·杜克将这些草图交给工匠，让他们一比一地打造，这才有了如今的"怪物走廊"。

徜徉在怪物走廊中，如同来到了电影《神奇动物在哪里》的片场。

这些雕像有飞禽、巨龙、狰狞的石像鬼和诡异的奇美拉。其中有一座名为Stryga的怪兽雕像，有翅、有角、獠牙、人身，并吐着舌头，凶狠中还带着点儿可爱，算是这些雕像中的明星怪物了。

Stryga在夜色中俯视整座巴黎城的照片，曾出现在许多网站和杂志上。

离开圣母院后，我们也心满意足地离开了巴黎。

这座高大的建筑至此成为巴黎在我们眼中，最恢宏的形象。

法国·兰斯

　　这世间有多少刻骨的城市，就会有多少刻骨的人。有多少刻骨的人，就会有多少刻骨的故事。

　　正常的记忆方式是从城市到人，再从人到故事。然而，兰斯这座北部小城之所以进入我的记忆，却是因为一个刻骨的故事。

　　这天，我和 SUN 刚从兰斯圣母大教堂出来，突降大雨，逼得我们只得躲到一旁的咖啡馆里。

　　一个小时后，雨依然没有停歇的迹象。我一边抖腿一边搅动杯里的咖啡，眉毛紧紧皱在一起，心情如同此刻兰斯的天空一般阴云密布。

　　我们买了当天下午离开的火车，旅馆里还有一堆行李没来得及收拾，可我们却只能龟缩在咖啡馆一角动弹不得。

　　这时，一个声音飘来："年轻人，这场雨一定是上天的旨意，你们不用担心。"

　　我和 SUN 回头一看，声音来自隔壁桌的一个老妇。只见她衣着端庄，满头银发被一丝不苟地梳进红色的毛毡帽里。

　　出于对老者的礼貌，我接话道："对不起，您刚才说，这场雨是上天的旨意吗？"

"不，我的意思是雨会停的，你们别担心。"

老妇似宽慰似自语，我回以点头，继续焦躁地搅动面前早已冰冷的咖啡，后悔为什么刚才不早点出来，早点回到旅店，早点赶去火车站。

"你们知道吗，我的丈夫曾经是个牧师，他去世的那天就下着这样的雨，等太阳出来，他一定跟地上的积水一起去了天堂。"

老妇看似无心的话语，却点燃了我，正当我抬起头，准备质问老妇为什么要说这么晦气的话时，SUN 却一把按住了我的胳膊，细不可知地摇了摇头。

我再次望向老妇，只见她浅浅呷了一口咖啡，将目光投向远方。

"我的丈夫很早以前并不是牧师，他从前是个赛车手，那时他很年轻，我很喜欢他。但我的妈妈不同意我跟他在一起，她认为我丈夫的职业太危险，社会地位也不高，之后我跟着我丈夫逃了出来。那年我是 18 岁，还是 19 岁？我记不得了。因为这件事，我跟我的妈妈整整四十年没有联系过，直到她死的那一天。"

外面的雨大得惊人，屋内的老妇依然自顾自地絮叨。那波澜不惊的声音，愚公移山般一点一点将我和 SUN 的注意力吸引了过去。

"离开家以后，我和我的丈夫去了巴黎，住在我丈夫叔叔家的一栋老房子里，我在附近一家印刷厂找到了份工作，而我的丈夫继续开赛车。

后来，我们有了一个女儿，一双大大的眼睛，很像我丈夫，我们原本还有个小女儿，但可怜的 Lisa 刚出生就夭折了，碰巧那天我的丈夫去参加赛车比赛，连 Lisa 最后一面都没见到。我的丈夫恨透了自己，认为是因为他不在我身边才导致 Lisa 夭折的。

　　在那件事之后，我的丈夫就放弃了赛车，去做了一名神父。他每天不断祈祷，希望天堂里的 Lisa 能原谅自己。"

　　"女士，我为您女儿的事感到抱歉。" SUN 轻轻说了一句，将椅子微微朝老妇挪近了一些，而老妇则从随身的黑色小包里掏出一张用牛皮纸包着的照片。

　　"这就是我的丈夫和我们的大女儿。小女儿 Lisa 死后，我和我的丈夫将所有的希望，寄托在了我们的大女儿 Sofia 身上。我们希望她能成为好人，至少是对自己好的人。但事情却没有朝着我们希望的方向发展。

　　Sofia 高中还没有念完就怀孕了，我和我的丈夫得知后大吵了一架。我和我的丈夫都气得失去了理智，当着 Sofia 的面相互指责对方没有把 Sofia 教育好，我的丈夫还怒吼着要将那孩子的爸爸杀死，Sofia 被我们吓到了，当天晚上就离开了家。直到一年后她才回来，还带着一个尚在襁褓中的孩子。

　　看到 Sofia 回来，我和我的丈夫欣喜若狂。然而过了一段时间，我们渐渐发现，我们对自己的女儿越来越不了解。

　　Sofia 把她的儿子留给我们照顾，自己在一家酒吧找了份工作，她那时一个月才回家一次，从不提起自己的工作，但从她穿的衣服看来，这份工作能带给她不菲的收入。直到几年后，

法国·兰斯·

241

Sofia 突然告诉我们，她感染了艾滋病病毒。"

"艾滋病病毒？"SUN 惊讶地捂上了嘴，而我也下意识地靠回椅背。

老妇人微微点着头，看向我们。

"是的，艾滋病病毒，不过你们放心，我没有被传染，实际上，哪怕跟艾滋病病毒感染者共用一个水杯，甚至接吻，都不会被传染的。"

"女士，我们不是那个意思，我们只是……"

"当时我和我的丈夫真的很绝望……"依旧是轻声诉说，老妇完全没有在意 SUN 的解释。

"那个时候的法国，抑制艾滋病病毒的药物很稀缺，副作用也非常大，Sofia 每隔四个小时就得吃一次药，整晚被腹泻和头痛折磨得难以入睡。

因为这个病，Sofia 没办法再回酒吧上班，她不再到处鬼混，喜欢上了花艺和烹饪，每天跟我们去教堂祷告，每天都陪我去超市采购食物，对于自己的儿子，也承担起了做母亲的责任。我和我的丈夫虽然因为女儿的病备受煎熬，却也因为她的变化而欣慰。

后来，为了能及时拿到新药，我和我的丈夫带着 Sofia 加入了一个由艾滋病病毒感染者组建的 NGO 小组。我们在那里认识了许许多多跟 Sofia 一样的感染者，他们有男有女，有大人有小孩，还有孕妇，大家每周末都聚在一起相互鼓励、相互扶持，像个大家庭一样。

我丈夫辞去了原来教堂的工作，为这个 NGO 小组做起了全职神父，并将我们的家庭故事与病友们分享，鼓励他们更好地面对新的生活。

三年后，Sofia 体内的艾滋病病毒爆发，浑身都长满了黑色的斑块，呼吸也变得短促又微弱，不得已之下，我们将 Sofia 送进了医院，可就在新药面世前的半年，她却永远地离开了我和我的丈夫。”

说到这儿，老妇淡蓝色的眼中，弥漫出无尽的悲伤，双手不住在胸前画起了十字。

“然后呢？”

我知道问出这样的话很失礼，但强烈的好奇心却驱使我脱口而出。

“就在 Sofia 即将离开的那个晚上，我的丈夫承受不了再次失去一个女儿的痛苦，趁护士不注意，用针筒抽了一些 Sofia 的血液，注射进了自己的体内。”

“什么！”我和 SUN 几乎瞬间蹦了起来，简直无法想象这世上竟然存在如此离奇的故事。

“是的，愚蠢的 Shawn 竟然把带有艾滋病病毒的血液，注入了自己的血管……”老妇嘲讽似的轻轻说着，眼中的悲凉如寒潮一般，席卷了整个咖啡馆。

一阵绵长的寂静后，老妇好似抚平了心情，再次开始了她的诉说。

“我的丈夫本想跟 Sofia 一起死去，却没想到研制抗艾药物的速度，追上了他发病的速度，直到三年前他突发心脏病离开人世，这该死的病毒都没在我丈夫的身上显出一点痕迹。”

"那 Sofia 的儿子呢？"

正当 SUN 发问时，一个年轻的卷发小伙儿从咖啡馆里走了出来，解开腰间的围裙，穿上外套，走到老妇的面前，说了几句话后，在老妇的前额轻轻吻了一下。

"这就是我的外孙，现在的我很幸福，再见。"

我和 SUN 看着两个渐行渐远的背影，都陷入了沉思。

这时，雨停了，就如起初老妇说的，雨总是会停的。随着太阳的露头，仿佛连空气都蒸腾起微微的暖意。

很多事情，错过了就是一辈子，人的一生，怎么活也都是一辈子。如果有重来一次的可能，无论如何改变自己曾经的生活轨迹，为的只有一件事：幸福。

这就是凡人的一生。

不得不承认，如我的大多数人，都会在这样的不圆满中度过两难的一生。但这样的一生就毫无意义吗？恰恰相反，人生的意义全在于自我的撕扯，沉重与轻盈没有高低之分。

我相信，即使老妇重活一次，她也无法因为母亲，放弃与丈夫私奔；无法因为 Sofia 会离家出走，就强行克制自己的痛苦；无法因为 Sofia 即将得病，就将她囚居家中；无法因为需要丈夫的陪伴，就去阻止 Shawn 用自己的方式惩罚自己。

太多时候，真正禁锢我们的，并不是别人，而是我们自己。

每当生活逼着你"二选一"时，只要选择当下最需要去做的，那就够了。即便因此失去了另外的可能又怎样？我们依然要面对新的抉择、新的错过。虽然没有人的人生能得到满分，可也没有人因此而零分。

法国·尼斯

法国地中海沿岸东部,从圣特罗佩到摩纳哥这一路叫作"蓝色海岸"。

我和SUN坐着火车沿这条蓝色海岸一路慢行,到过了圣特罗佩的海滩,看过了滨海卡涅的"科列特莱斯/雷诺阿博物馆",走过了每年五月份就会被各国明星挤破头的戛纳十字大道,甚至没有错过圣保罗德旺斯的玫瑰园小教堂。

然而,我真正为之倾倒的,却是一座名为尼斯的老城,以及在这座老城市长眠的亨利·马蒂斯。

亨利·马蒂斯是一位诞生于19世纪末的法国画家,被誉为20世纪最重要的画家之一。他和巴勃罗·毕加索同为保罗·塞尚的拥趸与继承者。

因此,要说马蒂斯,必须先说说塞尚。

可以说,我们所谓的"现代艺术"就是以塞尚为始端的。

塞尚之所以牛,大部分源于他自创的"多角度"画法。这种画法是指画一幅画画到一半,移动到另一个角度继续画。简单说,塞尚的画是将两侧看到的分裂开来,再重新组合而成。

相比之下，现在"杠上开花"式的玩光影、玩笔触，一下子就弱爆了。以至于后世的评论者说，之前的印象派其实呈现的是一个瞬间，而塞尚在他的画里呈现的却是永恒。

说完塞尚，就轮到我们的主角——马蒂斯，粉墨登场。

我相信，初看马蒂斯画作的人，抛开他画了什么不说，都会觉得他画作的色彩搭配实在惊艳。

可如果你觉得马蒂斯的画只是色彩浓郁，那就大错特错了。马蒂斯的色彩是有节奏的，无论是冷暖的对比，还是深浅的对比都如协奏曲一般和谐。

马蒂斯一生可以说将色彩运用到了极致，为了专心玩"色"，他甚至把"行"都缩减了。到彼埃·蒙德里安，干脆画成色块，以此表达画作的律动和音乐性。作为急先锋的马蒂斯，将色彩从制造现实的幻觉中彻底解放了出来，自他以后，再没人将"画得像"作为评判画作是否优秀的唯一标准。

这位法国画家，1917 年抵达尼斯，自此直到 1954 年他以85 岁高龄去世为止，再也没有离开过这座城市。

尼斯，便是马蒂斯的安息之处。

此时，我站在一座用红色赭石砌成的别墅前，愤愤不平。

"毕加索美术馆都收门票，马蒂斯美术馆凭啥免费啊！看不起马蒂斯是吗？"

SUN 听我说这话，不禁捂上了嘴，一边眼睛笑成了月牙，一边说道："你怎么会为这个事情生气啊，不花钱还不开心了？要是收 200 欧元，看你还舍不舍得往里进。"

……

"话说，达瓦，你怎么不激动呢？你不是一到偶像的地盘，就热泪盈眶吗？"

"切，你才热泪盈眶呢，我顶多就是感慨感慨。"

我一边跟 SUN 日常斗嘴，一边在想，经过那烂陀寺、哈菲斯之墓、光之教堂这些之后，我的神经确实比以往粗壮了不少。

马蒂斯生前是非常全能的艺术家，素描、版画、油画、雕塑、甚至诗歌，几乎没有他不玩的，而且每样都颇有成就。

这座马蒂斯美术馆，就收藏了他不同时期、不同种类的作品。其中他最出名的《蓝色裸体 4 号》就静静待在二楼展区一个小小的角落。

我和 SUN 在马蒂斯美术馆逛了一个钟头。

由于讲解器只有法文版本，我只是凭借记忆，结合网上现查的资料，断断续续地跟 SUN 介绍着马蒂斯的作品和他"生猛"的一生。

参观结束后，我在美术馆前的马路边一阵唏嘘，而 SUN 则百无聊赖地随意拍着照片。

SUN 之所以觉得无聊，是因为她对这些长得"奇奇怪怪"的艺术品，实在看不懂，也没什么兴趣。

而我之所以唏嘘，是因为当真正来到马蒂斯的博物馆后，我才察觉，我对这个法国画家的了解终只停留在表面。凭我的知识和审美，实在不足以支撑我去真正理解他的作品。

由于尼斯的公交车不如有轨电车方便。因此离开马蒂斯美术馆后，我和 SUN 坐 T1 线电车，来到了尼斯老城所在的"旧街市"站。

传统意义上的尼斯老城，指的是林荫大道与现代艺术博物馆之间的区域，这是尼斯最古老的一片区域。

尼斯老城始建于公元前350年，其归属在19世纪前，一直换来换去，还一度是罗马帝国的殖民地，直到1860年意大利统一，尼斯才回到了法国。

挤进尼斯老城的"怀抱"，房屋的墙面都被漆了蜜桃粉、西瓜红、柠檬黄和柿子橙，同时，也把这座老城衬托得如同童话故事里的城堡一般。

行走其中，就如走进了马蒂斯的画中。SUN更是乐开了花，拎起相机，一头扎进高高低低、蜿蜒逼仄的巷子里。

"达瓦你看！"

跑在前面的SUN突然停下脚步，指向前方。我朝着SUN的指向看去，南来北往，生机勃勃，各种兜售蔬果、香料、鲜花的摊位挤在一起，热烈到令人心跳都跟着加速。

我翻开手机地图一看：萨雷亚广场。

SUN一溜烟背着相机就冲进了人群，而我则跟在SUN身后，走走停停。

路过一个花摊儿，从一位须发皆白的卖花老者口中得知，我们误入了一个本地的集市。而这座老城仿佛日日笙歌一般，竟每天都有这样的集市，周二到周日是鲜花和果蔬集市，周一则是旧货集市。由此可见，这里的人们是有多么热爱这彩虹般的老城生活啊！

如此这般，我们在集市逛到了下午，其间SUN吃了一个冰激凌和两个可丽饼。直到摊主们陆陆续续收摊，我们才三步一回头地离开。

离开老城后，我和 SUN 来到海边，沿着"天使湾"散步。

自高处遥遥眺望，滨海的海岸线，完美得如同圆规画出来一般。两端尖尖的海岸，如一双羽翼，延伸、环抱眼前的大海。天空的蓝与浪花的白，相互依托，相互依恋。

这便是尼斯。

古老却不失活力、多彩却不失统一的尼斯。

这就是马蒂斯的尼斯。

摩纳哥公国·摩纳哥

"达瓦，你看街上的法国国旗怎么都变成印尼国旗了？"

"傻丫头，那不是印尼国旗，是摩纳哥国旗，我们离开法国了。"

印尼国旗和摩纳哥国旗都是上红下白，各占一半，但长宽比例却不相同。印尼国旗的长宽之比为 3 : 2，摩纳哥国旗则为 5 : 4，别说 SUN，就算是我要是没事先了解过，也分辨不出来。

"啊？摩纳哥？这是个国家吗？我们什么时候离开法国的？"

看着 SUN 一脸难以置信的表情，我也不知道该怎么解释。

我相信，每个初来摩纳哥的人，都会碰到同样的尴尬：怎么突然间就离开法国了？连检查签证的流程都省了。

作为全境被法国包裹，面积仅次于梵蒂冈的世界第二小国。摩纳哥的存在感似乎异乎寻常的弱。

这个人口还不到 4 万的小国，占地才 2.08 平方千米，颐和园都比它大。可即便国土面积小到如此"入口即化"，摩纳哥依然有个自己的民用机场。虽说只是个直升机机场，可是你能想象颐和园里有个机场吗？

而且这个直升机机场里，竟还有正常运营着的航班线路，每天往返于摩纳哥与法国尼斯之间。飞行时间七分钟，机票票价1300欧元……

"达瓦，我想发个朋友圈，我们现在具体在哪里呢？"

"摩纳哥。"

"我知道我们在摩纳哥，我是说我们在摩纳哥哪座城市呢？"

"摩纳哥……"

SUN的一连串问题让我更加尴尬。

这个国家太小了，小到根本没必要设置城市，只在国家之下设立了四个区：摩纳哥城区、摩奈盖提区、枫维叶区和蒙特卡洛区。而且这四个区还不是行政单位。

也就是说，摩纳哥不仅是个国家，是个首都，还是这个国家唯一的城市。

"达瓦，那咱们在摩纳哥待几天呢？"

"不用几天，半天，半天就够了。"

"半天？好吧，那这附近有什么拍照好看的地方呢？"

"额……也没啥，就是瞎逛逛……"

看着SUN一脸的希冀，我底气全无，声音如坠海的蜂鸣，越来越细微。我总不能告诉她，大老远来这个国家只是因为一部电影吧。

这部电影，就是由妮可·基德曼主演的《摩纳哥王妃》，这是一部我看了不下十次的电影。

当年我和 SUN 还是一起在电影院看的，只不过这没心没肺的丫头，竟然看着看着睡着了。

在众多以王妃闻名的国家里，摩纳哥算是数一数二的。

这个小小的国家第一次进入世人的视野，正是因为两位"白雪公主"般的王妃：夏琳·维斯托克和格蕾丝·凯丽。

夏琳曾是南非的游泳运动员，而格蕾丝曾是希区柯克最喜欢的美国著名演员。

《摩纳哥王妃》里的王妃便是格蕾丝·凯丽。

电影的故事背景发生在格蕾丝·凯丽成为摩纳哥王妃后的第六年，她的优雅从容、一言一行已然成为新世纪王妃的典范。可集母亲、妻子、王妃等众多身份于一身的她，却在漫长的压抑中，无法调和现实与梦想之间的关系。她一面渴望重返大银幕，一面又在努力与过去和解。与此同时，她的丈夫——雷尼尔三世，正努力实现现代化改革。可此举却遭到了法国总统戴高乐的全力抵制，并以重税、锁境、武力威慑予以要挟。在亲王一筹莫展之际，格蕾丝决定放弃小我，也选择以亲善大使和王妃的身份，周游欧洲列国，拯救当时陈旧腐朽的摩纳哥。

在众多欧系电影中，这部《摩纳哥王妃》并不出众，甚至有诸多硬伤。但这并不妨碍我喜欢这部电影。

这位把王权下的婚姻视作爱情、将他国视作故土的王妃，被导演刻画得有血有肉，有情有义。妮可·基德曼也将王妃的美烘托到了极限。

我和 SUN 肩并肩，跟着导航，走到位于峭壁上的摩纳哥亲王宫，然后手牵着手倚靠在古老的城墙边，眺望这个国家的全貌。

"你看这风景……也还不错嘛……"

我面不改色心不跳地说着，可事实上，这个国家跟我想象中相差实在太大了。

在我想象中，这是个微缩却随处散发着古典主义美学的小城，或雍容华贵，或典雅别致，或浪漫传神。

然而真正来到这个国家，看到的，却是高高低低的现代居民楼。五颜六色的快艇和游船，停靠在并不如何细糯的焦黄沙滩上。

如此巨大的反差让我猝不及防。单从风景看，摩纳哥与许多东南亚小岛相比，都差距甚远。

"嗯，风景还挺好的。"

SUN 仿佛是看出了我的窘态，轻轻附和道："达瓦，我记得我们一起看过一部电影，好像叫《摩纳哥王妃》，你还挺喜欢的，是不是就在这里拍的？"

"啊？这你还记得啊？你当时不都看睡着了吗？"

"额……睡着又怎么样，不还是陪着你嘛！而且，不光这一部，跟你一起看过的每部电影我都记得。额……最起码也能记住个名字吧。"

SUN 微微不好意思地低下了头，以她的性格，能说出这么肉麻的话着实不易。

"不过我好像听你提过一次，这部电影里的剧情跟真实的历史差别很大是吗？"

"嗯，是啊。"听 SUN 提及此事，我极不情愿地回忆道："电影里的王妃是'白雪公主'本主。但现实里的格蕾丝却是个悲剧，不仅没有收获爱情，还将自己的一生半卖半送赔了进去。"

"你既然知道真的王妃这么惨，为什么还会喜欢电影里那个假王妃呢？"

"这个嘛……要这么说，正是因为现实里的王妃那么惨，我才喜欢电影里的王妃。我喜欢的是美好，跟真不真实并无关系哦。"

说完这句话，我不再做解释。

在我心中，是《摩纳哥王妃》这部电影，让格蕾丝变成了一个半实半虚的人物。

真实的格蕾丝，在成为奥斯卡影后的那一年，于一个酒会上认识了摩纳哥亲王，两人相识不久便很快成婚。

然而这二人的结合并不是因为爱情。摩纳哥亲王看上的是格蕾丝的社会地位和她 200 万美元的嫁妆，而格蕾丝看上的是一个成为皇亲国戚的机会。

格蕾丝婚后刚生下孩子，亲王就有了外遇。不仅如此，亲王还不准格蕾丝见陌生人，不准她和以前的朋友往来，更不准她演戏，甚至安排了侍女 24 小时监视她。

最终，郁郁寡欢又无法离婚的格蕾丝，在一次开车时坠下悬崖，车毁人亡。

这就是格蕾丝的一生，真相往往就是那么功利又悲惨，不说奋不顾身，甚至连全身而退都没做到。

可这部《摩纳哥王妃》却将格蕾丝所有的苦难，化成了美妙动人的故事。

真实的王妃早已成灰，但电影中的格蕾丝，却在我心中得到永生。

王室的婚姻，绝大多数只有枯燥的利益牵扯。所谓真相，往往是最乏味，也最让人难以接受的。

在世人眼中，格蕾丝是当之无愧的主角，可在她的婚姻中，格蕾丝只是个无能为力的妻子和母亲。

在很多影评人看来，这部电影的导演只是哗众取宠的小丑。可在我眼中，奥利维埃·达昂却给了这位王妃另一种可能，一个完美的结局。

能为"金玉其外、败絮其中"的一生，涂抹上彩虹颜色的人，是值得尊重的，因为他的内心一定无比温柔。一入豪门深似海也可以像童话一般美好，就看你如何看待。

的确，石缝中能长出大树，水中却捞不出圆月，有时真实的力量更加坚固。可不正是因为镜花和水月，才能让我们在坚硬、冰冷的生活中，寻找到一丝慰藉吗？

我坚信，唯有我们看待世界的眼神越温柔，世界才会更温柔地对待我们。

⊕ 意大利·米兰

"哎哟！不错哦！"

我牵着 SUN 的手走出 Duomo 地铁站，一路往米兰大教堂小跑而去。

两分钟后——

"这也太脏了吧……"

我和 SUN 坐在米兰大教堂第一层台阶上，脚下的地面被一层烟头掩埋。石质台阶上，沾满了被食物和饮料"剐蹭"的痕迹。旁边一个抱着滑板的少年，正使劲儿地在台阶上蹭着鞋底，那遗留在石板边缘的灰棕色膏状物，也不知是混了水的烟灰，还是鸽子屎。

单从惨烈程度上说，我在意大利的初体验，不差法国分毫。

"不！我不需要！请你拿开！"

此刻，SUN 正义正词严地拒绝一大叔往她手上系绳子的举动。可正当我准备上前解围时，却听到对方满含委屈地呼号："免费的！免费的！这是礼物！这是祝福！"

听到这儿，我决定先静观其变，面对 SUN 投来的求助眼神，细不可知地微微点了一下头。

SUN 仿佛明白了我的意思，旋即放弃了抵抗。与此同时，我注意到大叔的眼神随着 SUN 放弃抵抗，透露出一种"东风终与周郎便"的微妙。

果不其然，大叔系完绳子后，立马变脸，跟 SUN 索要手绳钱。SUN 一听这话，立马更强烈地反抗起来，甚至不惜用上了当年凌子在印度用的招数：态度坚决，大声呼号。

然而，事情并没有朝着理想的方向发展，大叔完全不为所动，确定、一定以及肯定地讨要着绳子钱。

眼看着口角即将升级为肢体冲突，我赶忙上前解围："嘿！兄弟！三个选择。第一，把你那破礼物送给我妻子；第二，带着你的破礼物离开；第三，我报警。"说着我立刻掏出手机，也不虚张声势，直接拨号 113。

大叔看我如此轻车熟路，只能骂骂咧咧走开。

我和 SUN 坐回台阶上缓了好一会儿，才再次酝酿出一颗滚烫的心，走进了米兰大教堂。

米兰大教堂，又名"杜莫主教堂"，由达·芬奇设计，历时近五个世纪才建成，乃当世最大的哥特式教堂。

走进教堂，在低沉宏伟的管风琴声中，我的大脑"轰"地一下，失去了思考的能力。

那些由近及远，排排耸立着的几十根石柱子，每一根都拥有日常生活里无法企及的高度。教堂的穹顶就这么纹丝不动地安放在柱子顶端，营造出无比开阔的空间。

往里走，就是遍布教堂的彩绘玻璃窗。

这些彩色的玻璃，看似与教堂本身灰黄的基调格格不入，却恰恰成就了这座教堂的特别之处。

在这个显示器动辄就能显示几十万种颜色的幻象时代，这些区块拼接而成的彩色玻璃，以极简又极满的方式，给人留下深刻的印象。

教堂最深处是一座金色的玛利亚雕塑，在其背后亦是一扇巨大的彩色玻璃。斑斓的光束从圣母周身一圈圈晕染开来，倒是一番别样的瑰丽。

离开米兰大教堂后，我们坐着地铁来到圣玛利亚修道院，瞻仰达·芬奇的又一传世佳作。

作为《最后的晚餐》的承载之地，初临这座修道院我甚至会感觉到几分萧条，院内仅包含一所教堂和一座小院子。

二战期间，修道院遭到飞机轰炸，几乎全部损毁。原本不长眼的炸弹仿佛认识达·芬奇，落地时绕开了那堵画有《最后的晚餐》的墙。因此，这幅传世之作才能保留下来。之后在不断地抢救中，直到 20 世纪 90 年代，壁画的修复才彻底完成。

因为知晓进修道院参观需要预约，早一周前，我就在网上操作好了。等把预约成功的邮件出示给工作人员后，听过说明，我才知道自己多么幸运。

每天这里只有十几场参观场次，每场参观人数都不超过 25 人，参观时间只有 15 分钟。相比于每日动辄几万、几十万游客的米兰大教堂，每一个能有幸到此的人，都是命运的宠儿。

入场后，我的第一感觉是小，整个修道院满打满算也就两间教室那么大。

经过安检，拐过一条全封闭的"之"字形走廊，再穿过两扇屏蔽门后，便见到了《最后的晚餐》的真身。

壁画比想象中要小不少，差不多也就半米乘一米的样子。其所在的房间是恒温的，不可喧哗，不可使用闪光灯。

我和 SUN 被挤在围栏一角。

由于距离远，灯光又暗得出奇，哪怕是眯起眼睛，也只能粗略分辨出壁画中的十三个人形。

那感觉，就像小时候被姥姥拉扯着，到村头老年活动中心的广场上，盯着 7 寸黑白电视机看新闻联播一样。

但饶是如此，站在《最后的晚餐》前，我依然感觉到胸腔中有一阵电流流过，一直传递到头顶，如同顿悟，如同破晓。

这一刻，时光仿佛倒转，我找到了第一次在北京故宫见到李白《上阳台帖》时的感觉：好似太白就在我面前挥舞画笔，为一张平平无奇的宣纸赋予永恒的生命。

此时此地，恰如彼时彼地。我甚至能够想象，当年抢救这幅壁画的工人，在废墟中层层剥离，将那包裹着的礼物一点点拆开，然后送到我们面前。

陈丹青先生在《局部》里说得真好："看画最好就是在它诞生的地方，每一件艺术品都有它生长、生成的阶段性的灵光。"

当一幅作品，恰如其分地存在于某个空间，那这个空间的能量、场域和氛围，通过与时空的化学反应，就能让这件作品

"重生"。让我们这些画外人有机会透过时间的河流，回溯到那个当下，隔着薄纱轻抚史册的笔触。

在写下这篇游记的前几天，我刚好看了一个电视节目，节目中讲述了西安文物摄影师赵震的故事。

某天，他在给兵马俑拍照时，意外地发现兵马俑的唇边有一枚两千两百年前工匠留下的指纹。

当讲述到那枚指纹时，赵震的声音哽咽了。

历史盘旋而上，回到了同一位置，工匠刚刚离去，将腾出的位置留给了赵震，同时留给他的，还有一双仿佛残留着温度的脚印。

不同的国度，不同的时间。

此刻，我绝不仅仅是站在了一幅壁画前，而是站在了人类的历史面前，感受着那份充满了敬畏的匠人血脉，和一颗颗滚烫的内心。

意大利·佛罗伦萨

"只愿天空不生云，我望得见天，天上那颗不变的大星，那是你，但愿你为我多放光明，隔着夜，隔着天，通着恋爱的灵犀一点……"

——徐志摩《翡冷翠的一夜》

"达瓦，今天是我们结婚纪念日，你说是不是命运安排我们在佛罗伦萨度过这个日子呀？"

我"呵呵"一声，不再言语。三分天注定，七分靠打拼。

提到佛罗伦萨，首先让人想到的便是徐志摩。这位20世纪20年代便留学英国的诗人，是中国新月派的急先锋。文风在欧美浪漫主义和唯美派诗人的熏陶下，极富深情而浪漫。

《翡冷翠的一夜》这首徐志摩的代表作，便是以陆小曼的口吻，描摹在某个不知名的夜里，那刻心裂胆的思念（翡冷翠是意大利文 Firenze 的直译，通译便是佛罗伦萨）。

16世纪，作为"文艺复兴"发源地的佛罗伦萨，繁华尽褪。由于城市经济停滞，佛罗伦萨一直缺乏扩建和改造的能力，以至于它沧桑的内核与米开朗琪罗时代几乎无异。

在中世纪城墙围结而成的老城区里，时间如停滞一般。文艺复兴未泯的每一分妍丽，都被这座城市"原汁原味"地保留了下来。建筑未变、格局未变、浪漫未变，唯一改变的只有时代。

该如何形容这座城市呢？拥有更胜巴黎的浪漫，更胜尼斯的古老，更胜米兰的从容。

好巧不巧，我们来的这一天，佛罗伦萨下雪了。

银装素裹下的百花大教堂，比照片上更多了几分温柔，连空气中的气味都甜腻了些许。

单从建筑上看，百花大教堂跟其他中世纪教堂截然不同。以绿色和白色为主的墙面，散发着芙蓉出水般的清新。点到即止又不失分寸的雕塑群，给这道文艺复兴"大餐"，恰到好处地"提了提鲜"。

这座教堂曾被评为意大利最美教堂。可"美"的概念太过庞杂，单从"华丽"这个角度，我并不觉得百花大教堂有资格跟"米兰大教堂"或者"巴黎圣母院"叫板。但它却拥有任何其他教堂都不具备的特点：温雅。

一如徐志摩的诗，即使成就史诗，字与字、行与行之间的联络依然靠的是那份细腻与杂情。

由于去年的结婚纪念日我和 SUN 都忙着挣钱，俩人仅仅在市区里吃了顿火锅。因此，这次出发前，我就答应 SUN，今年结婚纪念日要满足她一个愿望，哪怕让我徒手开榴莲、胸口碎大石都可以。

"达瓦，你之前说满足我一个愿望的话还算不算数呀？"

"那必须的，你想要啥？"

"我想去拍米开朗琪罗的大卫。"

"这个……好像有难度啊！我之前查过，米神的大卫在佛罗伦萨美术学院，那地方至少得提前一个月预约，你实在想拍的话，要不我们下个月再来一趟？"

"这样啊，那换一个好了……我要吃螺蛳粉。"

一阵窒息般的沉默……

"走，我带你去拍米开朗琪罗的大卫……"

米开朗琪罗广场在老城区南部，建于 1869 年，由朱塞佩·波吉设计。

"SUN，你倒是跑慢点儿啊，你是忘了你有个两百斤的老爷们儿吗……"

作为能俯览整座城市的制高点，米开朗琪罗广场建在阿诺河南边河畔的一片山丘上，这可难倒我这个许久没爬过山的胖子了。

经过漫长的攀登，我们来到了山顶。

"那就是大卫的复刻铜像，你自己先去拍，我坐着休息会儿。"我一面指向广场中央的大卫青铜像，一面顶着山间冷风，喘着粗气坐到广场一角，欣赏起午后的佛罗伦萨。

目光自脚下缓缓向北挪移。先看到的是广场下的一片树林，接着便是阿诺河北岸庞大的建筑群。

其中一栋一枝独秀的土黄色尖顶建筑便是圣十字教堂。

欧洲的教堂大多兼具墓葬功能。眼前这座教堂里便承载着但丁、米开朗琪罗、伽利略、马基雅维利、罗西尼等一众大咖的纪念碑和陵墓。

圣十字教堂边的阿诺河默默向东流淌着，不分昼夜、不知疲倦地滋润着这座将"文艺复兴"的燎原之火燃遍这个欧洲的老城。

逆着阿诺河的水流，向西寸寸挪望。

由小石块铺成的窄短街道旁是连绵不断的五六层小楼，相似的层高，相似的大小。每扇细长的窗户上都安装着相似的百叶窗扇，但由于色彩与装饰各不相同，远远看去如同万花筒一般美不胜收。

继续往西望去，便是佛罗伦萨现存最古老的桥：维琪奥桥。桥身的拱洞与水中的倒影，形成三个一模一样的椭圆形。

如果说正圆的完美，体现在受力上，那么椭圆的完美，则体现在运动上。一如佛罗伦萨，或许难以抵抗时代的变革，但文艺复兴的"初代血脉"，却赋予了这座城市顽强的生命力和韧性。

我这一愣，便是一个钟头。我瞅了一眼时间，轻轻嘟囔了句："差不多到时间了。"便一边在手机上发着邮件，一边叫来SUN。

"SUN，我想带你去一个地方。"

听着我如此郑重的语气，SUN "噗嗤"笑出了声。

"干什么呀？这么严肃，老夫老妻的，难不成你打算带我去一栋古堡，然后告诉我，从今后我就是这座古堡的女主人了？"

听到 SUN 泥石流般的幻想，我额头上三条肉眼可见的黑线"飞流直下"……

"你少看点那些奇怪的小说行吗？我就算是霸道总裁，你也不是傻白甜啊。"

公交车到站，我牵起 SUN 的小手缓缓走进"领主广场"。

走到领主广场的海神喷泉时，旁边一个黑色便携音箱突然响起了音乐，一群衣着各异的年轻快闪族，走到中央跳起了舞。

我有意似无意带着 SUN 走到快闪舞群的正面，装模作样掏出手机拍起视频。

SUN 本来对跳舞什么的并不怎么感兴趣，可见我有心录像，也只静静陪在我身边。

前面的两小段舞蹈，伴随着舒缓的音乐很快结束。一段节奏明快的布鲁斯，"三步并作两步"撞进耳朵，舞蹈也变得动感十足。

SUN 微微一愣，便朝我看来，此时音箱里放的是 Bruno Mars 的成名曲 *Marry You*。

我故作镇定、目不斜视地继续录像，丝毫不为 SUN 的眼神所动。SUN 见我毫无反应，有些失望地转过头去，仿佛是在控诉我的不解风情。

音乐即将进入第二遍副歌，台上的两个姑娘突然冲到我和 SUN 面前。正当 SUN 手足无措时，我镇定地将手机塞回口袋，跟着她们走到了舞群中间。

SUN 看着我走到他们中间，跟其他舞者跳起一样的动作。忽然间，她仿佛明白了什么，不禁用双手捂住了口鼻，蹲到地上。揉成一团的眉毛下，眼泪不住淌了下来。

音乐临近尾声，SUN 在周围一片欢呼声中，抽抽着被两个姑娘带到我的面前。而我喘着粗气单膝下跪，从口袋里掏出一枚比她左手那枚更大的钻石戒指，为 SUN 戴上。

"SUN，跟你在一起的每天、每月、每年都是新鲜的，所以，请求你，给我一次重新向你求婚的机会，我们没有结婚纪念日，我们要做一辈子的新婚夫妻。"

至此，这场"结婚纪念日的求婚"在观众的掌声雷动中圆满落幕。

林徽因说："你是天真，庄严，你是夜夜的月圆。"

我相信，这个"你"，便是爱。那么何为爱？它所指向的并不是一个人，而是那个可以为所爱之人"奋不顾身"的自己和时光。

为了这场"求婚"，我精心准备了两个月。其间动用了我几乎所有在意大利留学、工作的朋友的关系。

看着眼前泣不成声的 SUN，我顿时感觉，那无数封费时费力的沟通邮件，无数个背着 SUN 偷偷跟着视频扭腰扭屁股的狼狈夜晚，以及为了支付戒指和快闪费用而东拼西凑攒下的每一分私房钱，都是值得的。

意大利·威尼斯

"为什么要 80 欧元？你刚才明明说的是 8 欧元啊！"

"我告诉过你了！80 欧元！80 欧元！8 欧元不可能坐一艘船的！"

面前贡多拉小船的船夫，一脸冷漠地看着 SUN，无论她如何撕心裂肺地控诉，也毫不动容，就像是在看一场拙劣的脱口秀表演。那眼神中透出的鄙夷，仿佛看到了一个想花十块钱吃顿满汉全席的傻子。

我知道，人家船老大并没有宰客。

来威尼斯之前，我就知道 SUN 对意大利威尼斯这种贡多拉小船的兴趣无比浓郁，因此特地在网上搜索一下相关信息。

结果这一查，我立马被这种小船的起步价差点惊掉了下巴。

但我又不想因为价格原因扫了 SUN 的雅兴。权衡之下，只能让她自己去码头找船夫问价格，想着按照这丫头的个性，听到这么高昂的费用，定会闻风而逃。

可没想到的是，SUN 转了一圈之后却跑回来跟我说："船

夫说了，包一艘船才 8 欧元，比在巴黎打车还便宜得多！"

正当我感到疑惑时，SUN 已经拽上我傻乎乎地坐上了连本地人都舍不得的小船。

自然，在下船付钱的时候，出现了岔子。

来来回回讨价还价了半个多钟头，可船夫分文不让，还扬言要报警。我们百般无奈之下被生生"剜"走了四张 20 欧元的大票。

心疼归心疼，不过有一说一，坐贡多拉小船游览威尼斯真是件文艺又享受的事情。

船夫站在船尾，动力和变向全靠一跟杆子，倒是有点像中国乌篷船上的长篙。船身微微摇晃，在细细的水道里缓缓划行，两边尽是数百年前的建筑。

其实在欧洲旅行，每一座老城都有自己的穿越感，但威尼斯的穿越感尤为特殊。

毫无修缮粉饰的古老楼房、横跨水面的古老拱桥、古老的交通工具、身穿民族服装的船夫。简直全方位地展现着威尼斯数百年间的潮起潮落。

而且我们的运气还特别好，一条汇入我们所在河道的船上竟有表演。悠扬的意大利民谣，伴随着古典吉他的弹奏声，将我们这次贡多拉小船的体验直接推向了中世纪。

离开码头后，经过半个多钟头的平复，SUN 终于恢复了过来。

其实 SUN 并没有那么见钱眼开，她只是单纯能从"不花钱"和"少花钱"这两件事中获得快乐。在她的概念里，省下的钱跟挣到的钱是一码事。

可 SUN 也是个矛盾的女人，虽然在大多数事情上，她都不舍得多花一分钱，但对于某些东西，她却刚好相反，就比如美食，以及威尼斯各种面具周边。

威尼斯人是从什么时候开始戴面具的，早已不可考，但说到这里的面具文化，可谓是独一份的存在。

早在 13 世纪，威尼斯就有相关法律用来规范"面具"的使用。在 18 世纪以前，面具一直表达着这个国家的审美，也决定了这个民族的装扮和习惯。很长一段时间里，威尼斯人只要外出就一定会披斗篷、戴面具。如果碰上节日，更是连上厕所和睡觉都不会摘下来。

SUN 不知为何，被这种面具吸引得一塌糊涂。

什么面具戒指、面具胸针、面具耳环、面具手链、面具项链，但凡是 10 欧元以内的小饰品，SUN 一律照单全收。看她如此的疯狂，有几家老板还问我们是不是来进货的。

这丫头甚至还看上了一个价值 480 欧元的巨型蒸汽朋克兔子面具，在我连哭带闹、撒泼打滚、生拉硬扯之下，SUN 才没有一时冲动带回家。

在将近两个小时的疯狂消费后，我们来到圣马可广场，在圣马可钟楼旁的一家咖啡馆坐了下来。

"一份小饼干加一份咖啡就要 15 欧元？达瓦，我们点两杯咖啡得了。"

听到这话，我热泪盈眶。

媳妇儿，以后你还是少"变身"比较好，对一个成年雄性动物来说，心脏经常受刺激会影响肾功能的……

圣马可广场是整个威尼斯的核心，18 世纪拿破仑攻破威尼斯时，曾赞美这里是全欧洲最美的广场。

整座广场最引人注目的，便是绿色尖顶的圣马可钟楼，这是整个威尼斯的制高点。

圣马可钟楼边有一座白色建筑，上面悬挂了一个巨大的表盘。表盘呈深蓝色，外圈是罗马数字 I ~ XXIV。内圈有十二星座浮雕，表盘正中心是地球，时针是太阳，分针是月亮，其间还有星河点缀。

这是我见过最漂亮的大型钟表，复杂程度直追天文钟。我甚至怀疑动画片《圣斗士星矢：黄金十二宫篇》里，教皇山上那座十二星座火钟，就是以眼前的大钟为原型的。

就在我们边看景色边喝咖啡时，几个管弦乐手携乐器走上舞台。

音乐响起，我和 SUN 都愣了。

"达瓦，这音乐听着好耳熟啊，是不是什么动画片里的？"

"对，我想想……好像是《魔女宅急便》的插曲《临海小镇》吧？"

"好像还真是啊……"

在这么一座欧罗巴老城，竟能听到现场演奏的久石让，真是好大的一个惊喜。

随着时间的流逝，阳光逐渐在的石板砖上绘出一片片金灿灿的"稻穗"，我牵着 SUN 的手，走到广场另一侧水边，水面上插满了用木棍和木排简易搭成的码头。水面含情脉脉，在微风的轻叹中波光粼粼。

我们坐到水边的石阶上。一低头，水中的石缝里长满了海草，水波一动，随波舒展。

一只鸽子飞到我脚边，我伸手去摸，没想到它竟用头轻轻蹭了蹭我的手指，从指间传来柔软且顺滑的触感。

是的，这便是生活。

意大利·维罗纳

"天呐！怎么会这么多的人！"

我和SUN站在维罗纳"朱丽叶故居"所在的小院子里，望着里面的人山人海，都有些不知所措。

"达瓦，这儿人太多了，随便看看我们就走吧！"

眼看着SUN被来来往往的游客挤得像随风飘零的野草一般，我也有些不乐意了。

"先生！你没看到这里有女生吗？难道不能温柔一点吗？"

在用力推开一个都快贴到SUN身上的欧洲游客后，我也来了脾气，再不管什么礼不礼貌，直接把SUN揽进胸口，双臂平举，猛一使劲儿，蛮横地为SUN撑出一块将将够她转身的空间。

"SUN，你搂着我的腰，咱们慢慢往外挪。"

不一会儿，我们狼狈地逃离了沙丁鱼罐头一般的小院。可还没等我喘口气，SUN立马又拉着我找地方换衣服。

其实，也不能怪这丫头矫情，我们在"朱丽叶故居"总共逗留的时间不超过十分钟，SUN却接连被几十个游客刚来蹭去。

欧洲人的体味本来就比亚洲人重，再一出汗，把SUN的羊毛大衣都蹭出了一股怪味，连SUN这么大大咧咧的性格，都有些受不了。

如此这般，狼狈地折腾了大半个钟头，待回到埃尔贝广场，即便这大冬天，我也累出了一身汗。

"达瓦，咱们找个地方坐坐吧，我有点不想逛了。"

看到SUN一脸的意兴阑珊，我连忙拉着她快步走到广场一侧的咖啡馆。

维罗纳被称为"爱之城"，是莎士比亚笔下罗密欧与朱丽叶的故乡。

看着眼下的埃尔贝广场，隐约感觉维罗纳比意大利其他城市更加朴实、干净。

四周的建筑多是文艺复兴早期至中世纪的模样，居中一座古老的喷泉，摈弃了繁杂的雕刻，只将喷泉原本该有的样子展现在人们面前。

喷泉上有雕塑，名为"维罗纳的爱人"。只见她穿着宽袖大袍，手捧卷轴，施然而立，目光微微上扬，投向湛蓝的天空。

喷泉背后有个小集市。白色遮阳伞一字排开，伞下的摊位上兜售着甜品、水果和各种纪念品。摊主和游客散散落在其间，俨然一副生活本来的模样。

这段时间，我渐渐发现东西方文化又一个有趣的差别。在国内的广场，大都有巨大的空间和完备的设施。可在欧洲，巴掌大的地方，只要有棵树或是座小喷泉，就能叫广场。

"达瓦，刚才咱们去的那个'朱丽叶故居'，是哪个朱丽叶呀？"经过这么一会儿的调整，SUN已然从之前的烦躁中抽离了出来。

"还有哪个朱丽叶，就是《罗密欧与朱丽叶》里的朱丽叶呗，那个破旧小楼上伸出来的阳台，据说就是她跟罗密欧幽会的地方。"

"啊？达瓦，那不就是个小说剧本吗？"

"对呀，但莎翁的剧本也不都是瞎编的，走！我带你再去个地方。"

"还去哪儿啊？我可再没外套能换了。"

"放心，那地方不会再有这么多人了。"

跟着地图导航，没走一会儿我们便来到了另一处小院子。爬着藤蔓的古老围墙前，立着一块写着："Tomba di Giulietta"的铜牌。

"到啦，应该就是这里了，怎么样？安静吧。"

"人确实不多。"SUN拍了两张照片说道："那这是什么地方呀？"

"朱丽叶之墓。"

其实我读过的莎翁作品极少，只有《仲夏夜之梦》《奥赛罗》和《罗密欧与朱丽叶》。其实我对情情爱爱的故事并没那么热衷，可对莎翁笔下的爱恋却另当别论。

《仲夏夜之梦》发生在古希腊，讲的是从四角恋到有情人终成眷属、皆大欢喜的戏码。

《奥赛罗》发生在威尼斯，讲的是一对儿老夫少妻，丈夫被挑唆怀疑自己老婆与人有染，最后生生掐死爱人的悲剧。

走进被高大树木荫庇的茱莉亚之墓，广场内立着一座梁山伯与祝英台"化蝶"的雕塑，下方还有中英文解说。

穿过广场，我一边跟 SUN 讲着罗密欧与朱丽叶的故事，一边沿着一条窄窄的楼梯往地下走去。待走到底，穿过一扇小小拱门，便看到一口空棺静静躺在中央。

故事中，朱丽叶假死醒来，看到为爱殉情的罗密欧倒在血泊中，万念俱灰的她，用匕首刺穿了自己的心脏。传说中，这口巨石棺椁便是朱丽叶的葬身之地。

向棺内望去，当我看到棺底铺着一层鲜花时，我微微感到欣慰，这要是铺着一层硬币，我估计当时就得笑场。

朱丽叶之墓并不大，不到半个钟头，我和 SUN 就逛完走了出来。

等再次回到埃尔贝广场的咖啡馆，才坐下，就听 SUN 说道："达瓦，你说罗密欧和朱丽叶怎么那么笨啊？一点都不像大家族里培养出的孩子。"

"啊？这是为什么呀？"

"你看，朱丽叶吃药假死这么大的事，就写了张纸条，都不知道在别的地方留点线索。罗密欧也是蠢，看到朱丽叶躺在那儿，也不知道赶紧找个医生来看看还有没有救，直接就自杀了。就算他真以为朱丽叶死了，怎么也得守一夜吧？"

听到 SUN 劈头盖脸一顿评论，我竟连连语塞，不知从何说起。

正在我琢磨着，是该先跟她解释，朱丽叶为什么在豆蔻年华死去是最好的结果，还是跟她解释，悲剧对世界和人心的净化意义。SUN 的另一个问题却带着力拔山河之势，卷进我耳朵。

"达瓦，等咱们老了，你希望咱俩谁先死呀？"

啊？这是什么问题？新的求生欲测试吗？现在的求生欲测试都这么凶猛了吗？

"呃……这我倒是没想过啊，那你觉得，我先死和你先死有什么区别呢？"

没想到 SUN 却没接我的话茬，自顾自继续说道："我希望你先死。"

听到 SUN 的话，我微微有些心寒，虽然我也希望 SUN 比我活得久，但依然有些失望：难道不应该盼着自己的爱人长命百岁吗？

可听了 SUN 接下来的一段话，我却差点流下了眼泪。

"达瓦，我要是先死了，你一定会受不了的，以后的你一个人肯定会特别难受。所以，我要死在你后面，这种痛苦就让我来承受吧。"

说完，SUN 露出一个大大的笑容。

吾之意盖谓以汝之弱，必不能禁失吾之悲，吾先死，留苦与汝，吾心不忍，故宁请汝先死，吾担悲也。

——林觉民《与妻书》

意大利·罗马

　　"罗马许愿池代许愿，50元一次，含许愿币一枚，保证扔进水里，愿望没实现不退款，有违道德和法律的愿望不接单……"

　　发完这条"丧心病狂"的动态后，我拉着SUN穿过人群，朝许愿池挤去。

　　罗马许愿池又名"特莱维喷泉"，因为电影《罗马假日》而风靡全球，可以算是南欧最出名的一座喷泉了。而往喷泉里扔硬币许愿的习俗，则来自另一部电影《罗马之恋》。

　　电影里原版的许愿方式是：背对着许愿池抛出三枚硬币，这样就能找到真爱。

　　抛开许愿的功能不说，这座喷泉本身就是一件无比精美的艺术品。

　　喷泉的雕塑群以海神胜利归来为主题，气势磅礴。

　　雕塑群正中间是海神，脚下的两匹骏马被半人半鱼的男性使者牵着，一匹桀骜不驯，一匹驯良顺从，分别象征汹涌与平静的河流。海神的背景是四位女神，象征着四季。

挤到许愿池跟前，我掏出两枚硬币对着SUN说："我数三二一，咱们就一起扔硬币。"

"扑通"一声，许愿币应声入水，我们转过身来，深情款款、四目相望。

"达瓦，你刚才许的什么愿望啊？"

"这个……说出来是不是就不灵了？"

"那你反着说不就好啦。"

"好吧，我试试……达瓦和SUN不能白头偕老。"

"嗯嗯，挺好。"

"那你呢？"

"达瓦每份保险的受益人都不是我。"

……

在罗马许愿池差点被"暴击"致死的我，拒绝了SUN同游斗兽场的邀请，独自去往圣保罗大教堂。在去圣保罗的路上，我突然想起了一句顺口溜：寒风似斧，斧斧逼人穿秋裤；岁月如剑，剑剑催人买保险……

罗马是伟大的，万神殿、古罗马遗址、圣天使堡。

罗马亦是瑰丽的，纳沃纳广场、四河喷泉、真理之口。

关于罗马那些绮丽的传说不胜枚举，可恰恰因为如此，要写一篇完美的罗马游记才困难无比。稍不注意，这本《侣人星球》就变成《罗马星球》了。

其实"取舍"一直以来都是中国人的天赋技能。可在这座城市，任何一次内容上的取舍，都可能舍本逐末、断章取义。无不取，却无法取，这是一座积案盈箱，又空空荡荡的城市。

多番取舍后，我最终决定，既然要断离舍，何不断得更彻底一些？

不谈罗马帝国，不谈永恒之邦，不谈安妮公主，甚至不谈关于罗马的众多电影。只用纯一无杂的力量，剥开光环下的种种迷雾，单纯地看看这座城市本身。

窄窄的巷子在周围高耸的建筑群中渺小又压抑。城市结构富于节奏感的同时，也在完美无瑕中，透出一股"短兵相接"的惨烈。整个城市如同一个硕大的斗兽场，岁月的冲刷下，能胜出的，都是精华中的精华，可淘汰下来的，却也不见得就是糟粕。

游客拉动行李的"沙沙"声，喷泉汩汩作响的流水声，街头艺人的歌声，共同交织成了罗马舒缓的和弦。

咖啡馆里飘出的咖啡醇香，古建筑里透出的黏腻雪松香，博尔盖塞公园里飘来的尘土香，一同调制成了罗马厚重的基香。

不知不觉中我意识到，那些游人眼中的美景，与这些鲜活的"底蕴"仿佛产生了对抗，城市越古老，生命力越是旺盛。

"达瓦，你少喝点，不要钱也不能喝这么多啊，喝坏肚子怎么办？"从斗兽场回来的SUN，看着我不停往嘴里灌气泡水，忍不住说道。

欧洲很多城市的街道都设有免费饮水器，但像罗马这样免费提供气泡水的，我还是头一回见到。

本着"有便宜不占就是吃亏"的心态，我几乎只要看到街上有墨绿色的饮水机，就会冲上去灌一大瓶，还是现场喝完。

然而，我这种占起便宜没够的德行，很快就遭了报应。

人家的确是实现了气泡水自由，可不代表人家上厕所一并跟着实现了自由啊⋯⋯

"达瓦，我实在是跑不动了，你自己找厕所去吧，我就在地铁站等你。"

我连"哦"一声的力气都没有，生怕一个分神，就"倾盆霹雳虎狼惊，滚滚山洪眨眼生"。

罗马的公共厕所实在太难找了，或者说整个欧洲在这方面都缺乏规划。为此，当地人甚至发明了一款专门用来找厕所的手机软件。

我在街上狂奔了好一会儿，终于找到了一家看着不那么贵的咖啡馆，以购买一杯咖啡为代价，得以"泄洪"。

实话实说，我真的感叹罗马人的智慧。

"上厕所要点咖啡"这件事本身就是个伏笔，咖啡可是利尿的，注定下一回也得给其他咖啡馆做贡献。

傍晚时分，我和 SUN 在罗马火车站附近落魄的街区找到了一家中餐食肆。

这家"华味居餐馆"，是我和 SUN 近几个月来，见过的最好的中餐厅了。

味道好不必说，他们家用的大米都是从东北空运来的，那做出来的大米饭，香气四溢，关键是价格还良心。

牛肉炒面 5 欧元、广东炒饭 4 欧元、炒空心菜 4.5 欧元、腰果虾仁 7.5 欧元、椒盐排骨 6.5 欧元。这些价格相当于四五十人民币了，乍一看并不便宜，但总比巴黎 9 欧元一小盘的蘑菇炒肉可便宜多了。

　　吃完这顿堪称完美的晚餐，我和 SUN 打着饱嗝心满意足地回到旅馆。

　　坐在阳台看着夜色中的万家灯火，我忽然发现，电影中的罗马只是幻觉，扎扎实实抚过"她"每一寸肌肤，嗅过"她"每一缕芬芳，你终会发现，再古老的历史，都不及此时叹息一句："呵！罗马，岁月再长，你终不过是少女啊！"

意大利·罗马

希腊·圣托里尼（一）

如果说，爱琴海是地中海上最美丽的一颗珍珠。那么圣托里尼岛就是阳光在这颗珍珠上留下的，最耀眼的一个光斑。

待抵达圣托里尼的伊亚镇时，刚好是下午六七点。这个时间，本该是圣岛一天中最美的时刻，可惜圣岛下雨了。

其实，下雨这种事我早有预料，对于季风气候的圣岛来说，每年唯一的雨季便是现在这个月份。可即便有所准备，当真正面对大雨瓢泼中的圣岛，依然失望不已。

我们跟在酒店的向导身后，沿着小岛的白色小路，打着伞深一脚浅一脚地朝我订的海景房走去。

一路上，SUN 担心相机进水，就把相机塞进了冲锋衣里，低着头、哈着腰，看着要多狼狈有多狼狈。

一路过去，原本小石子砌成的阶梯全变成了瀑布，水流"哗啦哗啦"从山顶凉到我心里。

路上的行人，躲到路肩建起的房屋地基上，一跳一跳避让着"湍急"的雨水。

驮着货物的驴子，小心翼翼地挪动蹄子，生怕一个打滑滚下坡去。

待来到房间，我和 SUN 就跟刚从水里捞出来一样，再被海风那么一吹，冻得我们差点原地冬眠……我和 SUN 的心，跟着这场突如其来的大雨，一齐跌到了谷底。

取消了前几天就订好的海鲜大餐，待洗完澡后，我们生无可恋地直勾勾躺倒在床上。大眼瞪小眼等待月没参横，等待旭日东升，等待上天怜悯，重新赐我们一个碧空如洗的圣岛。

第二天一早醒来，我隐约感觉到外面的雨点声消失了，便叫醒 SUN，兴冲冲地跑到门口。一打开房门，冬日特有的温暖洪水般冲进了房间。

当阳光洒在脸上，我们就像同溺水的人抓到浮木，迷路的人看到炊烟，心中不由暗叹：苍天待我不薄啊！

SUN 的相机从离开酒店起就没停过，一路跟着它的主人努力地工作着，而我一人落在 SUN 身后，欣赏起此刻的圣岛。

圣岛的清晨，如腼腆的豆蔻少女。四处的白色石墙如她洁白的肌肤，在阳光下熠熠生辉。镇上的房子密密麻麻地依托着悬崖，远远望去雪白一片。

此时岛上的游客并不多，难得碰上几个也都提着行李行色匆忙，似是准备离开。

现在想来，昨天那场大雨，似是来自圣岛的一份包装都破损了的见面礼，却没想到，拆开包装后，里面竟藏着这么一个明媚的清晨，随之附赠的还有是一张"贺卡"，上面端端正正写着七个字：人生不必如初见。

圣托里尼应该算是我去过的小岛中，均衡感最好的一座，好到我甚至都舍不得叫它全名，只是亲切唤它一声"圣岛"。

圣岛的美，源自一种从未有过的、俯视大海的视角。大多数海岛从中央到海岸都是逐渐平缓的地形，即便有悬崖，也是光秃秃一片。如此这般，身在其中，只会醉心于大海的壮丽、沙滩的柔软，却很容易忽视海岛本身的俏丽。

但圣岛不是这样，超过45°的峭壁上布满白色的房屋、点缀其中的蓝色屋顶、蔚蓝的大海、头顶的天空和远处微微泛白的海天一线，组成了一幅巨制油画。

更有趣的是，这幅油画并不给你任何转弯的机会，只要你身在其中，就会被完整地吞掉。

这到底是怎样一种美好啊！

我在心中不断感叹，或许上天正准备作画，却不当心将最蓝和最白的两支颜料打翻了，那从罐子里涓涓流下的颜料，正正好好落到了爱琴海。

于是，圣岛便诞生了。

我这么看着，想着，不一会儿就走到了伊亚镇顶端的小广场。隔着老远我就看到 SUN 端着相机，对着大海一阵"狂轰滥炸"，连我走到她身边都没发现。

正当我陶醉在美景中时，旁边却响起了音乐声。我回头一看，一个戴着牛仔帽的中年大叔正抱着扇形的里拉琴，边弹边唱，歌声悠扬。

这一刻，我真的醉了，陶醉到满心欢喜，却无从说起。

日头一点点升高，圣岛"豆蔻年华"的腼腆一并慢慢退去，取而代之的，则是少女的热烈。

正午的阳光刺得眼睛都有些睁不开。SUN实在扛不住这般毒辣的太阳，便拽着我逃回了旅馆。

"达瓦，我要泡个澡！"

我们在圣岛的住宿是SUN选的，直到入住后我才发现房间外竟有一个巨大的浴缸。

昨天刚到时，我还没在意，这大冬天的，总不能在室外泡澡吧，却没想到，今天圣岛的正午让这大浴缸有了用武之地……

"那可不行！万一让人看见怎么办！"

然而，我的极力反对并没有起到什么作用。SUN当下给了我两个选项，要么在房间外的浴缸里泡，要么她下悬崖去海里泡。我一想到悬崖上几万人一起看SUN在海里游泳的场景，头皮都发麻了。

最终我做出了妥协：可以在大浴缸泡，但必须穿泳衣。

可就在SUN"料敌先知"一般，从背包里拿出一套比基尼泳衣的时候，我不禁感叹：全是套路，全是套路啊！

我们就这么泡在浴缸里，直到临近黄昏才走出房间。待再次回到山顶的小广场时，原本零零散散的人群已变得人满为患，无数人都挤在朝海的白色围墙边。

我牵着SUN的手挤进人群。当站到围墙边的时候，我顿时被眼前的日落击得"片甲不留"。

原本蓝白相间的小岛，被残阳染成红茶透亮的汤色。

此时的圣岛，像是待嫁的新娘，一颦一笑具喜庆，一行一止具得体。我和SUN如同钻进了新娘出阁的巨大婚轿，夕阳卷动着火红的彩霞，先是洋洋洒洒撞上我们的脸，再大大方方落到海面。

两旁的喧闹不再如何聒噪，倒像是"迎亲"的人群，慷慨地献出祝福。

待太阳落下，夜幕升起，圣岛再次换了模样。整座小岛退去了白日的燥热，人群散去，只余清凉的海风吹拂着山岗。柔和的灯光从白色的房子里点点亮起，像极了老妪在夜色中，为归来的游子点上的一盏盏小橘灯。

从豆蔻年华，到活泼少女，再是待嫁新娘，最后到守灯老妪，这便是圣岛的一天。

多么幸运，我们就那么事无巨细地经过了它，看到了它，最后，记住了它。

希腊·圣托里尼（二）

古人说，人生有四大喜：洞房花烛夜、金榜题名时、他乡遇故知、久旱逢甘露。前两项和最后一项我都完成了，唯独这"他乡遇故知"还从未有过。

说来也有趣，在古代，"他乡遇故知"这件事最困难的地方在于"他乡"和"故知"，可现代社会，最困难的地方却变成了"遇"。

每当你在社交网络上发一条动态，或者曝出行程，无论你身在何处，都会有老朋友跳出来与你相认，然后要么约在某处相见，要么在网络上对酒当歌。"遇"再没了"烽火连三月，家书抵万金"的珍贵，彻底沦为电影的"预告片"，提前三个月就呈到你面前。当然，不是说这样不好，但却少了几份"遇"的惊喜和珍重。

然而没想到的是，我人生中第一次"他乡遇故知"，竟发生在圣托里尼岛。

这天中午，我和SUN正在费拉镇上一家餐馆里吃面，这时一个带着试探的声音，从背后传来："达总？是你吗？

达总？"

我惊讶抬头。

"你是……你是安总？不会吧！安总！怎么在这儿遇到你了？！"

说完这两句话，久别重逢的俩人就那么盯着彼此，嘴里像是塞满了消音的海绵，久久开不了口。

SUN 坐在一旁，嘴角还挂着根面条，直勾勾看着我们，估计正想：你们直男间的称呼怎么能油腻得如此朴实无华……

李安全，译名安总，曾在国内某知名互联网公司任职。辞职后，安总仗着家底殷实，成为职业旅行家，常年混迹在各地青旅里讲段子。

当年，我在成都青旅认识他的时候，就是被他率性谈笑间的无敌气场折服，与之结交。

那之后，我们在很长一段时间里都天天腻在一起畅聊天地，哪怕我离开成都后，基本也每周都保持着联络。直到我定居大理，有了 SUN 的陪伴，我跟安总的联系逐渐不再那么频繁了，到后来，也就逢年过节发个祝福信息。有时候，男人间的友谊就是这样，不去打扰，就是最好的陪伴。

由于这次相遇太过突然，而且看安总一身服务生的装扮，好像也不太方便。我们稍稍寒暄了几句后，便约定今夜酒吧不醉不归。

入夜，海边小酒吧。

一见面，我就和安总用力抱在了一起，几年间累积的疏离感顷刻间烟消云散。

我们在酒吧喝着、聊着，发现彼此其实都没怎么变，只不过我胖了，他瘦了，我有了自己的家庭，他却还是单身。

"安总，我跟你弟妹是来旅游的，可你怎么还到国外讨生活来了？"酒过三巡，我的嘴也没了把门的。

安总沉默了一下，没接我的话茬："这里不是说话的地方，走，咱们换个地方。"

走出酒吧，海风一吹，微微的酒意消耗殆尽，我这才意识到刚才的话有多失礼，紧紧巴巴说了句："安总，对不起啊，刚才我不是那个意思。"

"嗨！没事儿！去店里坐会儿吧。"安总大大咧咧说着，带着我们就往中午我们相遇的店里走去。

来到店里，安总给我和 SUN 倒了两杯茶。正当我尴尬得不知怎么开口时，安总却自顾自地说起了他的故事。

"前几年，哦，就是你离开成都后那一年，我妈去世了，一个人起夜喝水，直勾勾倒在厨房，叫来救护车直接送到重症监护室，三天人就没了，一句话也没有留下……我以前说自己是富二代是吹牛的，我就是个普通单亲家庭里长大的孩子。我妈去世这件事对我打击很大，处理完我妈的丧事，我再也没了到处玩儿的心思，在老家找了个工作，又上起了班，之后两年又换了三家公司，从东北一路换到福建，不为别的，我就想离我妈远点儿，不然老想起她。"

说到这儿，安总眼圈红了。他努力仰起头，用手使劲儿搓了搓脖子，我和 SUN 坐在对面连大气儿都不敢喘，只能默默背过头去，留给眼前这个男人最后一点体面。

不一会儿，安总平复了心绪，扔给我根儿烟，自己也点上，继续着他的诉说。

"可是中国就这么大，我再躲还能躲哪儿去？有次出差，看到飞机座椅背后贴着希腊投资移民的广告，我心动了。再三考虑之后，我最终决定来希腊定居。7000公里，已经是我能想到的离我妈最远的距离了。那之后我辞了工作，卖了老家的房子，加上我多年的积蓄，勉强在雅典购置了房产。"

"那……这两年，你回过家吗？"我谨小慎微出声道。

"没有。"

"一次都没有吗？是因为办理永居之后必须在希腊待着吗？"

"这倒不是，希腊投资移民没有移民监，不过……"安总的语气沉了下来，周围空气仿佛都跟着凝固了一般。

"我妈都走了，家就没了，家都没了，还哪有地方能回？希腊在北纬36°、东经25°上，往东85°，就是老家的方向。清明过年啥的，我就朝那个方向烧烧纸，念叨几句。"

安总掐灭了烟，双手抱胸，边摇头边苦笑，曾经眼神中的披荆斩棘，竟在不知不觉中被现实割袍断义。

我借机岔开话题："安总，希腊房子肯定不便宜吧！看来这些年你家底还是可以的嘛！哪有你说的那么惨呐！"

安总稳定了一下情绪，继续道："这方面你想多了，希腊的房子其实并不贵。我有个大学同学在希腊做贸易，就绕开了中介，自己找房源，省了不少事和钱。虽然近几年希腊经济越来越不好，但好歹也是旅游城市的房子，给外国人度假也不愁租。"

我见安总恢复了一些，便调侃道："安总，你这也太谦虚了，不是你风格啊！好歹也是坐拥欧盟房产的男人，说得跟买了个养鸡场一样。而且看样子，这家小店也是你的吧！像你这么优秀的男人可以骄傲一点，我们不会仇富啦！"

"你啊！光看见狼吃肉了，见过狼挨揍吗？哪有那么容易啊！"

安总听我刚才那么一说，立马回嘴道："说是说我在欧洲有房，可一年下来交的税和杂七杂八的费用，就得好几万。雅典不比圣托里尼，短租成本高，长租还舍不得自家的装修，我要不是在圣岛还有事可做，生活会更难，而且我们这种永居居民是不能在当地工作的，挣钱也得偷偷地挣，不然被抓到就麻烦了。"

"那你咋不在圣岛买房子呢？都是旅游城市嘛！而且我看圣岛的房租比雅典高多了！"我接着问道。

"我倒是想啊，达总，你不知道希腊有多落后。你看这几年，国内微信和支付宝支付已经很普及了吧，可希腊还是现金加 POS 机，倒不是他们不习惯手机支付，实在没这个技术啊！再说买房，雅典还稍微好点，至少户籍信息能在系统里查到。但圣岛根本没这条件，他们现在用的还是纸质的户籍册，房子要卖，就得一本一本往回翻。我之前看上的一套房，在户籍册里翻到爷爷辈儿就找不到了，一间房可能好几十个人共同持有，还查不到，你说咋买？"

听着安总的述说，我和 SUN 默默对视了一眼，都看到了彼此眼中的震惊。

"唉……"

安总说完这些，摇了摇头，续上一根烟，幽幽叹息道："实话实说，但凡在国内还有一丁点儿盼头，谁又会出国谋生？那些在国外混得风生水起的，又哪一个不是在国内有大把的家业？国外生活的不容易你们不会懂，说是说欧洲国家的医疗好，但是在我看来，这些都不如咱国家一张社保卡靠谱。"

我和安总就这么一直聊，一直聊，直到窗外鱼腹泛白，我才跟安总道别。

这次道别，我们都比当年在成都分别时更加用力了些，因为我们都懂，这一别，便是百年分离在须臾。

抱起熟睡的 SUN 回到旅馆后，我躺在床上，止不住地想着安总说的那些话。

前段时间，我跟我另一个在阿曼苏丹国做皮包生意的好兄弟还聊起出国谋生这件事。如今想起，他和安总的说法竟惊人的相似。

月是故乡明，哪有不敢逆流而上的鲑鱼？哪有不想挂冠归去的游子？然而念念不忘，却未必会有回响；代马依风，未必能借到东风。

每一句"身不由己"的背后，都是一场与"过往"阴差阳错的纠葛。看似全身而退，却终是敌不过"东85°"的眺望。

希腊·米克诺斯

如果说圣托里尼的魅力在于"直给",那么米克诺斯的魅力便在于"韵味"。

这种差别,就好比在一场"小岛选美大赛"上,"圣岛"的相貌和身材给观众带来了无与伦比的冲击力,而俏生生立在"圣岛"身边的"米岛"乍一看没什么特别之处,但越看越有味道。到后来,观众将桂冠给了"圣岛",却偷偷爱上了一旁的亚军"米岛"。

原本我们计划中并不包含这座小岛。

作为希腊数一数二的富人度假岛,米岛的消费水平高到令人咂舌。

不过就在前两天,安总给我介绍了一个在米岛上做酒店的内蒙古老乡,说愿意免费接待我们过来玩两天,包吃包住。

于是,我们毫不犹豫踏上了前往米克诺斯岛的渡轮。

经过四个钟头的行船,我们抵达了米岛。

一下船就看到一个戴着草帽的本地小哥,举着我们的名字在码头等候,我和 SUN 顿时受宠若惊。

去酒店的路上跟小哥聊了一阵才得知，我这位做酒店的老乡根本不在希腊。我一边表达着遗憾，一边暗自庆幸：不然这么大一个人情，我得陪多少酒才能应付过去啊……

于是，我和 SUN 过上了吃喝不愁的神仙日子。

虽说米岛并不小，但实际上也就码头附近一片有人，其他地方都是些高档度假酒店。

我们顶着海风，逛到了海边。

说来奇怪，这里最多的店铺不是咖啡馆和餐厅，而是各种各样的奢侈品店，真不愧是富人度假村啊。

我们慢慢走到了米岛的"小威尼斯"。

说是"小威尼斯"，实际上就是海边十来栋两三层楼高的"基克拉迪式"房屋。但好在全都漆成了白色和蓝色，乍一看倒别有一番滋味。只是一阵大浪，海水都会拍到二楼窗户上，看着就不太安全。

我牵着 SUN 的手，走到"小威尼斯"旁一片礁石海滩上，找了块较大的岩石，依偎着坐下。

"达瓦，以后咱们有钱了，我想买一栋小岛上的房子，再有个院子，自己种种菜什么的。"

"你到底是喜欢小岛，还是喜欢院子呢？"

"这我也不知道。"

"那你是想在小岛上有个院子，还是想在大理有个院子呢？"

"那还是在大理吧……那你呢？你想不想有个小院子？"

"我啊，我想在有你的地方，有一个院子。"

我深知这种土味情话对 SUN 的杀伤力，为了巩固一下"战果"，说完之后，又轻轻刮了一下 SUN 的鼻子。

　　果然，SUN 听完后温顺地依偎到了我的怀里。

　　坐在礁石上，拿出保温杯喝了几口热茶，没过一会儿，见风越来越大，我便搂着 SUN 朝另一个方向走去。

　　不知不觉，我们来到了"风车阵"。

　　对于不怎么出名又没什么特点的米岛来说，风车阵算是一张难得的名片了。

　　并肩而立的五座风车始建于 16 世纪，却跟我们印象中的田园风车，或者风力发电的大风车，都不相同。

　　高五六米、矮矮墩墩的白色塔身，搭配红色的小门，在蓝天下煞是好看。

　　风车顶部用茅草盖成，风轮上没有风叶，只用六根木条搭成十二片风轮辐条，顶端还绕着线。风轮圆心处单独支出一根辐条，用线跟其他十二片辐条相连。

　　乍看之下，完全不像是风车，倒有点像卫星天线接收器或者老式手摇纺车。

　　米岛并没有圣岛那么陡峭，看似不高的风车阵，已是小岛的制高点，站在这里便能俯瞰小岛全貌。

　　听酒店接待我们的小哥说，这五座风车原来都是磨粮食用的，岛上通电之后就弃用了，现在只是个景点。但无论我如何想破脑袋，都想不到结构如此古怪的风车要如何运转。

　　待 SUN 拍完照片，从风车阵的山头下来，我们回到"小威尼斯"的海边。

原本门可罗雀的海滩热闹了几分，许多下午还关着门的小店也招揽起客人。

我和 SUN 找了家咖啡馆坐下，此时岛上的风早已没了下午的"嚣张气焰"，只是轻轻抚慰着这座小岛。

太阳一寸一寸朝海面落去，远处的邮轮变成了剪影，几只海鸟盘旋在邮轮上空，就跟一幅剪影画一样。

相比之下，圣岛的夕阳更有感染力，但米岛的夕阳却似一件毛衣，紧紧裹住我的胸腔，说不出哪里美，只觉温煦无比。

"达瓦！我想到了，我想好以后要在哪里有一个院子了！"

"哦？哪里？"

"我想要在每一个能看得到日出，看得到日落，看得到月升，看得到月降的地方，都拥有一个院子！"

"这么多院子你也住不完吧？"

"不，因为你就是我的院子。"

希腊·雅典

"我敬爱的雅典娜女神，请允许您的天马座圣斗士邀您共赴圣域，摧毁教皇的野心。"

我半蹲在床头对着 SUN 做出一个英国管家的姿势，逗得 SUN 哈哈直笑。

是的，我们到雅典了。

说起我孩童时期的文学启蒙，一个是唐诗，另一个就是希腊神话。

那时候，父亲成天逼着我背《蜀道难》《将进酒》和《长恨歌》，一段一段背，背不出就站在墙角思过，我也不懂，背不出书而已，我有什么"过"可以"思"的？

到晚上，我就偷偷躲被子里看希腊神话，一边恨死那些又臭又长的名字，一边被里面的故事吸引得如痴如醉。

稍微长大点，我开始觉得神话故事都是小孩子看的，这一弃便是十几年。

那时我才多大啊，哪里分得清神话和童话的区别？又怎么会明白童话里的王子和公主，看似应然，却是实然，而神话里的宙斯与赫拉，看似实然，实则应然。

直到 2012 年，读到木心先生的《文学回忆录》，幡然悔悟，果然孩子才是这世上最勇敢的战士。

木心先生在开篇提到一则寓言：万国交界处有片森林，林中一猎人，起木屋，容一人一枪。一年冬夜，狂风暴雨，有人敲门，门开，一老太太躲雨，迎进门。才安顿又有人敲门，一对女孩儿，再迎进门。门再响，一将军带十余人，又迎进来。再有人，西班牙公主携众多马车，都要躲雨。雨终夜，屋里有笑有唱，天亮雨止，众人离去，木屋依然只容一人一枪。

一辆载重 20 吨的卡车只能拉不到 20 吨的货，超则罚，或人罚，或天罚，这是常理。

可古希腊的神话不管这些，他们就是偏执地相信，林中的木屋是为躲雨而生，就算全天下都要躲，木屋也一定躲得下，不光躲，还要载歌载舞。

看似逼仄的木屋，便是心灵的载体，有心即是神灵，神灵无限大，心灵便无限大。

雅典，作为希腊的首都，更将这种"厚德载物"展示得淋漓尽致。行走其中的思感，与意大利和法国截然不同。

我甚至开始有种错觉，去欧洲别的国家是为了见大师，而来雅典，则是为了见诸神。

大体上说，西方艺术史是以"文艺复兴"为始端，而欧洲绝大多数现存的建筑、壁画、雕塑也都是十三、十四世纪后的大师作品。

可文艺复兴，从来都不是踏入欧罗巴艺术江湖的唯一"入场券"啊!

跟急于证明自己的"毛头小子"不同,雅典这位"世外高人"每每出招前,都先给你来段史前神话,看似阳春白雪、曲高和寡,可偏偏人家就有这个底气。

大多数建筑都是在两千到三千年前的古希腊文明时期建造的,古希腊人执拗地将每一座"林中木屋",都修建成了能容纳寰宇的神庙。

西方有谚语:辉煌属于希腊,荣耀归于罗马。不夸张地说,整个欧洲只有两个支点:希腊和罗马。

罗马虽说也有那个时代的影子,像斗兽场、君士坦丁凯旋门,但却远不如雅典这么纯一无杂。

我和 SUN 爬上雅典卫城的巨大建筑群,苍茫中竟有几分伊朗波斯波利斯的穿越感。

太多时候,精美恢宏的教堂和城堡给予我的,是在美好面前的自惭形秽。可面对废墟,我却能感受到灭世后,某个王朝残留世间的庞大魂魄。

这么说来确有几分诡辩之味,却是我真实的想法。有人喜欢流动的、鲜活的生命力,就必有人热爱死后被固化在原地,不被理解、不被遗忘的荒芜。

"庞贝册为我封地时,庞贝已是废墟。"

抚摸着巨大残破的石基,我依稀感受得到,那深深的遗憾之中,却不带一丝不舍。

"SUN,你能不能在这儿自己先拍会儿照片?我到别处转转。"

SUN 见我仿佛又被勾走了魂儿，乖巧地点头。

此处是希腊卫城的制高点，站在围墙边就能俯瞰整个雅典，可我的心却丝毫没被眼下的开阔征服，只想静静看着这座众神的废墟。

"帕特农神庙"是整座雅典卫城的中心，这是一座由整整五十根廊柱鼎立而起的巨大建筑。廊柱直径近两米、高度近十米，撑起的神庙足有半个足球场那么大。

如今庙顶早已坍塌，只剩下东西两侧的巨大门楣上还残存着浮雕，剩余的装饰和雕塑尽数毁坏。

"帕特农"意为"贞女"，也是雅典娜的别名，雅典的守护神便是雅典娜，因此兴建这座神庙的初衷，就有守护雅典的意思。

这不禁让我想起之前在卢浮宫看到的一座"一身戎装"的雅典娜雕塑。

据说那尊雕塑，就是后人根据帕特农神庙内的雅典娜为原型复刻的。

"伊瑞克提翁神庙"在"帕特农神庙"背后，面积比帕特农神庙小一圈。朝南而立的六座少女石像柱立于天地之间，每一位少女都穿着宽袖大袍，丰腴的体型显露无遗。虽然这六座雕塑的手臂都已丢失，但从残存的大臂看来，她们无一不是集优雅与力量于一身的女子。

少女石像的裙摆之下，似是踮脚一般微微曲起一条腿，让少女行云流水的曲线，一笔到底。"她们"面部颧骨高高凸起，下巴微微收起，让脸上的轮廓更加优美。脑后的头发一泻而下，仔细看去，依稀可见发丝细节。

木心先生诗云："希腊民族不是受祭祀支配的，他们受诗人引导由艺术家缔造。"

我不禁痴痴地想着：到底是何等滚烫的热爱，才能缔造出如此风姿绰约的少女啊！

"伊瑞克提翁神庙"细分之下有三间神殿，分别供奉着主神宙斯、海神波塞冬和铁匠之神赫菲斯托斯，神殿之间以柱廊相连。

据说，北方神殿的天花板和地板上有方形孔，传说中，那便是放置波塞冬三叉戟的圣坛。

待再与 SUN 汇合，走下雅典卫城，我一双脚都是虚浮的。

经此一日，我终于明白，伟大之所以伟大，不是站在过去的肩膀上看到了未来，而是在寸草不生的未来里，植下不朽的种子。

匈牙利·布达佩斯（一）

匈牙利在我看来，应该是近几个月来，唯一一个第一印象分爆表的国家。

在匈牙利，欢喜都是自然流淌而出，尤其是布达佩斯。

"达瓦，你别急哦，我还想再拍几张有轨小火车的照片。"

"没事儿，你拍你的，我舒服着呢！"

此时的我，自顾自坐在小火车轨道边的石阶上，手里捧着在隔壁咖啡馆买的咖啡，悠然自得地看着面前的多瑙河。

这一路过来，天黑之后我和 SUN 基本是不会出门的。一方面这边商店关门都比较早，另一方面晚上的治安实在也不咋地。

然而，昨天抵达布达佩斯后，我却爱上了欧洲的夜晚。

昨晚八九点钟，我们乘着维兹航空公司满含少女心的粉色飞机，抵达布达佩斯机场后，坐上了前往民宿的有轨电车。

电车慢慢开着，窗外如走马灯一般从眼前掠过。

本应百业凋敝的街道，依然有不少小店开着门，虽算不上灯火辉煌，也总算有了光亮。

下了车，明明已离开了市区，可街上丝毫不萧条。各种土耳其烤肉店和杂货铺，充满了烟火气。

待来到民宿，坐着老式铁栅栏电梯在东欧典型的天井筒子楼里上下穿梭，就如同坐上了时光机器，一下穿越到了几十年前。

来到房间，看到桌上摆着一瓶房东赠送的香料红酒，忽然间就点燃了我对这座城市的无限憧憬。

"达瓦，咱们走吧。"

我被 SUN 叫回了魂儿，捧起她刚在街角买的郁金香，继续往前走去。

布达佩斯真的太干净了，地上不说垃圾，连灰尘都不多。

当然，我倒不至于单纯到以为这份整洁，跟国民素质有多大的关系，只是因为来布达佩斯的游客的确不多。易地而处，卢浮宫请再多保洁员，也解决不了玻璃金字塔边随处乱丢矿泉水瓶的问题。

我们逛了一整天，除了去了趟"渔人堡"，就是在多瑙河西岸宽阔的步行街上闲溜达，没走几步 SUN 就会停下来拍会儿照片。

走着走着，我忽地看到河岸边躺着几排金属色泽的小凸起。

"SUN，你看那边是啥？"

说着，我拉起 SUN 走了过去，定睛一看："这是啥？鞋？还是铁鞋……"

堤坝上横七竖八地躺着许多双铁鞋，款式、大小各有不同。这些铁鞋都被固定在西岸堤坝的水泥平台上，脚尖冲着多瑙河。

一开始我并没太在意，只当是普通的雕塑群。

实际上多瑙河西岸有许多有趣的雕塑，就在刚才，SUN对着一座坐在电车护栏上的小孩儿雕塑拍了半天。

但我的直觉却告诉我，这片雕塑群应该没那么简单。不说这些鞋就像一群准备集体跳河之人留下的，单是摆在雕塑前的那些蜡烛和花，似乎就说明了这些铁鞋不同寻常的来历。

旋即，我仔细看起横在一旁的相关介绍，顿时如坠冰窖。

这组雕塑是匈牙利雕塑家鲍乌埃尔·久洛于2004年创作的，用以纪念二战期间殉难的犹太难民。

1944年10月15日，夜，法西斯主义政党在布达佩斯发动政变，攫取了匈牙利政权。当晚，党徒将大批犹太人掳掠到多瑙河岸枪杀，尸体被抛进河中，只留下岸边的鞋子。

史册反复垂范，并不是所有人都是勇士，也不是所有人都有"敢于直面惨淡的人生，敢于正视淋漓的鲜血"的勇气。

雕塑建成三个多月后，就有三双鞋子丢失，另有几双遭到严重破坏。最令人发指的是，竟还有人在鞋子里放入猪脚，甚嚣尘上啊！

王云松老师曾说："铁鞋因历史而来，虽无声，却是动人的诉说；铁鞋伫立现实之中，虽无声，却见证正义与邪恶的交锋；铁鞋将走入未来，虽无声，却警醒人们要对历史保持忠诚。"

看完鞋子雕塑群，我兴致全无。再望向多瑙河时，阳光刺得眼睛生疼，眼下那一汪蓝流仿佛都变成了血红。

回去的路上，我竟然和 SUN 吵架了。

说吵架不够准确，只能算是理念上的争执。

起因是这样的：往回走的路上，我将刚才查到的有关铁鞋子雕塑的信息说给 SUN 听，可她却并没有表现出如我一般的愤慨和悲伤。

"我觉得，既然把雕塑摆在路边，就意味着这是公共艺术，也算是公共设施。虽说破坏公物确实不对，但雕塑家既然把作品摆在大街上，就得做好被抨击的准备，无论雕塑家还是大众，如果接受不了不一样的看法，就该把雕塑放美术馆里，有人再敢破坏，让他赔就好啦。"

"你这个切入点也太奇怪了吧？"

我虽对 SUN 独特的观点早有准备，但还是被她雷了一击，一面拉她坐到一旁，一面组织语言。

"SUN，你说的是有一定的道理，但这些小鞋子表达的是正确的普世价值观，那些被枪杀、推进河里的可都是平民啊！以极端去抨击普世，以偏见去看待世界，这件事本身就是不健康的啊！"

"达瓦，你这是道德绑架吧！如果一开始你就站在道德的制高点，去定义什么是正确的，什么是错误的，我跟你观点不合，就叫偏见，就叫不健康，那我就什么都不能说了，对吗？"

咦？ SUN 这么一句让我吃惊不已。

汉娜·阿伦特说："有辩论的时候，权威就暂时中止。"这么说来，这丫头说的也并没有错。

于是我稍微整理了一下措辞，继续说道："好，那先不管什么价值观，你觉得偏见这件事对不对？"

"对不对是一码事，可不可以是另一码事。人活一世，要连偏见的权利都没有了，那活着还有什么意思呢？就算不健康，那也是我的选择，跟别人有什么关系？"

SUN 这一段话，像是戳中了我的痛点，瞬间点燃了我的怒火。

"照你这么说，我如果对女性有偏见，那我想家暴就能家暴吗？"

"你这是偷换概念嘛！家暴犯法，有警察做主的啊！"

"可是杀人也犯法，更别提滥杀无辜了啊！再者说，这些雕塑的创造者也没去惩罚那些杀人者啊，只是用小鞋子无声地表达了愤怒而已。"

我顿了顿，调整好自己的情绪，看到 SUN 若有所思的眼神，继续说了下去。

"其实你刚才说得没错，每个人都有偏见的权利，毕竟法无禁止即可为，但是 SUN，你仔细想想，难道法律不禁止的就是对的吗？从 A 对 B 的偏见，到 A 对 B 群的偏见，再到 A 群对 B 群的偏见，这个过程该如何控制呢？偏见是一种暴力，是一种让你还没见到一个人，就能讨厌他的力量。想想那些网络暴力，不就是偏见造成的吗？"

"嗯，确实是不对，但我还是认为偏见是我的权利，我可以不用，但不代表我没有。"

眼见 SUN 依旧"精卫填海"般坚持着，我忽然不生气了，反而有些庆幸。

虽说跟一个事事顺着你的女人共度余生也很快乐，但找个SUN这样，虽然想法独特，但至少观点还算"正"，而且还有自己思考的人，吵吵闹闹一辈子，也别有一番乐趣。

"SUN，我们是善良的人，不会轻易使用偏见的权利，因为我们都知道偏见是人性的阴暗面。我们自出生开始，不就在努力扶正黜邪，克制自己的劣根性吗？克制懒惰，克制贪婪，克制妒忌，克制爱慕虚荣，同样地，我们也应该克制偏见。

我们都是群居动物，难免为了获得他人的认同而随声附和，但这不代表我们一定要把黑的说成白的，给不了解的人和事贴上标签啊！因为我们一旦这样做了，总有一天会让仇恨穿着那些小鞋子，走遍全世界。"

匈牙利·布达佩斯（二）

说起布达佩斯，倒与我大学某一段时期，有着不小的渊源。

上大学时，我有一任欧洲留学生女友，她叫 Sara，来自布达佩斯。当年她来我们学校交流学习，刚到学校第三天，我就在湖边见到了她。

那时我英文水平特别差，她中文还不如我英文，两人的沟通八成靠着翻字典和手语，但这并没有阻止我们相爱。

然而这份爱情来时风生水起，去时也是健步如飞。

一年后，她因为学校的安排，返回了自己的祖国。

临行前一晚，我们彼此交换了学生证，以那个年代对爱的理解，许下了无数山盟。

Sara 走后，我们保持了一年邮件联络，可这种美好终抵不过那横跨了欧亚大陆的藩篱。随着彼此找到新的伴侣，我们相互祝福，并默契地不再联系。

为了缅怀这段恋情，我大三时写了一个话剧剧本，讲述了在旅途中一夜云雨后的情侣，因为彼此心中的梦想不得不分开

的故事。

那个剧本的故事发生在一个通讯不便的年代，男女主人公一夜温存之后，约定一年后的同一天，在多瑙河的大桥上见面。如果相见了，便不顾一切在一起。

一年后，男生穿着一身西装，手捧郁金香来到多瑙河畔。可让他没想到的是，这条大河上竟伫立着整整九座这样的大桥，可当初他们并没有约定是在哪座大桥上见面。

无奈之下，男孩儿只能守株待兔，一年一座地守，他相信总有一天能等到女孩儿。直到第七年，他来到塞切尼链桥，看到一把挂在栏杆上的爱情锁上刻着他和女孩儿的名字，标记的时间正是七年前。

镜头一转，此时的女孩儿正穿着白色连衣裙，捧着一束郁金香，在男孩儿七年前等待的那座桥上，默默望向桥下的多瑙河。

就这么一个现在看来，笨拙到漏洞百出的玛丽苏故事，当年却花费了我四个月，外加成吨的眼泪。

其实，这么一个关于年少轻狂的插曲，在我心中早已化作尘埃，来到匈牙利时都没想起。

可当我踏上"塞切尼链桥"时，那个剧本连带着那段回忆忽地决堤般涌来，淹没了我心中那片无比荒凉的处女地。

布达佩斯曾是两个城市：布达和佩斯，靠着九座大桥相连。"塞切尼链桥"便是多瑙河众多大桥中最古老，也是其中最美丽的一座。

站在多瑙河岸边遥遥望去，桥头的两座石狮子如同守护宫殿一般，夜以继日地守护着这座古老的城市和脚下的多瑙河。

桥面上有两座巨大拱门，每座都有着不输凯旋门的气势，其间连接的众多铁链，如音符、如韵脚，谱写出老城的跌宕和静谧。

我从未想过，突如其来的回忆竟有着如此庞大的力道。

看着身旁的 SUN，我实在不想委屈了内心的百转千回，将我和 Sara 那些陈年往事原原本本告诉了她。

待全部讲完，如释重负。

那个我年少时最大的遗憾，似乎暂时失去了山崩海啸的力量，再次回到记忆的废墟中，无声无息地蛰伏起来。

"那你到现在还喜欢那个 Sara 吗？"

"二十年，压缩饼干都过期了，还有什么喜欢不喜欢的。"

"那……她还在布达佩斯吗？"

"这就不知道了，毕竟这么多年没联系了……"

我说到一半，忽然意识到什么，满眼不可思议地看向SUN："不会吧！连这种陈年老醋你都想闷一口吗？"

"闷你个头！"

SUN一把抢走我的手机，打开我从高中就没换过的邮箱，直接拉到收件箱最后几页，翻找起当年我和Sara互发的邮件。

"你当年英文确实不怎么样啊，你竟然不用sour，用acid，一看就是字典上查的吧？还有这里，你竟然在从句里套从句，分成两句不好吗……"

我听到SUN的点评汗流直下。

翻看自家老公跟前女友的聊天记录，竟然像批改作文一样，注意力全在找病句，SUN这丫头的脑回路到底跟别的女孩儿差别有多大啊！

"来吧，发邮件给她，要是她没回邮件或者不在匈牙利就算了，不然就约她出来见个面。"

"啊？你说啥？"

"切！你不敢啊？算了，还是我来吧。"

听到SUN的话，我白眼简直要翻到天上去了。哪有用激将法逼自己老公跟前女友见面的？发就发，见就见，这要是露怯，我以后还要不要面子了！

SUN很快发完了邮件，将手机交还到我的手上，一本正经对我说："达瓦，我这么做不是吃醋，按理来说，你的过去没有我，我不该参与。每个人都有自己的秘密，我也不想你每一件都跟我分享。但你既然告诉了我，我就必须为你做些什么，我们现在是一个家庭，丈夫的遗憾，作为妻子，我有义务帮你弥补。"

听着 SUN 的话，我都不知道该感动，还是该吐槽，见过懂事的，可这是不是也懂事过头了一点啊……

整个下午，我们玩得格外的开心，开心得仿佛这天地只属于我们一般。

其实每个人心头都会有自己的阴霾，SUN 就是那个愿意为我细心掸去每一丝灰尘的人。

时间来到第二天中午，Sara 真的回了邮件，而且，她竟也在布达佩斯，还主动约我和 SUN 今晚在一家餐馆见面。

我承认，看到这封邮件，我怂了。

我其实就是那么拧巴的人。在我的剧本中，男女主人公用了七年的时间才搞明白，"错过"的意义就在于"求而不得"中想象出来的美好。可我今天却要去将残章补全，这完全不像是我会干出来的事情啊！

然而，我还是去了。我没有为这顿晚餐做任何准备，甚至连胡子都没刮，衣服都没换，在 SUN 的陪同下，就那么风尘仆仆赶往餐馆。

一路上 SUN 没说什么，眼中尽是温柔，我看着身边的女人，同样一脸和顺，仿佛我们此时赶往的，并不是一场迟到了二十年的道别，而是年少时那片种满了青苹果的隐秘花园。

准时来到了餐厅，倒是 Sara 先认出的我。她向我和 SUN 介绍了她的丈夫，我也向她的丈夫介绍了 SUN。

曾经的情意绵绵，变成了如今略带僵硬的问候，整个过程，有礼有节，却充满了边界感，我不禁在心中一阵苦笑，也许今天的决定真的是个错误。

在我的剧本里，男女主人公与一个"承诺"相伴终生，可现实中，我和Sara都各自结婚，那时分手前的祝福竟一语成谶，虽然彼此身边都不再是当初的那个人。

四人一起落座，我和Sara对角相坐，有一句没一句地寒暄着。由于SUN和Sara的丈夫都没什么参与感，也不好多说话，气氛渐渐尴尬起来。

就在这时，Sara的丈夫站起了身，说出去抽根烟，让我们先聊，SUN心领神会，也以"出去拍照片"为由，离开了餐厅。让原本满满当当的四人餐桌，骤然间变成了两人的饭局。

在红酒的烘托下，Sara的眼中渐渐映出了些许唏嘘，而我也感叹着这些年的境遇，不知从何说起。

就在气氛愈发拘谨之时，Sara率先开了口："达瓦，我有个礼物要给你。"

说着，她从肩包里掏出一本皱皱巴巴的学生证，交到我手里，略带歉意道："对不起，你当年给我的学生证被我压坏了，我找了好久才找到的，现在还给你吧。"

"没想到你还留着这个啊，真的好多年了。"

"是啊，好多年了，我记得你那时候瘦得跟芹菜一样，还有腹肌呢，可是现在……"

说着，Sara有意无意朝我那餐巾都遮不住的啤酒肚看了一眼。

听到 Sara 的话，我哈哈一笑，饭桌上悄然升温，我和 Sara 仿佛打开了话匣子，开始分享着这些年的故事和心路历程。

当提及当初的爱恋时，我们都摇着头说，那时真的很美好，明知毫无希望依然飞蛾扑火，现在我们年龄大了，配不上那样的奋不顾身了。

酒过三巡，我和 Sara 都有些上头，却不仅因为酒。

买完单后，我们双双起身离开餐馆，才出大门就看到 SUN 和 Sara 的丈夫各自站在餐馆外的一个角落等着我们。我和 Sara 瞬间分开，走向专属自己的爱人。

分别前，我和 Sara 做了最后的道别，不知是借着酒劲还是浓绪在心，我和 Sara 不由自主地拥抱了一下。

SUN 和 Sara 的丈夫见状，也是识趣地别过了头去。

Sara 在我肩头轻轻说了一句："达瓦，谢谢你给我发的邮件，谢谢你还记得我们的故事，谢谢你给这个故事写了这么美好的结局。"

言毕，转身，Sara 搂着她丈夫的手臂扬长而去，一句再见都没有，因为我们都知道今生不会再见。

人生若只如初见，何事秋风悲画扇。望着远去的 Sara，我仿佛有一种了却尘缘后的大自在与大满足。而此刻怀中传来的阵阵温暖，让我更加坚定了正拥有的幸福。

蓦然中，我拥抱着 SUN 的臂弯不自觉地用力了几分。

"谢谢你，SUN。"

匈牙利·圣安德烈

"达瓦，你看！这附近竟然有个小镇叫山丹丹唉！"

我凑过去一瞅，果然如此，顿时好奇心大起。

一个东欧小镇怎么有这么一个黄土高坡里刨出来的名字？便随手查了一下。

原来，这座小镇真正的名字叫圣安德烈。"山丹丹"是当地华人叫出来的，距布达佩斯二十公里，坐火车四十来分钟的样子。

我想都没想，就对 SUN 说："媳妇儿！走！我带你去山丹丹看花开红艳艳！"

在欧洲游历，坐火车实在是一个很享受的方式。

一方面，这边城市的结构非常清晰，不是城市就是乡下。大部分欧铁列车一出闹市，就直接进入了乡下，几乎没有过渡。因此，每当火车开出闹市，看到的就是大片大片的草场。那偶尔纤立其间的小木屋，让火车车窗里的每一帧画面，都如同手机屏保一般赏心悦目。

火车到站，走出简陋的火车站，再没了多瑙河畔的精致与瑰丽，整座城市像是一潭池水，静得只剩下穿林打叶之声。

走进圣安德烈，沿着步道一路深入，路过一家外墙涂成黄色的小卖铺时，我突然有了些不知从何而来的熟悉感，我当时只当是以前去过类似的地方，反正这种小镇都差不多，就没多在意。

小镇路面都是用石头子儿铺成，经过岁月跟雨水的包浆，走在上面异常安适。

挂满金色落叶的大树，以犄角之势包裹住斜斜朝上的街道。沿街一排排二层小楼，都被改造成了饰品店和画廊，店里售卖的商品大同小异。由此可见，圣安德烈的旅游业已相当成熟。

在这里，无论小镇与游客，还是店铺与游客之间，都有着

刚刚好的距离感，不会远到让人陌生，也不会近到惹人尴尬。恰到好处的距离，造就了体验感十足的异国感。这种异国感指的是舍身事外又身在其中的一种体感，与是否身在异国没有太大的关系。

先说小镇与游客的距离。

小镇不大，全部逛下来也用不了太久，可其间小路的宽窄和复杂程度却刚刚好，既让人忍不住想去探索，又不会因此迷路。

再说店铺与游客的距离。

店铺里售卖的商品虽然比较单一，但装修却更偏向于体验和自选。除此之外，还有大量像是画廊这种自带体验感的商铺类型。

最后，商铺的店员与游客之间，也保持着良好的分寸和边界，既不会太过热情，也不至于找不到人，介绍商品时很有耐心，更不会强买强卖。

"达瓦，你看我戴这条手链好看吗？"SUN 一边兴致勃勃地试着手链，一边征求我的意见。

"我觉得还好吧，你要不再看看别的？"说着，我抬起头看了一眼店员，征求意见。

那姑娘朝我微微一笑："这里所有的手链都可以试。"说完还后退一步，让给我们更多的空间。

离开小店后，我和 SUN 沿着小路来到了一座小广场，看到广场中心一座顶着十字架的尖塔，我初进小镇时的那种熟悉感更加清晰起来。

到底是在哪儿见过呢？

我绞尽脑汁地想着，可脑中那个模糊的画面却如何都清晰不起来。直到我绕到一旁，看到咖啡馆外铺着的绿色地毯。

"蔡依林！是蔡依林的《马德里不思议》！"

SUN 被我没头没尾的一句吓了一跳："达瓦，你说什么？蔡依林？蔡依林怎么了？"

我不知该怎么解释，连忙掏出手机，顶着昂贵的流量，在网上找到了《马德里不思议》的 MV，播放给 SUN 看。

"你看！SUN！你看！MV 里尖塔跟眼前这个一模一样！这里是《马德里不思议》MV 的拍摄地！"我一边跟 SUN 说出我的发现，一边手舞足蹈地蹦了起来。

"SUN，你帮我拍个视频，我要在这个塔前面跳个舞！"

SUN 也是难得见我雀跃得像个小孩儿，二话不说便应了下来。

一个视频拍了八遍才完整录下来，可兴致盎然的我依然不过瘾，又在圣安德烈选了好几个不同的背景，把我还有印象的蔡依林的舞全录了一遍。

看着自己视频中认真的模样，仿佛一系列的流程走下来，就完成了一次对年少的朝圣。

每个人都有自己无法割舍，又不足与外人道也的过往。

那些在过去干过的傻事，看似只是某个阶段微不足道的追忆，但这些沉入记忆深处的老胶片，总有一天会泛起微光浮出水面，照亮你某一个阴云密布的午后或者一段并不精彩的旅程。

奥地利·巴德哥依斯恩

　　巴德哥依斯恩，一座群岭环绕、小巧精致的烟火山城。这里虽没有什么特别的风光，也没有多么便利的交通，但却足以满足你对乡村全部的幻想。

　　这天我和 SUN 深夜到访，原本计划是住一晚就离开，可第二天一早，我却改变了主意。

　　窗帘一拉开，急脾气的阳光，顺着阳台闯进卧室，"扑通"一声落进怀中，将我和 SUN，连人带床淹没进明媚的海洋，再被远处的大山轻轻托起。

　　那感应，仿佛已不是阳光带来了温暖，而是我被阳光击碎，化成了温暖。

　　"SUN，这也太舒服了，我要在这大农村里住两天。"

　　"也行吧……"

　　两个小时后。

　　"达瓦，你确定我们要在这么荒凉的地方住两天？"

　　面对 SUN 的疑惑，我实在不知道该怎么解释。

　　这座小镇真的太小太偏了，一个小时就够将小镇逛个"滴水不漏"。对外交通只有一个几小时才能等来一班车的公交站，和昨天那个小小的火车站。火车站四周没有围栏，甚至连工作人员都没有，任人进出。

镇子中心的广场上有这儿唯一一座教堂，无论走到哪儿，只要是抬头看到教堂尖顶，就绝不会迷路。

时值感恩节期间，又是周日，本就安静的镇子更加萧条，除了我们住的旅馆之外，就只有一家咖啡馆和两家小卖部"懒洋洋"地开着门。

路上静得出奇，让原本的小街看着也不似那么逼仄。偶尔有人路过，纵然清清寥寥，却是掷地有声。稀少的人烟，让这座小城不断"变宽"，也让这里的宁静无比厚重。

我思考了片刻，坚定道："就住两天吧，我喜欢这儿。我看刚才小卖部里有蔬菜卖，这两天咱们就做饭吃，我去跟旅馆老板商量下，用他家厨房，大不了给点煤气费。"

于是乎，我和 SUN 的脚步再次慢了下来。

在阿尔卑斯山的环抱之下，我们每天都睡到自然醒。

洗漱过后，步行穿过小镇唯一的主路，走过种着各种果树的小院子，到火车站旁的小卖部里买菜。

然后回到旅馆，在厨房做一顿可口的中餐。

下午补个觉，再去小镇旁一条小溪边走走。柳树下，水草在清冽可鉴的溪流中婆娑起舞，说不出品种的鱼儿游移其间，宛若云间翩翩，煞是逍遥。几只鸭子懒懒伏在草地上，"出入无常"的鸽子，似是习惯了这些"老街坊"，自顾自地啄食草地上的小虫。

接着，在回旅馆的路上，去一趟广场上的咖啡馆，喝一杯咖啡，吃一份甜到齁嗓子的蜂蜜松饼。

吃过晚饭，两人窝在被子里看一部电影，在深夜的明月入怀与随圆就方中，抚平满身的锐气。

陡然间，我们不再以期待的目光索取邂逅，不再用有限的时间"碰瓷"灵感，仿佛一夜间从游客变成了居民，再从欧洲回到了大理。

眼前的小镇，就如日本导演森淳一的电影《小森林·夏秋》中的"小森林"一般，静得只能听见呼吸，孤独到可以肆无忌惮地"挥霍"生命。

我和SUN这两天，重温的电影中，就有森淳一导演的《小森林·夏秋》。

电影的情节非常简单。

"小森林"是日本北部一个闭塞的村庄，这里没有商店，没有餐厅，居民们以农耕为生。一向要强的女主角，厌倦了大城市的喧嚣与浮躁，回到这个生她养她的小村落，过起日出而作、日落而息的日子。

电影中也有牵扯亲情和爱情的部分，但这些在别的电影中被施以浓墨重彩的感情线索，在《小森林·夏秋》中却堪堪做了支线。仿佛这部电影拍的根本不是一个故事，而是一种处在"取"与"舍"之间的生活态度，更是一本更迭四季的食谱。

还记得第一次和SUN看这部片子是在大理。

那时刚过而立之年的我们，还在纠结来到大理是要干一番大事、衣锦还乡？还是颗粒归仓、人间值得？

可看完这部电影后，我们如同吃了凌晨三点的烤红薯，喝了火锅店里的西瓜汁。之前的纠结，变成了小孩子过家家时，谁当爸爸、谁当妈妈的童趣。

其实说起来，巴德哥依斯恩并没什么特别之处，只因平静，便生生将寒凉的冬天变成了人间四月天。

人的一生，始终在打点两种关系，与自己的关系，与世界的关系。跟自己妥协和跟世界和解，看似不同，实际上却没多少差别。

我们这一代游子，之所以会对小镇产生归属感，大多是因为在大城市的沧海一粟中，我们与世界的关系失衡了。高楼大厦成了壁垒，给我们建起密不透风的囚墙；城市机器成了乌云，卷来的逆风让我们腹背受敌。于是我们身体跑在了前面，灵魂却被远远甩在了身后。

坚固的幸福，从来都不是向外寻找，而是向内心索取。

许多人说逃离"北上广"，这个"逃"，便是自内心索取得来的结果，也是与自己的妥协中最纤细的善意：逃脱自己无法掌控的现状。

但"逃"就代表懦弱吗？不！"逃"是一种疗愈，而疗愈，是为了更好地身负重担、砥砺前行。

我们一路上习惯了咀嚼小小的悲欢，忘记大大的世界。于是人们开始大张旗鼓吵吵着要去旅行，要去体验。却不知，即便是再小的悲欢，嚼到最后剩下的琐碎残渣，恰恰就是你与这个世界最滚烫的爱恋。

其实作为在大理生活着的异乡客，我们是幸运的。或者说，任何一个明确知道自己要逃去哪里的人，都是幸运的。这至少证明曾经韬光敛彩的我们，除了不想要什么，还知道想要什么。

换一片天地，换一个人间。守一座小城，酿一杯米酒，或者息交绝游，或者掷杯为号。

奥地利·哈尔斯塔特

天才亮，我和 SUN 便收拾好行囊，蹑手蹑脚走到楼下，将钥匙放进前台的钥匙箱里。

离开酒店后，顶着湿漉漉的空气，我和 SUN 登上了最早的一班列车。仅不到半个小时的行驶，就抵达了中转站。

结果发现，从中转站出发的第一班车要到早上八点。

SUN 眼看还没拍过清晨的片子，便借着朦胧的晨光，又开始给我拍起了写真。而我则一边配合着 SUN 凹造型，一边百无聊赖地饱览起周围的风光。

匈牙利的自然环境实在太优越了，背靠阿尔卑斯山脉，造就了境内温润的气候。一到这个季节，山间就会升起细密的薄雾，在绿树的衬托下，说是人间仙境都不会为过。

班车八点准时来到中转站，上了车，没开太长时间，我们便来到了号称"世界最美小镇"的哈尔斯塔特。

为了抓取哈尔斯塔特最美的照片，我们没有在镇上过多停留，直接来到了位于半山腰的坡道。

当走到面对湖的一侧时，我和 SUN 同时呆住了。

青山如洗，碧波浩渺。

云雾在山腰蜕下一层厚实的乳白丝绒，阳光穿过云层的阻隔，越过重峦叠嶂，在湖面上打了个转，再反射回来，竟将山坡染成了天空的颜色。

群山之下，恬恬地睡着一座小镇，房屋从镇中心朝着山坡蜿蜒而上，由远及近、由小到大，将湖畔描出一条优美的弧线。

弧线一端，立着一座蓝色尖顶的教堂。教堂外墙由灰白色砖块砌成，与周围花色缤纷的奥地利民居形成鲜明对比。

一艘游轮从对岸缓缓开往教堂旁的码头，荡起的潋滟水波，如一双大手，抚向小镇的同时，也伸进每一个游人激动的胸膛。

看着眼前将自然融入底色的小镇，我不得不感叹，那些在网站上流传着的哈尔斯塔特绝美明信片，只将这小镇的美展现出了三成。可即便只有三成，也足以令人心驰神往。

将晨曦下的小镇收入相机后，我和 SUN 无比满足地离开了山腰的坡道，走进这依山傍湖的小镇。

虽说哈尔斯塔特已非常有名，但这里依然不算是一个旅游景区，每一栋鲜艳的小楼里都住着当地居民。许多房门上用各种语言写着：此处非景区，请勿大声喧哗。

家家户户阳台上，有的种着花草，有的花盆中只是剩下枯枝，甚至还有种蔬菜的，一看就不是为游客观景准备的。

走下坡道后，穿过层层叠叠的小楼，我们来到了码头边。

"啊！天鹅！好多天鹅！"

SUN 一来到湖边就乐成了秋田犬。

眼前的哈尔斯塔特湖，随着日头逐渐升高，蓝色渐渐转淡，透出丝丝远山的黄绿色。这让我想起了大学时期去过的清远市桃花湖。单说湖水的颜色，倒有几分近似。

还记得那是我第一回看到南方的湖水，也是那时我才明白"绿水青山"竟真的存在。

眼见 SUN 乐得跟孩子一样，我不禁揶揄道："SUN，你现在怎么这么没出息啊！见到啥都能开心成这样，在肯尼亚还没拍够吗？"

SUN 横了我一眼，从随身小包里拿出面包片，一边喂天鹅，一边冷声道："哼，就你懂，那些斑马、羚羊跟天鹅能一样吗？天鹅多优雅，你看那脖子多长，比你腿都长。"

一声清脆的碎裂声在我心里响起。

脖子比你腿都长……比你腿都长……腿都长……都长……长……昂……

我猛地一个弹身，追着 SUN 就跑了出去："SUN！你别跑！我今天非得跟你一决雌雄！你侮辱谁呢？这些天鹅的脖子怎么可能长到 90 厘米？！"

"呵呵，不用长到 90 厘米都够了。"

……

一阵闹之后，我和 SUN 双双坐回水边。

SUN 以前是个宅女，每天窝在家里打游戏就满足了，连动物园都没怎么去过，更别说看天鹅了。

我从小到大，就只见过大鹅。这也导致我一直以为大鹅和天鹅只是个称呼的区别。可当我此时真正见到天鹅时,才明白,天鹅比大鹅好看多了。

曲水成筵,羽觞随波。天鹅雪般的羽毛浮于水上,体态修长、流线,细细的脖子上,顶着个小小的脑袋。

天鹅的喙是明黄色的,但却在上下喙的边缘有一条黑边,黑边一直延伸到眼睛后面,形成一个尖头的水滴形状,就如画了烟熏妆一般,煞是倩丽。难怪《黑天鹅》舞剧中,扮演黑天鹅的舞者会将眼睛化妆成那样,原来是参照的原型啊。

相比之下,大鹅则粗短许多,脚蹼和喙呈橘红色,头顶上还长着巨大的肉瘤,看着更加凶猛,也更加笨拙。

离开码头后,我们来到哈尔斯塔特的小广场。

此时天色已大亮,两旁的咖啡馆开了门,我和 SUN 点了两杯热可可,在街角坐下,一边休息,一边等待着离境火车。

广场中心有一座雕塑,雕塑外有一圈木质的座椅,外围是六栋色彩各异的奥地利风格小楼。

正当我和 SUN 恍神儿时,旁边桌一位本地大叔出声问道:"你们是日本人,还是韩国人?"

我和 SUN 一愣,问道:"为什么你不问我们是不是中国人呢?"

大叔哈哈一笑:"不可能,我看你们在这儿坐了很长时间了,中国的游客不会这么悠闲的。"正说着,大叔遥遥指向广场另一侧:"你看,那些才是中国的游客。"

我们沿着大叔的指向看去,只见一群头戴小红帽的大爷大妈正朝着咖啡馆的方向走来。

我转过头，正色道："你错了，我们就是中国人，旅行的方式并不只有一种，不是吗？"

　　"哦，对不起，我没有那个意思，打扰了。"说着，大叔略带尴尬地转过头去。

　　而我们也不再主动攀谈，望着不远处的人来人往，听着熟悉的乡音，我的嘴角悄悄弯了起来。

德国·慕尼黑

上午九点半，我和 SUN 抵达了德国慕尼黑。

刚出火车站，就看到一个像是正要去上班的西装男人，一边走着路，一边若无其事地从公文包里掏出一支啤酒，随手起开，吹瓶喝了起来。

一套动作行云流水，没有一点点防备，也没有一丝顾虑……

穿过火车站对面的大街，我们来到预订的酒店，结果一进门就看到前台右边的沙发上，半卧着一个中年人，左手打着电话，右手不时拎起地上的酒瓶喝上几口。

待办好入住，我终于没忍住，向工作人员问道："打扰一下，我想问问德国人都喜欢早上喝酒吗？"

没想到那名工作人员立马回答道："我们没有喝酒啊，我们喝的只是啤酒。"

"对不起，我的意思就是你们都喜欢早上喝啤酒吗？"

结果换来的是哈哈一笑："我们随时随地都喝啤酒，这只是种普通饮料。"

好吧，啤酒不算酒，算你们厉害。

到房间卸下行李，在旁边的小店随便吃过早饭，我和SUN便打着饱嗝朝玛利亚广场走去。

"玛利亚广场"可以说是整个慕尼黑的大脑，坐落在老城区最中心的位置，也是慕尼黑古建筑最集中的地方。

玛丽恩教堂、圣彼得教堂、阿萨姆教堂，三座教堂三种风格。两颗绿色洋葱顶的玛丽恩教堂，是哥特风带点巴伐利亚的味道。圣彼得教堂是妥妥的后哥特风格。阿萨姆教堂则是层楼叠榭、错彩镂金的洛可可风格。

立于广场中心的圣母圆柱，修建于 1638 年，圆柱基座上有四组雕塑，都是小天使勇斗恶兽的主题。狮子代表战争，蜥蜴代表瘟疫，龙代表饥饿，蛇代表食言。

圆柱顶端的金色雕像是这座城市的守护神——圣母玛利亚，只见她左手拿着权杖，右手怀抱婴儿，圣洁端庄。我不由感叹，玛利亚可真累，走到哪儿都要肩负守护一座城市的责任。

广场上有许多街头艺术家，有的妆成雕塑，有的妆成奔跑中定格的人，更有甚者将自己"打造"成一座喷泉，在人群中自成一派。

待走到深处，一阵轻快的钢琴声传入我和 SUN 的耳朵。定睛一看，远处一架立式钢琴前，一位身穿绿色灯芯绒西装、戴着白色围巾的中年男人，正面露微笑地弹奏着。

原本我对于卖艺这件事的态度是：慢慢走过，悄悄聆听，却不驻足。但这回，我却牵着 SUN 的手，走到钢琴旁，细细听了起来。

我之前听过的钢琴曲，或静默如莲，或热情似火，或厚重滂沱，"流淌"这个词我虽常用来形容音乐，但这却是我第一次真正感受到从指尖流淌进心里的音乐，说不出什么情绪，就那么一刻不停、涓涓而来。

绕至钢琴一侧，看到琴身上贴着演奏者的名字——Ralph Kiefer。一查才知道，他原来是这两年在网络上小有名气的慕尼黑街头钢琴艺术家，大多数曲子都是即兴创作的。

"达瓦，我想买他的CD。"

"可以啊，等下你问问多少钱。"

"不用问，钢琴旁边贴着呢。"

我循着SUN指的方向一看，20欧元一张，50欧元三张，还都是简易包装的，连个发行的唱片公司都没有。我心想：这也太敢要了吧？

站在钢琴前听了半个钟头，待钢琴家中场休息，我上前攀谈才知道，Ralph Kiefer的夫人也是一名乐师，吹竖笛的，他的三张唱片，一张是他弹的即兴钢琴曲，一张是他夫人吹竖笛的古典音乐，一张是他和夫人合奏的曲子。

还真是每张都不一样，一张都少不了啊。

最终，我在一番纠结后，还是决定把三张唱片全都买了回来。虽然我家连个CD机都没有，但他弹得实在太好，为这三张唱片买个机器也不是不可以。

离开玛利亚广场后，SUN一边"把玩"着唱片，一边对我说："达瓦，今天咱们晚饭吃方便面吧，少花点钱。"

"可以呀，我刚才在超市看到有中国方便面，1欧元一包，你要吃几包？我去买。"

"这么贵啊！那咱们晚上还是去喝啤酒、吃大肘子吧！"

等等！我怎么觉得自己被套路了……

其实 SUN 还在匈牙利的时候，就觊觎德国的大肘子和啤酒了。我当时还揶揄她，人家姑娘都是想吃个甜点啊，意面啊，那种摆盘好看，量还不大的东西。SUN 倒好，一张嘴就要大口吃肉、大碗喝酒，整得跟梁山好汉一样。

可是，说归说，SUN 这种不做作的性格，我简直爱到不行。

到了晚上，参考各类美食网站后，我锁定了火车站附近一家名叫 Augustiner Braustuben 的巴伐利亚餐厅。待来到餐馆门口，看到门头上写着 "since 1328" 的字样，我和 SUN 都惊呆了。

啥？朱元璋出生那一年开的饭馆？不至于吧！

穿过厚厚的棉帘，走进餐馆那一刻，我们就被里面的气氛点燃了。

在这拥挤的饭馆里，聊天的声音、大笑的声音、酒杯碰撞的声音、盘子叉子相互摩擦的声音，如同这冬日里一曲热烈到极致的进行曲。

服务生只是简单问了我们几个人，便将我和 SUN 领到一条长长的桌子一角坐下。

我和 SUN 各点了一个肘子、一份香肠和一大杯啤酒，没一会儿就送来了，浓浓的酱汁里，端端正正摆着一个肘子，先炸后烤，焦香四溢，盘子里还摆着一坨拳头大小的土豆泥和两根德国白香肠。肘子、香肠、土豆泥，就如结义的三兄弟，在满盘酱汁的见证下，红尘做伴，潇潇洒洒。

我也顾不得餐桌礼仪，抓起肘子就是一口。

"爽！"

我一下没忍住，喊出了声。

对面拼桌的德国大叔看着我的表情哈哈一乐，指了指我手边的啤酒，竖起大拇哥。我心领神会，就着满口肉香，喝了一大口啤酒。

于是，又一句"爽"脱口而出。

这是我喝过除了新疆"大乌苏"之外，最好喝的啤酒了。浓浓的酒花味儿，带着淡淡的甜味和水果的馨香，连滚带爬钻进喉咙。解腻的同时，与肉香互不夺味，又相得益彰。

这时，大叔朝着我和 SUN 举起酒杯，我们也不矫情，拿起酒杯就碰了上去。玻璃间碰撞的清脆声，在餐馆绕了几个弯，再豪气干云地荡了回来。

# 德国·柏林

"达瓦，咱们这是专程去一趟柏林吗？这个方向好像跟我们之后要去的地方是反的吧？"

"是啊，原路去原路回，过两天再回慕尼黑。"

单程六个小时的欧铁，两个人往返五百多欧元的火车票，我其实是不忍、不舍的。不忍的是，SUN 跟着我奔波。不舍的是，那可是 4000 人民币啊！但我还是一意孤行，坐上了火车。

"柏林有什么特别之处吗？"

"有欧洲被害犹太人纪念碑。"

"啊？跟我们之前在耶路撒冷看的犹太人大屠杀纪念馆一样吗？"

"这个……差不多吧……但是也不太一样的……"

相比于耶路撒冷的犹太大屠杀纪念馆，这座建在柏林的纪念碑，应该是全天下唯一一座，由施暴者建在自家国土上的屠杀纪念碑。

到达柏林后，我们没像往常一样先找酒店卸行李，而是下

了车就直接过去。

一路上，我努力地回忆着大学时期学过的西方二战历史，同时也在网上查着关于这座纪念碑的细节。

SUN 坐在我身旁，一语不多。她明白，但凡我在路上出现这样沉默的异样，就证明眼下的目的地对我真的很重要，重要到我甚至无法分心照顾她的感受。

坐着地铁来到位于市中心的波茨坦广场，沿着主路朝南走百余米，便来到了这座被绿树和高楼环抱的纪念馆。

欧洲被害犹太人纪念碑，别名"浩劫纪念碑"，位于柏林市中心，由 2711 块灰白色水泥纪念碑组成。

当真正走近，我才发现，这是一片几乎完全开放式的空间，与其说是纪念馆，更像是一片林立于市区的"棺冢"。

横躺着的清水混凝土长方形方碑，高低起伏形成一片密密麻麻的碑林。其间没有任何装饰，仿佛是提醒着世人，在人类的悲剧面前，任何修饰都是多余的。

我背着大包行走其间，自压抑与不安中，生出一种"世如焚炉，人似柴薪"的感念。仿佛踏错一步，就将被身旁的巨碑，卷入万马齐喑的深渊之中。

不知怎的，我感到一种不堪承受的沉重与寒意，连忙拽着 SUN 逃似的离开了眼前这片墓冢般的碑林，扶着街对面一棵大树直喘粗气。

"达瓦，你要是觉得不舒服，咱们就别看了。"

"没事，我缓一下就好……"

"我看那边有个指示牌说，这下面还有个纪念馆。要不咱们去那儿先看看？你要是觉得好点了，再上来？"

SUN 牵起我的手，慢慢走向地下纪念馆。这是我第一次感到她的手竟然那么暖。

走进纪念碑地下的纪念馆，首先看到的，便是射灯下的一段话：It happened, therefore it can happen again: this is the core of what we have to say.

翻译过来就是：大屠杀发生了，因此它可能再次发生，这就是我们唯一能说的。

短短三句话，没有任何煽情和鼓动，甚至没有明显的情绪，但却深深扎进了我的心里。

如果说记忆是人格的基础，那么历史就是国格的脊梁。

面对暴行，任何拐弯抹角的修辞和解释都是负累，"happened"是最高效，也是最直接的态度。但恰恰要坦然写下"happened"，是何等困难啊！

整个地下纪念馆，都延续了这样的诚恳，只用最简单的图片、数字和只言片语，就清楚明白地将一个冰冷恐怖的事实，不加修饰地展示在人前。

百人成山，千人成海，万人就不复得数了，那么六百万人呢？整整六百万犹太人，被纳粹这台无情的战争机器碾压而过，丢进了时代的熔炉，销声匿迹。

这是何等发指，又痛心疾首的事实。

再次回到地上，走进碑林，我原本的气咽声丝，得到了一些缓解。

那感觉，如同小时候不小心打碎了家里的花瓶，百转千回后，终于跟爸妈承认错误后的释然。

穿梭在碑林之间，周围原本喧闹的街道，像是被点中了哑穴，连风声都噤若寒蝉。

霞光斜斜射进碑林，却只能在墓冢上方铺上一片流金，碑间青砖砌成的小路幽幽自伤。

1970 年 12 月 17 日，当时德国的总理维利·勃兰特，在完成对波兰和捷克的国事访问后，在前呼后拥之下，来到位于华沙的犹太人死难者纪念碑。

献完花圈后，就在众人都以为祭奠到此为止时，勃兰特竟顶着猎猎寒风，肃穆垂首，双膝跪地。

当天，德国总统赫利，向全世界发表了"赎罪书"。

我相信，这是一次在深思熟虑后，面对自己的人民、自己的祖国，一次深切著白的自我救赎。

就在我思绪万千时，一道清亮的童声，越过重重棺椁，传了过来。我循声望去，见到一个戴着丝巾的女人带着两个四五岁大的孩子走进碑林。

女人看到我的目光，歉意一颔，朝着两个孩子做出嘘声的动作。

孩子闻声得令，不再嬉闹，但孩童的天性哪顾得上这些，转瞬又在较低的方碑上跳来跳去，煞是欢乐。

阳光洒在他们脸上，一股从未有过的通透，将我沉重的内心映得光芒万丈。

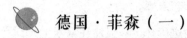

德国·菲森（一）

"达瓦，你说我们怎么那么倒霉，一到乡下不是节日就是周末？"

有的时候就是那么寸，命运仿佛刻意让我们反反复复去体验旅行的清冷。

因为小城里没什么公交线路，在房东那儿拿到民宿钥匙后，我和 SUN 跟着邮件上的地址，步行前往住处。

穿过菲森老街，我们在街道上不急不缓地走着，越走越惬意，我的心跟着那落得一地的黄叶，愈发平静下来。

虽说我们预订的民宿在市郊，但因为菲森够小，没一会儿，就走出了市中心。

天气好得出奇。

刚出城时还有些行人，越往城外走人越少，待转过一个街角后，马路陡然变宽，各种小店消失得无影无踪，路边只剩下一栋挨着一栋的日耳曼风格小楼，在阵阵落叶中披上金黄的外套。

"等等，我要坐会儿。"说着，我耍赖似的逃到一棵银杏树下，瘫坐了下来。

"这才走了多长时间就把你累成这样了,不至于吧?" SUN 走到我身旁,卸下背囊,拍着我的后背讪笑道。

"就至于! 我就是累了! 我就要休息! 哼! "

我嘴上耍着无赖,心却如明镜似的。我并不是真的累,只是看到这样的街道,心早肩膀一步卸下了背囊。

就这样歇一会儿走一会儿,溜达了快一个钟头我们才来到住处。一室、一厅、一厨、一卫、一阳台,地方不大,格局方正。

卸下背包,整理好房间,再出门时,我发现这栋楼还有个锁着门的地下室。问了房东才知道,这地下室除了放些杂物外,还能储藏些过冬的蔬菜。我心中一乐,这不就是东北的菜窖嘛!

按照房东发来的周边地图,我和 SUN 找到了附近唯一一家还开着的超市。

德国应该算是中欧物价最低的国家了。

一升依云矿泉水 0.45 欧元,鹰嘴豆罐头 1.69 欧元,法棍 0.45 欧元一根,猪肉 3.69 欧元一盒。更重要的是,我们竟然以不到 2 欧元的价格买到了零乳糖的牛奶,这对我们这种贪图牛奶香甜,又乳糖不耐受的人简直太友好了!

一阵风卷残云后,我拎着整整六大袋食物,心满意足地回到了住处。

在厨房放下东西后,我对 SUN 说:"SUN,你说我们要不要再逛逛? 等天黑再回来?"

"还是你自己去吧，我想在阳台上看看书，这么舒服的地方，感觉出门都是多余的。"

"那我陪你吧，我也看会儿书。"我嘿嘿一笑，从后面搂住了 SUN，在她脖颈上亲了一下。

整整一天，我们真的哪都没有去。其间，SUN 用抹布和簸箕将小屋里外打扫了一遍。

看着她专注的样子，我甚至有那么几个瞬间，以为我们不是在德国，而是回到了大理。

第二天一早，我还陷在甜甜的睡梦中，被 SUN 一巴掌拍醒："胖子，起来跑步了！"

我睡眼惺忪中看到一身运动装的 SUN，不禁哀号了起来。这不是我们在大理一周一次的晨跑嘛！可是这都出来旅行了，怎么还有这个破项目啊！

不愿意归不愿意，我赖了几分钟后，还是穿上了衣服，跟着 SUN 下了楼。

SUN 在前面跑着，我慢慢跟在她身后。

刚刚苏醒的菲森小城明显更加清冷了几分。一夜南风，路边的小草都弯下了脑袋，酝酿了半宿的露水，在满地落叶上歇了脚。

我才发现，这附近的居民都喜欢在自家院子里放入各式各样的彩色铁器。像插在地上的铁菠萝，卡在栅栏上的铁青蛙，就连小小的盆栽里，都会插几个鲜艳的铁蘑菇。相比之下，那些未经修剪的植物反而成了陪衬。

如此装饰的小花园，纵然十分可爱，但对我一个偏爱古典园林和枯山水的人来说，却是少了几分韵味。

晨跑结束回到民宿，我煎了点培根和鸡蛋。

饭后，我和 SUN 又一人一把椅子，裹着毛毯，坐到阳台上看起了书，时间慢得不成样子。

如此这般，我和 SUN 在菲森，大门不出二门不迈地住了三天，我也头一回连续三天被 SUN 拽去晨跑……直到第四天下午，我以"买登山装备"为由，才从住处挣脱着"逃"了出来，两个人第一回走进了市中心。

市中心稍微比我们住处热闹一些，但依然清冷，可这份"清冷"却让人心生暖意。

我一直觉得"清冷"作用在内心，有两个方向。一个是愈清冷愈孤独，愈孤独愈落寞；一个是愈清冷愈宁静，愈宁静愈温煦。

可至今我依然弄不清，控制这两个方向的"方向盘"到底如何启动。

走到长途汽车站时，我看到路边一个小公园里有滑梯、装有弹簧的小红马。我突然玩性打发，冲着 SUN 咧嘴一笑便跑去玩了起来。

就在我被滚筒滑梯连着卡住两回后，只能不甘心地放弃，坐到弹簧小红马上，跟个小傻子一样晃了起来。可这小红马一看就是给小朋友玩的，哪里撑得起我两百斤的肥肉！

于是，我在一次回弹不及后，重重摔到地上，直把 SUN 乐得前仰后合，拿相机对着我一阵乱拍。

这时，一架飞机低低飞过，留下一串白色的"棉花糖"。

　　这篇游记真是几番周折，写两行删一行，折腾许久才保留下来。

　　写的原因很简单：菲森小城，真的让我感受到了旅行中的柔软时光。删的原因更简单：这么一篇两千字的游记，全就是毫无营养的流水账，没有主旨，更没有反思。

　　可最终保留下来的原因就不那么简单了。

　　旅行是一件极私密的事情，不是公里数和蛋炒饭的叠加，也不是朋友圈和饭桌谈资的装饰，而是一种脆弱到一触即溃的舒适。

　　这种"舒适"可以汹涌澎湃，也可以百无聊赖。

　　人间至味是清欢。感谢每一位将这篇流水账读完的朋友，是你们的宽容，让达瓦一次又一次，毫无顾忌地"裸奔"。

德国·菲森（二）

我发现写游记这回事儿，真会上瘾。

每当我试着临摹完整的一天，会发现那些当时觉得无比重要的东西，在记忆中变成了鸡肋，而当时的旁枝末节，经过情绪的"运算"后，会变得无比丰腴。

那感觉就像用两套完全不同的系统去处理一套数据，处理的结果相当于同样的一天过了两遍。

那些经过时间发酵才浮现的"用力"与"用心"，似是急功近利的年代中，岁月对安逸于眼下静好的旅人，最珍贵的赏赐。

这不，我和SUN本来是打算一大早就出发的，就因为我写游记的瘾头太大，直到过了中午，我和SUN才背起相机出门，前往新天鹅堡。

新天鹅堡，19世纪末巴伐利亚建筑，德国近代精神领袖式建筑。

这座城堡在古堡界里绝对算是一股清流。

我们之前也参观过一些城堡，不是在濯濯童山之上，就是在车水马龙的闹市区，难得出现在海边，也是壁立千仞。像新天鹅堡这样，独霸一方又山清水秀的，倒是头一遭见到。

待来到城堡山脚下，我们都惊呆了。人这么少？来错地方啦？

要知道，新天鹅堡如今已是德国的一张名片，更是迪士尼城堡原型，其地位绝不在法国凡尔赛宫之下。可眼前这"小猫两三只"的景象，对比凡尔赛宫前的排队长龙，简直天差地别。

细问之下才得知，我们的运气真不是一般的"好"，常年开放的天鹅堡，今天由于内部维修，闭馆了，一问原因：维修和盘点。

看着 SUN 皱起的两弯眉毛，我也进退两难。来都来了，不上去一趟吧，好像也说不过，可上去了看啥呢？看个寂寞吗？而且我们明天就要离开了，好像也没有机会再来了。

"反正就算能进，新天鹅堡里也不让拍照，你不难受啊？就当爬个山，呼吸呼吸新鲜空气吧。"

"新鲜空气？达瓦，你认真的吗？"

我们来菲森小城快一周了，天天就跟插着氧气管一样，没醉氧就不错了，还呼吸新鲜空气？我现在要说去看个雾霾什么的，没准儿 SUN 兴趣还能更大点儿。

"行啦，走吧，别忘了今天又是周末，带来的书这几天都看完了，回去还能干啥？"说着，我不再管 SUN 一脸的不知何去何从，拽着她就上了山。

沿着公路往上走，原本静谧的山林更显几分纯粹。

大片白桦树从公路两边散开，树叶被风蚀成了金黄，阳光如同丁达尔效应般，穿过长长的甬道，径直将各种影子照在地上。

公路边的泥土上，积满了厚厚的落叶，或惨白，或橙金，或泥棕。一脚踩上去，并不直接碎裂，哪怕隔着厚厚的靴子，也能感受到那股细密的韧劲儿。

SUN拿出了相机。一时间，快门声在林间"七进七出"，好生热闹。

"它照顾着一座空山的寂静，一边接纳我，一边安抚被我打扰的一切，其实我来了，山也仍然空着，万物终会重归寂静，两种寂静的差异，让它结出新的菩提。"

描写空山的诗文那么多，我却不自觉想起了李元胜这首《菩提树》。

此处虽无菩提，却有打扰了山间寂静的我们。

何幸，何哀。

走到山腰处，一辆挂着煤油灯的马车，载着两三人，从我们身边跑过。

看着高大的良驹，我不禁感叹，欧洲不光人长得高，马也生得这般俊。约莫两米开外的高度，细长的四肢，微微收起的马腹，乌黑油亮的马鬃和尾巴，配上额心处的菱形白点，简直就是教科书式的力量美学。

渐渐地，隔着金黄的树林我们看到了高处的新天鹅堡。墙体在日光下泛着与白桦树干一样的灰色。

我和SUN沿着依山而建的灰白栈道，缓缓走到城堡脚下。

果然，到处都架着脚手架。

虽说没法进入新天鹅堡内部，城堡里的广场还是开放的，也算是能近距离感受这座"德国的骄傲"了。

广场的台阶并不长，只有三两人坐着，也不知是跟我们一样既来之、则安之，还是故意趁着城堡没开放时，体验一下这片寂静和空旷。

可能是因为年代的问题，城堡少了几分文艺复兴的华美深邃，拱形窗户衬托着上方金色的屋檐，竟让人感到有些可爱。

走近看，新天鹅堡的大门比想象中要矮一些，门框里镶嵌的并不是木头而是彩色玻璃。相比于欧洲其他的古堡，多了些许梦幻，倒与格鲁吉亚的教堂群，有几分异曲同工之妙。

"达瓦，我看到网上说，有个地方能拍到城堡全景，咱们去找找吧。"

"好嘞！"

于是，我和 SUN 围着城堡绕起了圈子。多方打探之后，我们终于摸到了"最佳观景摄影位置"的玛丽安桥。然而此时摆在我们面前的，却是一面"禁止通行"的牌子。

"不会吧……"SUN 一声哀号。

天不从人愿啊！

古堡维护也就算了，连玛丽安桥都连带着一起维护，难怪本该旅游团扎堆儿的景点，今天总共加一起也没多少人。

饶是如此，隔着层层黄叶，当我们看到远处拔地而起的新天鹅堡时，也足够震撼了。那壮观的感受，和在山脚下看，根本就不是一回事儿。有些事物，远观真比"亵玩"更加震撼。

下山的路上，隔着金色森林，就是福尔根湖和施万高小镇，我看着眼前的景色，内心再无波澜。

我想起在日本京都时，SUN 从千本鸟居下来后，说的那句"就这样吧"，此时此刻，我也有冲动想来这么一句。

虽然没有赶上新天鹅堡开馆的时间，却因祸得福，享受了古堡下如此纯粹的宁静。

人生和旅行都是如此，有意外，必有得失，我们常常在意的是失去了什么，却忘记因此而得到的另一番绮丽。

我始终觉得，人类对美好事物的感知是需要训练的。学会从日复一日枯燥的生活中寻找福祉；学会从年复一年的失望中寻找微光。

有些人会认为这是自我安慰，但我却以为这是一种救赎。但"救赎"的对象并不是失意，而是希望——救赎那随波逐流的小确信，救赎那"百废待兴"的小笃定。

纵然琐碎中的我们，无法时时刻刻感受到生活的流光溢彩，却不妨碍我们照着戏文牙牙学语。

学会"龟兔赛跑"里，兔子梦中的安逸；学会"农夫与蛇"里，农夫纯粹的善意。

瑞士·因特拉肯（一）

离开德国后，我和 SUN 突然有点压不住对雪山的渴望了。

于是，我们先坐火车到苏黎世，紧接着转车前往卢塞恩，等到第二天一早，直奔因特拉肯。

瑞士有两段最美的火车线路。一条是从卢塞恩开往蒙特雷，途经 6 座湖泊、3 座高峰隘口的"黄金列车"线路。另一条是从采尔马特到圣莫里兹，途经 291 座桥梁、91 条隧道的"冰川快线"。

由于我们来的季节不对，冰川快线已经停运，只剩下黄金列车可以坐。

当然，任何形式的美，都要付出相应的代价。

于是，我们在瑞士买到了人生中最贵的火车票：单人通票"Swiss Travel Pass"高达 270 瑞士法郎，相当于 1900 人民币。虽说涵盖了除少女峰登山火车以外的全部陆路和水路交通，但这张票是有时间限制的，而且整个瑞士才多大呀，坐个公共交通花 1900 块钱，确实有些奢侈。

"黄金列车"缓缓启动，才开出去没一会儿就进入了山区。

隔着一条河望去，草坪披盖在山坡上，仅凭肉眼，就能感受到那种松软的质地。

草坪上点缀着金色的树林，或浓或淡、或急或徐，如同用细线勾勒的花纹，留白中尽显考究。

远山的山顶上飘着些许白云，那云仿佛是一种介于棉花糖与轻纱之间的质感，加上山腰处天鹅绒般的雪白"裙摆"。与囚禁长发公主洛佩的那片森林相比，也不遑多让。

大河这边，村庄在微微起伏的山坡上生根。仿佛绿色海洋上的灯塔，指引阳光找到归来时的星辰大海；又像夏日夜空里的启明，眷顾着每一位旅人的归心似箭。

每一寸土地，无论平坦与否，一丝杂色都没有，细密得如同抹茶冰激凌一般。

火车徐徐转了个弯，银白的雪山映入车窗，犬牙交错的雪线呈竖状裂在山巅，形同雪豹在冰川上撕出的一道道爪痕。

雪线之下，自浅黄到深绿逐层渐变，与蓝色的天空交错成一幅风景画。

其实，这些景色单拿出一项来，并没什么惊人之处，但奇就奇在连绵不绝。要知道，这是一条全程 240 公里的铁路啊，要做到人与自然的距离感始终如一，这就有些匪夷所思了。

为此，我特地询问了一下身旁的瑞士人。大叔告诉我，瑞士地广人稀，又限制移民，本国人想要一块宅基地非常容易，甚至，这种宅基地无论大小，几乎都不需要任何费用。

如此优厚的福利，自然也有相应的限制。政府要求建房后，必须将房子周围草地修得整整齐齐，而且从修剪周期到修剪高度，都有明文规定。如果没做到，政府有权连房带地全收走。这也是为什么瑞士的山地看起来比很多高尔夫球场还要平整的原因。

两小时后，黄金列车驶离绵亘的群山，进入一片山谷之中。跌宕起伏的山峦，变成了工工整整的阡陌交通，一样的一碧千里，一样的背山起楼。

SUN 已经瘫软在座位上，而我则倚着扶手，把脸贴在了玻璃上。

我其实不太明白，地理上，瑞士基本与新疆维吾尔自治区在同一纬度上，相似的海拔，相似的植被，这个月份的伊犁州早已冰雪连域，可瑞士却依然青草如茵。

列车缓缓进站，我扶着被一路景色美到腿软的 SUN，走出火车站，而我自己，也在精神世界的饱腹感中，飘飘欲仙。

在前往旅馆的公车上，我将这趟列车的费用和风景，发到了朋友圈，希望给想来瑞士的朋友留作背书。却没想到，一位朋友留言道："风景倒是还行，但不值这么多的钱，我从四川骑车到西藏，风景比这个好，花费更少。"

我看到这条留言先是愣了一下，旋即陷入了思考。

将心比心，这世上，自然环境优越之地绝不在少数，"黄金列车"沿途虽美，倒也算不上世间独一份。但在瑞士旅行，却比骑行川藏更能将我的迷醉之情激发通透。我猜，这其中关节，不仅仅是"风景好"这三个字就能说明白的。

一方面，瑞士的美，是一种规则之美，先通过人为优化，再经过长期的法律监管才得以实现。

另一方面，瑞士的美，也体现在旅行的舒适度上。

还记得，我第一次如此为自然叹服是在新疆维吾尔自治区。

贾登峪、禾木村、小黑湖这些美丽的名字，在森林无边无际的"缠缠裹裹"中扎进脑海，肯定比眼前的瑞士群山更美。但，要见到新疆的美景，却要付出何等体力和勇气呢？相比之下，"黄金列车"则舒适了许多。一张车票，一路坐一路看，就让你将这山、这林、这村、这天轻易带走。与之我以往坐过的青藏铁路、成昆铁路和兰新铁路相比，也不遑多让。

那么何为舒适的旅行呢？

每个人的见解都有不同。有人觉得只要一个人，就算舒适；有人觉得不断遇到没见过的景色，就是舒适；更有人认为要经历苦难，内心被未知塞满，才叫舒适。

这些说法都对，也都不对。

对是因为，每颗心追求自由的方式各有不同。

不对是因为，我们不应以自己的价值取向，强行去做"名词定义"。

任何一次出行，都是眼力、体力和财力的综合付出。舒适与快乐从不是一道单选题，无论在哪方面去承担一次不堪重负的出行，都会让旅行本身失去平衡。

瑞士·因特拉肯（二）

"达瓦，这旅馆到底靠不靠谱啊？" SUN 略带担忧地问道。

也难怪，在瑞士这种消费层次的国家。一间大床房才小儿百人民币，确实有些匪夷所思。

"这样吧，咱们先过去看看，不行就换，我们买的套票是包含公交车的，也就多坐两回车的事儿。"

因特拉肯本就不大，没一会儿我们就到了 Balmers 青年旅舍。看着这红顶小别墅的卖相，我的心立马缩回了肚里。

走进旅馆，办理好入住后，一个身穿红色工作服的小伙子端着两杯"欢迎饮料"走上前来。在帮我们行云流水般卸下大包后，一边带着我们去房间，一边开始了细致的讲解。

"对不起，你是说你们旅馆始建于 1907 年？"随着讲解的深入，我渐渐开始感到吃惊。

在欧洲，百年老店其实很正常，不过一般都是些餐厅、酒店之类，我和 SUN 之前在柏林住的"因斯坦兹酒店"，就始建于 1621 年，但百年老青旅我还是第一回见到。百年前就有青旅了？

从前台到房间这一路，小伙儿从旅馆历史讲到周边交通。当说起旅馆的设施时，他开始带着我和SUN边说边参观，等一圈逛下来，我和SUN彻底震惊了。

　　青年旅舍是由两栋别墅外加前院和后院组成。我和SUN预订的房间虽不大，但该有的设施一样都没少，房间并没什么特别，但一家青旅的灵魂从来都不是房间本身，而是公共区域。这里的公共区域是我生平所见面积最大，功能划分最好的。

　　餐厅有两间，一个是早餐专用，另一个跟公共厨房连接；厨房内提供烤箱、电磁炉、微波炉、面包机、电饭煲、冰箱等电气设备；早餐专用餐厅后面，有行李寄存区和干洗房。

　　休闲室有两大两小四间，大间有壁炉，小间有电脑。每个休息室都至少有三台可以"坐进去"的沙发，并铺有地毯；音乐室有两间，一间有两台钢琴，一间有一台钢琴，此外还有些吉他、尤克里里等轻乐器，两间音乐室都带有联排大沙发。

　　游戏运动区由室内和室外两个区域组成。室内区域有台球、乒乓球、PS4和电视机，室外区域有吊床和木球场；吸烟区也有室内、室外两处，室外吸烟区有藤椅和茶几，与室外活动区不相连，室内吸烟区有木质桌椅、电视和香烟自动贩卖机；咖啡区一个，与最大的休息区相连，入住咖啡免费。除此之外，地下室还有一个带舞池、带DJ的酒吧。

　　整个公共区域面积，至少是所有住房加一起面积的两倍以上。

　　看着眼前硕大的青年旅舍，我和SUN久久说不出话来。这绝对是我和SUN住过的最豪华的青旅，更别说如此低廉的房租。

到底是怎样一种机缘，才能让它的创始者与守护者如此不计成本地打造这么一座专属于旅人的"宫殿"呢？

我猜，这个机缘便是时间，是三万多个日日夜夜不懈地坚持。

"达瓦，我刚才看这儿的厨房不错，我又想吃你做的饭了。"

"哇呀呀呀！看洒家给你秀一桌满汉全席！"

根据小伙子刚才介绍的路线，我们来到了一家大型超市。走到了果蔬区后，我才切实感受到瑞士奇高的消费水平。

　　一小盒五花肉块、两个土豆、三个小洋葱、两个西红柿、四个鸡蛋、两把四季豆、三盒米饭，这么点东西就花了我35瑞士法郎，相当于两百多人民币。

　　作为自封的"中华小当家"，在欧洲买菜还是比较不习惯的。这里很少见到菜市场这种地方，更没有地方能买到所谓"自家种的菜"。绝大部分农副产品，都被大型公司垄断，统一采摘、宰杀、清洗后，发到大超市售卖。

　　回到青旅时，已到饭点，入住时还清清冷冷的餐厅，已热闹非凡。

　　两组四口的电磁炉，只剩一口还空着，我赶忙从橱柜里取了口平底锅，倒上油占起位置，SUN则躲在洗手槽处理各种蔬菜。

　　油烧到七八分热，葱蒜爆锅，将切洗好的肉块直接下锅，把肉炒到五分熟，倒入高度酒，顿时一股满是肉香的白烟冲天而起，引得身旁的外国人一阵惊呼，还有拿手机上来拍照的，更有甚者以为发生了火灾，转身就要去拿灭火器，在SUN一顿解释后，才避免了一锅红烧肉变成"粉蒸肉"。

　　半个多钟头我就做好了，西红柿炒鸡蛋、干煸四季豆、土豆红烧肉。

　　我和SUN端着三盘菜走上餐桌，当看到其他外国人面前放着的色香俱无的吃食，一股自豪感油然而生。

　　正当我们打算大快朵颐，旁边一个德国姑娘忽然凑了过来，吞吞吐吐地说道："你好，你想不想尝一下我做的意大利肉酱面？"

我和 SUN 对视一眼，心领神会，从她盆子里蜻蜓点水似的卷了几根儿出来后，将红烧肉的盘子朝她推了推。

"中国传统菜，红烧猪肉，如果你不介意可以尝尝。"

一阵道谢后，德国姑娘竟唤来了她另外两个朋友，她其中一个同伴，还特地端了满满一盘子意面送给我和 SUN。

其他外国人，看我们这边如此热闹，也都凑了过来。我们如同交换信物一般，品尝着彼此国度的美食。

印度人煮的 Maggi、韩国人的生菜包烤肉、俄罗斯人的番茄烩香肠、德国人的迷迭香虾仁意面、日本人的葡萄干肉桂粉饭团……就这样，你尝尝我的，我尝尝你的，你夸夸我，我夸夸你，万国厨房，万国和气。

青年旅舍，一直都是旅人们喜欢歇脚、聚集之地。如此微小而"松软"的地方，却承载着万千如我一般普通人"乌托邦"的众望。

青旅的空间是带有温度的，那是穿越时间和空间，被亿万人坚持的温度。因为这个温度，方能聚在一起，领略世界的不同。

瑞士·因特拉肯（三）

近半个月来，好运气仿佛都绕着我们走。

先是在德国，我差点把护照弄丢了。接着在奥地利，SUN 失足从六级台阶上跌了下去，人倒是没事，只是扭了一下脚，但摔坏了一个镜头。然后昨天，我们看错了菜单，花了小四百块钱吃了两碗馄饨面。

但万事都有个否极泰来。

今天一大早我们来到火车站时被告知，这个月只要买了瑞士通票，通往少女峰的小火车能免费坐。这可一下子就让我们省下来近一千七百块钱啊。

少女峰被称为"欧洲屋脊"，位于伯尔尼东南方，是阿尔卑斯山脉的最高峰。这座终年积雪的山峰，2001 年被联合国教科文组织列为世界自然遗产。

就这样，我和 SUN 兴高采烈地坐进了超大观景窗的车厢。

可随着火车缓缓启动，驶进田园路段，原野间扶摇而上的薄雾却勾起我些许担心。

列车逐渐开进山区，雾霭越发稠密。行到半程时，原本挂在空气中的"轻纱",变成了"棉被",窗户也被从天而降的小冰碴打得噼啪作响。

待来到少女峰脚下,已是如同置身巨大的锅炉房一般,伸手不见五指。

"达瓦,这可咋办?"

眼看着 SUN 的焦急,我也不知如何是好。

这段少女峰的登山火车分成两段,需要中间换乘。我们现在所在的,正是两段火车之间的换乘点。

如果继续乘坐下一段火车,以这样的能见度,别说雪山,连有没有山都不太看得出来。可要是打道回府,捡的便宜也就付诸东流了,再上来还得花一千七。

"SUN,你别急,先等等看,要是这雾一直不散,就把订的酒店退了,在这儿住一晚上,没准明天还能看到日照金山呢!"

于是,我们躲进山腰处一家咖啡餐馆,边吃早餐边等。

我们点了蘑菇汤和羊角包,汤里浓郁的芝士香气,裹挟着口蘑独特的鲜甜,瞬间就能化开起床气。配上焦香酥脆的羊角小面包,在任何一个和蔼可亲的早晨,都是极致的享受。

然而此刻的我们,完全没有心思醉心于食物,四只眼睛直勾勾盯着窗外一片苍白。内心升起的愁云惨雾,几乎将所有美好都逼出体外。

半小时,一小时,两小时,眼瞅着时钟直逼十点半,浓雾依然丝毫没有隐去的迹象。

"达瓦,你把房退了吧,今天晚上就在这儿住下。"

听着 SUN 死磕到底的语气，我也没多说，打开手机，准备重新订房。

可就在这时，手机屏幕突然反射出些许光亮，循着光亮看去，一束并不强烈的阳光，穿透了迷雾，自窗外射进了咖啡馆。阳光周围的浓雾，开始以肉眼可见的速度蒸融。

朦胧中，不远处仿佛隐隐卧着两条银雕玉塑的游龙。透过咖啡馆屋檐下的斑驳光晕，我们终于见到了雪山。

"今天是个好日子，心想的事儿都能成，今天是个好日子，打开了家门咱迎春风啊……"

"达瓦，你别唱了，再把雾唱回来怎么办啊！"

半个钟头后，云开雾散。

蔚蓝的天空一丝杂色都没有，强烈的日光在雪地转了一圈，撞上背阴的雪山，将山体映出了贝加尔湖的冰蓝。

由于早上跟我们同一车的那波旅客都早早就上山去了，因此，此刻只余我和 SUN 守着大山，独自激动。

眼见如此，SUN 的焦急消失得无影无踪，也不再急着上山，一手拉着我，一手端起相机，爬上小丘拍起了照片。

眼前两座陡峭的山峰，分别是少女峰和艾格峰。刀削斧劈的山体，如一根地钉，扎在地上，厚厚的积雪让大山看上去更显层次。

"达瓦，我拍得差不多了，咱们坐下一班小火车上山吧。"

坐上第二段火红的小火车，沿着陡峭的铁轨慢慢往上爬行，窗外的料峭银峰，在阳光下更加刺眼。

火车驶进雪山腹地的隧道后，广播里通知我们可以下车休息一下。于是，我和 SUN 跟着人群，走出车厢，来到隧道一侧。这时，两扇巨大的窗户出现在厚实的岩壁之上。待走近，我和 SUN 如同遇到了冲击波，微微往后一仰：这哪是窗户啊！明明就是两幅气势磅礴的雪山图嘛！

远眺：天空蓝得无比透亮，寒威千里望，玉立雪山崇，裂帛般的冰川透着些许危险的味道，携银龙而来。居高下瞰，皑皑茫茫，在阳光下冒出似鳞鬣、如枪戟的"锋芒"。

近观：绵绵不绝的白雪，将山坳装点得如同一袭嫁衣，龟裂的雪洞像极了高原的雪莲花，盛放在山坳里，浩然一色。

短暂的失神后，我脑中再次浮现起《沁园春·雪》一词。原来千里冰封，万里雪飘是如此风光；山舞银蛇，原驰蜡象是这般景象。

回到火车上，没一会儿我们便来到了少女峰山顶。我拉着 SUN，给她戴上毛线帽和雪镜，绕开购物店和餐厅，直奔露天观景台。

打开隔绝室内外的厚厚玻璃门，暴风雪扑面而来。虽说山下已是风和日丽，但山顶的能见度依然很低。漫天凌厉的雪粒，如研磨机里的砂糖，时刻做着冲刺，打得脸生疼。

眼看拍照是没戏了，SUN 竟顶着这么恶劣的天气，玩起了地上的积雪，让我不得不感叹这丫头的心大。

陪着 SUN 玩了一会儿雪，我见风雪更大了，就拽着意犹未尽的 SUN 回到了室内。

"达瓦，你干吗啊！我还没玩够呢！" SUN 眼看是不乐意了，撅起小嘴。

"这么大的风雪，你要被吹下山崖怎么办啊？而且你看你自己的脸，都冻红了，万一冻出冻疮什么的怎么办？"

SUN 一听我说冻疮，立马老实了，只是坐到一旁闷着不言语。我也不知道该说什么，只能蹲到一旁，努力搓热她冻得煞白的小手。

"别搓了，你手也是冷的，皮搓下来都暖不了。"

看着 SUN 嘟嘟囔囔地找碴，我忽然心生一计，扯开毛衣，抓起她的手就往我肚子上放。

SUN 先是一愣，当看到我龇牙咧嘴的表情时，终于"噗嗤"一声笑了出来。

谁说三十六计走为上计？这苦肉计才是夫妻间最有用的杀招。

又在山顶玩了个把小时，我和 SUN 才坐着小火车下了山。

从中转站回因特拉肯的路上，我又一次沉浸在窗外的景色中。

远处巍峨的雪山，铁轨下层层叠叠的黄绿色甸子，松树在草甸与雪山之间，宛若一幅泼墨的山水画，相比黄金列车，这段列车的风景显得更加辽阔、大气。

瑞士·因特拉肯（四）

　　坐在小巴车上，耳机里放完朴树的 *Forever Young*，紧接着就是周杰伦的《蜗牛》，听得我的眼泪啊，跟瀑布一样哗哗直流。

　　看电影和听歌，应该是当代人最容易培养出的爱好。对我来说，电影能体验不同的人生，而音乐则能体验人生不同的阶段。

　　这世上，总有些语言是你写不出来的。这是我第一次听周杰伦就明白的道理。

　　不知从何时起，真正让我感动的，永远都是关于年少、关于梦想的歌。情爱的歌曲，我倒不是不听，只是觉得情歌更容易打动的是少年。人心最柔软之处，一定是欠缺之处。少年人常好行乐，惟行乐也，故盛气，最柔软之处，自然多是情爱的错过与背叛。而人到中年常多忧虑，惟多忧也，故灰心，柔软之处反而成了少年时常挂嘴边的"相信美好，相信倔强"。

　　当然，可爱者不可信，可信者不可爱。我也不至于幼稚到会将歌词儿奉为圭臬，随便听首歌就会哭得稀里哗啦。

　　只是因为今天要去干的事儿，跟这两首歌的歌词太贴切了，眼泪只是应景的产物。此时载着我的车正驶向停机场，去干吗？跳伞去！

今天又是我和 SUN 分开行动的一天。

由于 SUN 实在不喜欢这种立马要决定"保险受益人"的运动，吃过午饭后，SUN 便独自乘车去了雪朗峰，而我则坐上了瑞士专业跳伞机构"SKYDIVE"的小巴车。

小巴兜兜转转，跑了半个来钟头到了机场。

寄存好行李，填表签字，之后，教练讲解了一遍跳伞流程和注意事项，再带我们在仓库的空地上练习了一下基本动作。

教练告诉我们，跳伞用的飞机是可以直接空投的小型运输机，舱内只能坐下四名教练、四名学员。加上并不是只有我们一车人，因此在练习讲解结束后，我们七八人便开启了漫长的等待。

"SUN，我到机场了，现在正等着上天。"

"呸呸呸！什么叫等着上天！赶紧呸一下！"

我乖巧地跟着 SUN 连呸了三下，接着问道："你到雪朗峰了吗？"

"嗯嗯，到啦！你看！"

SUN 将手机调到后置摄像头，顿时一片银白的景色映入眼帘，哪怕隔着屏幕，我都能感受到那种"一览众山小"的茫无涯际。

雪朗峰是阿尔卑斯山脉其中一峰，海拔 2970 米，山脚有索道，能直达峰顶，在巨大的观景台上，能看到超过 200 座雪峰的无双景色。

峰顶有一家叫 Piz Gloria 的全景旋转餐厅。去过这家餐厅的朋友之前就告诉过我，这家餐厅占位极好，价格也相当公道，全然没有仗势欺人的意思。

其实整个瑞士基本都是这样，本地人和游客一个价，宰客的现象很少出现，虽然确实贵，但只是单纯的物价高。

挂断视频通话，又等了近一个钟头，随着教练一声令下，我钻进了狭小的机舱。

当螺旋桨旋转起来，机身开始缓缓移动，一股紧张感忽地涌上心头。我不禁捂脸苦笑，我这反射弧是不是长了点，现在才知道害怕晚了些吧……

机身加速、上升，推背感远没有大型客机来得强烈，但震动和噪音却比想象中更强，以至我几乎听不清外界的任何声音。

我默默闭上眼睛，低下头，努力调整跟飞机一同起飞的心跳。

待飞机渐渐平缓后，坐在我身后的教练拍拍我的肩膀，只见他在我面前压了压手掌，示意我不用太紧张，接着一边确认两人之间的连接扣，一边指了指窗外的景色，让我转移注意力。

可此刻的我哪有那个心思啊！我苦笑着侧身朝着教练拍了拍自己的左胸，晃了晃手掌，表达我的忐忑。教练也没有别的办法，只能用双手在我肩膀上使劲揉搓了几下。

这时，坐我对面的姑娘，仿佛也看出我的紧张，轻拍了几下我的腿，用夸张的嘴型说："Easy。"

看到连个姑娘都这么说，我强打精神，唱起 Bon Jovi 的 *It's my life* 鼓励自己。没想到，我这一唱就如同将这小小的机舱点燃了一般，其他三名学员忽然跟着我一起高歌猛进。伴着歌声回荡，这一刻，小小的机舱就是整个世界。

到达空投点了，身旁的舱门被"哗啦"一下拉开，冰冷的空气卷进机舱。教练告诉我，我要第一个跳。

教练带着我挪到舱门处，就在他拱着我跳下飞机那一刻，胸间荡起"若敖氏之鬼，不其馁尔？"的刺激感，千金不换！

强烈的失重感和灌入耳鼻的强风，让我忘记了矜持，拼命呼喊起来，飞出的口水猛地抽着脸颊巴掌。

几秒后，教练带我翻了个身，面朝大地，张开双臂，先是从云层中快速穿过，接着便看到了蓝天和蓝天下林立的雪山。远处的布里恩茨湖，像一块巨大的蓝宝石，太阳下闪耀起光芒。望着如斯醉人的景色，我带着护目镜的眼睛，连眨一下都舍不得。

自由落体了十几秒钟，教练熟练地打开了降落伞包，而我则弓着背，双手平放到腿上，就跟挂在教练胸前的小狗一样。

恍惚间，耳边强烈的风消失了，连同整片天空都陷入了安静。没有了来自体重的阻力和道路的约束，就那么被天空缠缠裹裹之下，我的大脑彻底放空了。

几分钟后，当双脚触到大地，竟不自觉有些虚浮，随之而来的是强烈的失落感。我痴痴地想着：要是一直能这么飘着、飞着，该是有多好啊！

少年如风，无所不触。

我写下这篇意不在跳伞这件事本身，只是当纵身跃下，胸中那熊熊烈火般的少年之气，多少燃起了我些许思考。

现在许多中年人，总以"没遭受过社会毒打"为借口，调笑年轻人的锐意进取。如果这只是前辈对后辈的教诲，倒也无可厚非。但若把"遭过毒打"当成优势，攻击朝阳，倒着实对不起自己遭到的一番"毒打"了。

且不论人的一生到底该不该曲意逢迎，即便人到中年依然元气满满的也是大有人在。难道说这些中年人，就从来没有面对过理想的背叛吗？当然不是！

社会的残酷从来都是开卷考试，有人考得好，有人不及格，这其中的区别，便是对生活的热爱。

罗曼·罗兰说："生活中只有一种英雄主义，那就是认清了生活真相之后，依然热爱生活。"每一个热爱生活的英雄，都是少年；每一个少年，都是砥砺前行又壮志凌云的英雄。

愿我们都是少年，如果真的做不到，也愿我们别成为遮掩朝阳的乌云。

荷兰·阿姆斯特丹（一）

　　走出火车站，当看到满大街的自行车时，我就知道：荷兰到了。

　　我和 SUN 在火车站的游客中心买完阿姆斯特丹的公交通票后，便坐着电车赶往旅馆。

　　坐在靠窗的位置，我打量起这座城市。

　　作为自行车王国，在到达之前，我有过许多幻想：绿色的自行车专用道、巨大的自行车专用停车场、设计感十足的自行车专用桥。可当我真正踏上这片土地后才发现，我真的太天真了。

　　此刻刚好是上班高峰期。电车、汽车、自行车和行人交织涌动，展现出一种别样的秩序。

　　作为整个荷兰使用频率最高的交通工具，这里的自行车毫无"长子"的大度和体贴。不仅"横行霸道"，还乱闯红灯，不礼让行人。

　　但这种情况却仅限于自行车。别的交通工具和行人各安其道，表现出谦虚和礼让。更神奇的是，那些横冲直撞的自行车，

就如家中的"幺妹"，再怎么折腾都会被家里的哥哥姐姐原谅。

我闭上眼睛幻想着，此时的街道上，无论是没有自行车，还是只有自行车，都会是一片祥和。

电车穿过喧闹的市区，停在了我们预定的旅馆附近。

这家"阿姆斯特丹宇宙旅舍"是我们能找到的距离凡·高博物馆最近的青年旅舍。这也是我和SUN来到欧洲后最便宜的一次住宿。

由于还没到办理入住的时间，我和SUN寄存好行李后，便兴高采烈地背起相机跑出去逛街了。

一路走，一路拍，不知不觉中，我们走到了位于市中心的水坝广场。1270年这里修建起了阿姆斯特丹的第一条运河，河上的第一个水坝就建在这里，广场因此得名。同时，这座广场也可以说是整个阿姆斯特丹的发祥地。

广场上众多卖艺的人群中，人气最旺的是一个吹泡泡的街头表演。

只见一个绑着脏辫儿的年轻小伙儿，用直径一米的大圈，先在肥皂水里浸一下，然后猛地一拉。顿时，人高的大泡泡，带着七彩的阳光飘入空中，引得周围的小孩儿一阵雀跃。追逐间，大泡泡"噗"地湮灭空中，留下一道浅浅的彩虹。

拐进一旁的巷子后，途径一个拱洞时，看到也有人在卖艺，但阵势明显更胜一筹。

这是一个由五人组成的乐队，所用乐器分别是一把小提琴、两架手风琴、一把圆号，而最后一种乐器尤为奇特，有点像吉他，但却呈巨大的三角形。之前我在俄罗斯见过这种琴，叫巴拉莱卡，是俄国一种本土的弹拨乐器。

不夸张地说，这是我见过最有排场的卖艺乐队，小提琴手居中，其他乐手挨着墙角呈合围之势。

这时，小提琴手微微点头，演奏开始，五件乐器猛地一颤，震出惊雷般的音乐，眼下巨大的拱洞成了天然的混响器。

小提琴在其他乐器的映衬下，如冰面上的芭蕾舞者，将皱皱巴巴的空气，熨烫得如丝绸般顺滑。

一曲作罢，再来一曲，我像是走进了音乐厅，被这些不知道名字的交响乐曲撼得魂不附体，直到被 SUN 撞了一下，才回过神来。

"达瓦，时间差不多到了，那里每天就开放两个小时，再不去就白预约了。"

我看了一眼时间，十二点半，确实是差不多了。

离开拱门后，我们跟着导航，在小巷子里穿进穿出。当一条船身上写着"De Poezenboot"的小船出现在我们视野，我便知道此行目的地——水上猫咪收容所，终于到了。

这个地方是一个老驴友推荐的。在官网上仔细了解完这座水上猫咪收容所后，我便毫不犹豫打电话预约了今天参观的名额。

这座收容所的创始人是 Weelde 夫人。

1966 年，她在家对面的树下发现了一只流浪猫，便决定收留照顾它。那之后不久，这只小猫的朋友们跟着它的味道也找上门，于是，便有了第二只，第三只……

Weelde 夫人在这一带逐渐有了"猫女郎"的外号，人们也开始把捡到的流浪猫和自己照顾不过来的小猫送过来。

两年后，夫人狭小的公寓已不堪重负，她便买了一艘旧船，打造成猫咪的宿舍。

随着第一批流浪猫入住猫船，开始不断有爱猫人士加入夫人的队伍，成为收容所的志愿者。如今，这里不再单纯收养流浪猫，而是积极为猫咪寻找主人。

我和 SUN 出示预约的邮件后，在工作人员的带领下，走进小船。

小船内部比我想象中要大一些，里面打扫得很干净，几乎没什么异味。所有猫咪都生活在其中最大的船舱里，各种猫爬架、猫玩具一应俱全。

工作人员简单介绍后，告知我们不要给这里的猫咪喂东西吃，哪怕猫罐头和猫粮都不行，他们不希望这些小可爱养成不好的习惯。

听到这儿，我顿时觉得眼前"收容所"里的猫咪，比猫咖里给自己挣猫粮的小猫可爱多了。

说完这些，工作人员便留下我们两人在船舱里尽情地撸起了猫。

这里的猫，明显有过良好的社会化训练，完全不怕陌生人，对我和 SUN 也很亲密。尤其是一只名叫 SAMUS 的橘猫，死死霸在 SUN 怀里，一摸它肚子，两只雪白的前爪就会"虚空踩奶"。

而且这只橘猫的性格特别好，即便 SUN 把 SAMUS 抱到脸上蹭来蹭去，它也没有伸出爪子，不仅如此，SAMUS 还时不时用长着倒刺的舌头舔一下 SUN，痒得她咯咯直乐。

直到下午三点，小船参观时间结束，我才拽着满脸不舍的 SUN 离开了小船。临走前，我往捐助箱里塞了 20 欧元。我相信，这是一种给予，也是一种索取，小船因此温煦美丽。

荷兰·阿姆斯特丹（二）

"一个人知道自己为什么而活，就可以忍受任何一种生活。"

不知怎的，第一次看到尼采这句话，最先让我想起的是艾米丽·迪金森和凡·高。一样的孤独却拥抱着世界，一样的不得志却乐在其中。而现在，我便站在"凡·高美术馆"的门前。

其实，我对艺术的认知是缺乏"童子功"的，这也直接导致我对艺术品的鉴赏能力低下，即便这些年，我一直努力补足这方面的缺失，可依旧事倍功半。我最初对凡·高那些画作的认知也是如此，纵我拼尽全力，依然无法理解其中古怪的线条和变形的面孔。

一直以来，我都觉得，凡·高的画处处透露着一股"勉强"和"笨拙"。可即便如此，在潜意识里我却一直感觉他的画好看。对，就是单纯的好看。

为了弄清这种南辕北辙的感觉，"凡·高美术馆"成了我此次荷兰之行的重中之重。

说来有趣，欧洲总是喜欢在市中心专门为某一位艺术家单独修建一座美术馆，之前的"马蒂斯美术馆"是如此，眼前的"凡·高美术馆"也是如此。

这座美术馆始建于 1973 年，收藏着凡·高将近四分之一的作品。美术馆共分为四层，除了底层是咖啡馆和文创书店，其余三层都按照其创作时期，藏有大量真迹。

我在大厅存好包，租完中文讲解器，拉着 SUN 便闯进了这座美术馆。

三个小时后，当我游览完毕，回到底层的咖啡馆时，我恨不得直接躺倒在地。慌忙中我拉着 SUN 找了个位置坐下，点了一杯咖啡，慢慢消化着之前那三个钟头。

我人生中看到的凡·高第一张画是《吃土豆的人》，当时心里想的是：怎么画得这么丑？

直到今天，我真正来到它面前，再次仔细端详，终于发现了这幅画的好。

这种美，源自真实。

欧洲大多数人物肖像，都是面带柔光、藕腕玉指。这样的画确实美，但总感觉像精修过的照片，不够纪实，也没有什么想象力。

《吃土豆的人》里的人看似憨憨的，毫无戏剧感，但仔细观察那些夸张的细节，不正是田间老农该有的样子吗？

那一双双扭曲的手，是因为在长期的劳作中，造成的关节突起，指节粗大。那一张张粗糙到比例失调的面庞，反而是昏黄灯光下，消瘦的脸呈现出的真实状态。

凡·高最著名的《星月夜》现存放在纽约大都会艺术博物馆，在这座凡·高美术馆里，只能看到他的《罗纳河上的星空》

当年我第一回看到这幅画时，内心同样腹诽不已：河不河，天不天，星不星，跟测试色觉障碍的画一样，什么玩意儿啊！

可当我在美术馆里看到凡·高写给弟弟提奥的一封信时，忽然明悟。凡·高在信里说："我画太阳，希望人们能感觉它一边旋转，一边散发着强大的热量。"

这幅《罗纳河上的星空》中的河、天、星并不只是静止存在于画布上，而是流动的。这种流动甚至不仅是常规物理状态，

而是带着某些人类无法肉眼看到的光谱。

在《麦田群鸦》面前，我终于明白那种让人压抑的感觉从何而来。

不站在它的面前，很难注意到，这幅画几乎没有一条流畅的线条。整幅画，都是用重色画笔反复涂抹出拇指长短的排线。

正因为这种局促的画法，才让本该充满了收获喜悦的"风吹麦浪"，让你感受不到一丝舒适。

虽无数次看过《向日葵》，当看到原画时，我依然震撼不已。凡·高并没有把太多的笔触花费在花瓣上，而是浓墨重彩地描绘着葵花花盘。那一颗颗竖立的葵花籽、壮实到抬不起头的花心，无一不包含着磅礴的生命力，几乎要从画中落到地上一般。

除了这些大画之外，美术馆里还收藏着凡·高许多练习素描。

这是我第一次仔细端详凡·高的素描手稿，不禁想起了陈丹青先生的评价："凡·高的魅力就在于绘画时的憨直，写作不能憨，做音乐也不能憨，画画里的憨却是了不起的天分，画得巧并不困难，才华加磨炼总能实现，画作里的憨是学不来的。"

看着那些素描中有些别扭的线条，我突然意识到了陈丹青先生所说的这个憨，到底是个什么感觉。他不是笨，而是拙，可就是这种不灵巧的内秀，却有种大刀阔斧、自成天地的感觉。

再看那一封封家书。

木心先生说："屈原写诗，一定知道他已经永垂不朽。每个大艺术家生前都公正地衡量过自己。有人熬不住，说出来，如但丁、普希金。有种人不说的，如陶渊明，熬住不说。"

凡·高就是熬不住的那种人。他在写给弟弟提奥的信里就写道："有一天，全世界都会知道我这个名字的拼写。"事实证明，凡·高对自己的评价是客观的，中肯的。

美术馆四楼，是凡·高送给侄子的一幅画：《杏花》。

讲解器到最后说道："凡·高的个人风格和天才，不是精神疾病的结果，而是和这个世界斗争的产物。"听着这句话，我的眼泪止不住地流了下来。

此刻的我，窝在一楼咖啡馆里好一会儿了，内心的震荡依然丝毫不减。面对这么一个人，我几乎连呼吸的能力都在逐渐消失。

看着眼前这座凡·高庞大的"衣冠冢"，我不禁去想，除了这一屋子价值连城的画作和书信，他还留给了世人什么呢？

从最后那幅《杏花》，我仿佛看到他留下了这么一个命题：被喜欢的能力和不被喜欢的权利哪个更重要？

我们都曾如他一般相信自己的独一无二，都曾坚信自己拥有不被喜欢的权利。可当一次又一次被现实殴打得鼻青脸肿后，我们开始努力让自己被这个世界喜欢。到后来，我们甚至不再分得清"被喜欢的能力"和"努力被喜欢"之间的区别。

这时，凡·高出现了，他揪起我们的左耳振聋发聩道："醒醒吧！年轻人！没有能力哪来的权利！"

荷兰·马斯特里赫特

之前看过一个纪录片，里面列举了十家全球最美的书店。

其中南京"先锋书店"得占一席，剩下的九家分布在英国、意大利、法国、美国、葡萄牙、墨西哥、阿根廷和荷兰。

荷兰之行前，我已经去过意大利威尼斯的"沉船书店"和法国巴黎的"莎士比亚书店"。而这次来马斯特里赫特，便是为了这里的"天堂书店"，这也是这十家最美书店中唯一不是开在旅游城市的书店。

在聊"天堂书店"之前，先说说我去过的另外两家"最美书店"。

威尼斯的"沉船书店"是世界上唯一一家开在海边，却低于海平面的书店。书店门头朴素得像个书报亭，挂在外面的一张写着"欢迎来到这世上最美的书店"的牌子，昭示出这家小书店不小的野心。

走进"沉船书店"，如同走进了真正知识的"海洋"。各种书籍毫无规则地塞在店内的各个角落，甚至还有书被堆在浴缸和小船里。书店对着河道的一向，开了个小小的门，此时两个姑娘正坐在水边惬意地看书。据说，每当威尼斯水位上涨时，海水就会从这扇小门涌进书店，店里那些小船就是为了在那时抢救书籍用的。

穿过一条逼仄的甬道，我来到了书店的后院。

一大堆不知是何年代的旧书，被堆放到围墙边，砌成台阶的形状。一边的墙上挂着两个木质船舵，旧书台阶通向小院围墙的顶端，站在上面便能俯瞰墙外的小桥与河道。

接着再说说"莎士比亚书店"。

"在那条寒风凛冽的街道上，书店可是个温暖舒适的去处，冬天生起一个大火炉，屋里摆着桌子、书架。西尔维娅待人和蔼可亲，性格非常开朗，她说我们想借几本书就借几本书，等有钱的时候再交保证金。她表情生动，褐色的眼珠总是骨碌碌打转，像小姑娘一样充满笑意。"这一段是海明威生前最后一本书《流动的盛宴》对"莎士比亚书店"的描写。文中的"西尔维娅"就是这座书店的创始人——西尔维亚·毕奇夫人。

在那样一个年代，这小小的书店，不知承载了多少人对知识的渴望，和对未来的梦想。

这家书店，虽说有两层，面积却出奇的小，甚至连门外都摆上了旧书摊儿。

一楼是一排排密密麻麻的书架，门外有个同名咖啡馆。

由于"莎士比亚书店"名气着实不小，离巴黎圣母院又近，如今俨然成了景点，大多游客都是在书店里拍两张照片，再到隔壁咖啡馆喝个下午茶。

通过狭窄的楼梯爬上二楼，我终于隐隐感受到了那个时代的气息。二楼陈列的大多是些古书，有些书上还标注着"非卖品"，一旁的阁楼里摆着桌椅和小床。

我抚摸着这些泛黄的"非卖品"，一想到这些书有可能是海明威和乔伊斯读过的，手就不自觉地颤抖起来。

最后说到"天堂书店"。

位于马斯特里赫特的"天堂书店"与之前那两家书店完全不同。如果不是走进大门，你甚至无法意识到，眼前的教堂竟是一座书店。

"天堂书店"前身的教堂已有超过 700 年的历史。在过去近八个世纪的岁月里，这座教堂曾有过无数身份：当地居民活动场所、汽车展、鲜花展，甚至还举办过拳击比赛。直到 2004 年，在荷兰政府的努力下，才将它变成了眼前的样子。

一走进书店，极其开阔的空间，让第一次到访的我有些无所适从。

拱形穹顶上，绘制着无数栩栩如生的壁画，艺术与书籍从未融合得像这座书店一般既若即若离，又触手可及。

大门正对面，四组高达二十一层的巨大书架敦厚而立，每七层为一大层，构建出三大层存书空间，配合着四周古老的石头圆柱，呈现出一种相互冲突又相互和谐的美感。

大书架背面，是一片独立的阅读空间，几张木质的凳子就在教堂玻璃悬窗之下。一边是摆放着五颜六色书籍的黑色书架，一边是中世纪的石头墙和巨大窗户，行走其中，让人还来不及感慨，就陷入安静。

书店后面的小礼堂，被改造成了咖啡馆，其间放置了一圈十三张咖啡桌和座椅，人们看书之余可以在这里点些简餐。咖啡桌围绕的中心，是一张白色十字形阅读长桌。从咖啡桌数量，到摆放位置，到中间的十字架，不难看出，这样的设计，必定充满了哲思和想象。

有一个让人感到意外的是这座书店的灯光，既不会因为窗户不足而感到昏暗，也不会让自然光在人造光源前失去存在感。

灯光与阳光交替烫到书面，温润得恰到好处。我并不懂设计，无法想象到底是怎样的设计，才能营造出如此舒适的效果。

忽然间，我意识到"莎士比亚书店""沉船书店"和眼前的"天堂书店"，就如同读书人的一生。

少年困苦，却熠熠生辉，书是食粮。"莎士比亚书店"不仅能喂饱你的大脑，还能让你身体得以小憩；人到中年，汗牛充栋，书不再只是食粮，更是生活的佐料。"沉船书店"让你踩着书本远航，探索新的大陆，看到一片与知识无关的美景；老年富足，书即人生，除了"读"，还能朝圣。天堂书店便是一座高高的灯塔，身在其中，时间凝固，岁月静止，以书之名，望向人生的尽头。

小时候，我一边努力地思考着书本的价值和知识的意义，一边又因为思考这种看似毫无意义的问题，而觉得浪费时间。被自己设置的问题绊了脚，再被自己创造的孤独团团围住。就像在横无际涯的草原里，我只是模仿别人的影子跌跌撞撞，却从来不知道为了什么亦步亦趋。

直到那一年，我第一次不是为了辅导材料而走进书店，不是为了老师布置的"课外读物"而开始阅读。我终于明白，人类之所以能够进步，就在于从"不得不"变成"我想要"。

对知识永恒的探索，便是对自我不断的修正，看似对现实生活并无大用处，却能为我们筑起一堵抵御恶意和揣测的屏障。

我相信，这便是知识的意义，也是书店存在的意义。

荷兰·马斯特里赫特·